U0467754

阅读之前 没有真相

午 夜 文 库

阿加莎·克里斯蒂

赫尔克里·波洛系列

阿加莎·克里斯蒂
Agatha Christie（1890—1976）

无可争议的侦探小说女王，侦探文学史上最伟大的作家之一。

阿加莎·克里斯蒂原名为阿加莎·玛丽·克拉丽莎·米勒，一八九〇年九月十五日生于英国德文郡托基的阿什菲尔德宅邸。她几乎没有接受过正规的教育，但酷爱阅读，尤其痴迷于歇洛克·福尔摩斯的故事。

第一次世界大战期间，阿加莎·克里斯蒂成了一名志愿者。战争结束后，她创作了自己的第一部侦探小说《斯泰尔斯庄园奇案》。几经周折，作品于一九二〇年正式出版，由此开启了克里斯蒂辉煌的创作生涯。一九二六年，《罗杰疑案》由哈珀柯林斯出版公司出版。这部作品一举奠定了阿加莎·克里斯蒂在侦探文学领域不可撼动的地位。之后，她又陆续出版了《东方快车谋杀案》《ABC 谋杀案》《尼罗河上的惨案》《无人生还》《阳光下的罪恶》等脍炙人口的作品。时至今日，这些作品依然是世界侦探文学宝库里最宝贵的财富。根据她的小说改编而成的舞台剧《捕鼠器》，已经成为世界上公演场次最多的剧目；而在影视改编方面，《东方快车谋杀案》为英格丽·褒曼斩获奥斯卡大奖，《尼罗河上的惨案》更是成为几代人心目中的经典。

阿加莎·克里斯蒂的创作生涯持续了五十余年，总共创作了八十余部侦探小说。她的作品畅销全世界一百多个国家和地区，累计销量已经突破二十亿册。她创造的小胡子侦探波洛和老处女侦探马普尔小姐为读者津津乐道。阿加莎·克里斯蒂是柯南·道尔之后最伟大的侦探小说作家，是侦探文学黄金时代的开创者和集大成者。一九七一年，英国女王授予克里斯蒂爵士称号，以表彰其不朽的贡献。

一九七六年一月十二日，阿加莎·克里斯蒂逝世于英国牛津郡沃灵福德家中，被安葬于牛津郡的圣玛丽教堂墓园，享年八十五岁。

阿加莎·克里斯蒂 侦探作品年表

波洛系列

1920 The Mysterious Affair at Styles《斯泰尔斯庄园奇案》

1923 Murder on the Links《高尔夫球场命案》

1924 Poirot Investigates《首相绑架案》

1926 The Murder of Roger Ackroyd《罗杰疑案》

1927 The Big Four《四魔头》

1928 The Mystery of the Blue Train《蓝色列车之谜》

1932 Peril at End House《悬崖山庄奇案》

1933 Lord Edgware Dies《人性记录》

1934 Murder on the Orient Express《东方快车谋杀案》

1935 Three—Act Tragedy《三幕悲剧》

1935 Death in the Clouds《云中命案》

1936 The ABC Murders《ABC 谋杀案》

1936 Murder in Mesopotamia《古墓之谜》

1936 Cards on the Table《底牌》

1937 Dumb Witness《沉默的证人》

1937 Death on the Nile《尼罗河上的惨案》

1937 Murder in the Mews《幽巷谋杀案》

1938 Appointment with Death《死亡约会》

1938 Hercule Poirot's Christmas《波洛圣诞探案记》

1940 Sad Cypress《H 庄园的午餐》

1940 One, Two, Buckle My Shoe《牙医谋杀案》

1941 Evil Under the Sun《阳光下的罪恶》

1943 Five Little Pigs《五只小猪》

1946 The Hollow《空幻之屋》

1947 The Labours of Hercules《赫尔克里·波洛的丰功伟绩》

1948 Taken at the Flood《顺水推舟》

1952 Mrs. McGinty's Dead《清洁女工之死》

1953 After the Funeral《葬礼之后》

1955 Hickory Dickory Dock《山核桃大街谋杀案》

1956 Dead Man's Folly《弄假成真》

1959 Cat Among the Pigeons《鸽群中的猫》

1960 The Adventure of the Christmas Pudding《雪地上的女尸》

1963 The Clocks《怪钟疑案》

1966 Third Girl《第三个女郎》

1969 Hallowe'en Party《万圣节前夜的谋杀》

1972 Elephants Can Remember《大象的证词》

1974 Poirot's Early Stories《蒙面女人》

1975 Curtain—Poirot's Last Case《帷幕》

马普尔小姐系列

1930 The Murder at the Vicarage《寓所谜案》

1932 The Thirteen Problems《死亡草》

1942 The Body in the Library《藏书室女尸之谜》

1943 The Moving Finger《魔手》

1950 A Murder Is Announced《谋杀启事》

1952 They Do It with Mirrors《借镜杀人》

1953 A Pocket Full of Rye《黑麦奇案》

1957 4.50 from Paddington《命案目睹记》

1962 The Mirror Crack'd from Side to side《破镜谋杀案》

1964 A Caribbean Mystery《加勒比海之谜》

1965 At Bertram's Hotel《伯特伦旅馆》

1971 Nemesis《复仇女神》

1976 Sleeping Murder《沉睡谋杀案》

1979 Miss Marple's Final Cases《马普尔小姐最后的案件》

其他系列及非系列

1922 The Secret Adversary《暗藏杀机》

1924 The Man in the Brown Suit《褐衣男子》

1925 The Secret of Chimneys《烟囱别墅之谜》

1929 Partners in Crime《犯罪团伙》

1929 The Seven Dials Mystery《七面钟之谜》

1930 The Mysterious Mr. Quin《神秘的奎因先生》

1931 The Sittaford Mystery《斯塔福特疑案》

1933 The Witness for the Prosecution and Other Stories《控方证人》

1934 Why Didn't They Ask Evans?《悬崖上的谋杀》

阿加莎·克里斯蒂 侦探作品年表

1934 The Listerdale Mystery《金色的机遇》
1934 Parker Pyne Investigates《惊险的浪漫》
1939 Murder Is Easy《逆我者亡》
1939 And Then There Were None《无人生还》
1941 N or M?《桑苏西来客》
1944 Towards Zero《零点》
1945 Sparkling Cyanide《闪光的氰化物》
1945 Death Comes as the End《死亡终局》
1949 Crooked House《怪屋》
1950 Three Blind Mice and Other Stories《三只瞎老鼠》
1951 They Came to Baghdad《他们来到巴格达》
1954 Destination Unknown《地狱之旅》
1958 Ordeal by Innocence《奉命谋杀》
1961 The Pale Horse《灰马酒店》
1967 Endless Night《长夜》
1968 By the Pricking of My Thumbs《煦阳岭的疑云》
1970 Passenger to Frankfurt《天涯过客》
1973 Postern of Fate《命运之门》
1991 Problem at Pollensa Bay《神秘的第三者》
1997 While the Light Lasts《灯火阑珊》

出版前言

纵观世界侦探文学一百七十余年的历史，如果说有谁已经超脱了这一类型文学的类型化束缚，恐怕我们只能想起两个名字——一个是虚构的人物歇洛克·福尔摩斯，而另一个便是真实的作家阿加莎·克里斯蒂。

阿加莎·克里斯蒂以她个人独特的魅力创造着侦探文学史上无数的传奇：她的创作生涯长达五十余年，一生撰写了八十余部侦探小说；她开创了侦探小说史上最著名的"黄金时代"；她让阅读从贵族走入家庭，渗透到每个人的生活中；她的作品被翻译成一百多种文字，畅销全球一百五十余个国家，作品销量与《圣经》《莎士比亚戏剧集》同列世界畅销书前三名；她的《罗杰疑案》《无人生还》《东方快车谋杀案》《尼罗河上的惨案》都是侦探小说史上的经典；她是侦探小说女王，因在侦探小说领域的独特贡献而被册封为爵士；她是侦探小说的符号和象征。她本身就是传奇。沏一杯红茶，配一张躺椅，在暖暖的阳光下读阿加莎的小说是一种生活方式，是惬意的享受，也是一种态度。

午夜文库成立之初就试图引进阿加莎的作品，但几次都与版权擦肩而过。随着午夜文库的专业化和影响力日益增强，阿加莎·克里斯蒂的版权继承人和哈珀柯林斯出版公司主动要求将版权独家授予新星出版社，并将阿加莎系列侦探小说并入午夜文库。这是对我们长期以来执着于侦探小说出版的褒奖，是对我们的信任与鼓励，更是一种压力和责任。

新版阿加莎·克里斯蒂作品由专业的侦探小说翻译家以最权威的英文版本为底本，全新翻译，并加入双语作品年表和阿加莎·克里斯蒂家族独家授权的照片、手稿等资料，力求全景展现“侦探女王”的风采与魅力。使读者不仅欣赏到作家的巧妙构思、离奇桥段和睿智语言，而且能体味到浓郁的英伦风情。

阿加莎作品的出版是一项系统工程，规模庞大，我们将努力使之臻于完美。或存在疏漏之处，欢迎方家指正。

新星出版社

午夜文库编辑部

Agatha Christie

Over the next few years, we plan to celebrate two very important Agatha Christie anniversaries. In 2015, it is the 125th anniversary of her birth in Torquay, South Devon, England, and in 2020 it will be 100 years after her first book, THE MYSTERIOUS AFFAIR AT STYLES, featuring her famous detective, Hercule Poirot, was published. This is therefore a very appropriate moment to publish a new edition of her works, and I am delighted that HarperCollins has chosen to work with New Star on these new editions. New Star is China's top crime publisher, and has a strong and dedicated editorial staff and a confirmed passion for Agatha Christie, making them the ideal partner. It is the right time to make these classic books available in modern translations and so to bring Agatha Christie's books anew to her many fans in China, giving them a new reason to re-read these much-loved stories, as well as introducing them to a whole new audience. How delighted Agatha Christie would have been that her stories (as she called them) are still giving so much pleasure to so many people all over the world!

I think there are two very remarkable things about Agatha Christie's stories. The first is that they are so adaptable. It doesn't really matter which language they appear in, the stories and the plots still give the same thrill, still provide the same puzzles, and the characters still have the same attraction. Readers in China will I am sure enjoy Hercule Poirot and Miss Marple just as much as we do in England, and readers in China will still be transfixed by the surprises and horrors of AND THEN THERE WERE NONE, one of the great classics of 20th century detective fiction, as we are here.

Agatha Christie

The second is that the stories give a wonderful picture of England, particularly rural England, at the time Agatha Christie lived. She wrote books from 1920 until 1970 but it is sometimes hard to tell which part of her life each book was written in. Her characters and the life they lived were very much the same. The life we all live is changing very quickly these days but "the Agatha Christie world" stays the same. Perhaps the Miss Marple stories provide the best example of this, and in some ways THE BODY IN THE LIBRARY and NEMESIS are quite similar, despite the fact that thirty years elapsed between the time they were written.

Perhaps I might end by mentioning three Agatha Christies (other than the ones mentioned above) which I think demonstrate why she is so popular, even in the twenty-first century. The first is MURDER ON THE ORIENT EXPRESS, one of the most famous with one of the most ingenious and human plots. Read this on one of your long train journeys in China! Next is A MURDER IS ANNOUNCED, a Miss Marple which was her 50th book. It has my favorrite murderer in it! And last is ENDLESS NIGHT a story about evil and how it affects three young people, written at the time when I knew her best, and understood how deeply she cared and sympathised with young people and the world they lived in.

Whichever are your favourites I hope you enjoy these stories that New Star are introducing to you again. I think it is a great publishing event.

Mathew Prichard

Grandson of Agatha Christie

Chairman of Agatha Christie Ltd

致中国读者

（午夜文库版阿加莎·克里斯蒂作品集序）

在未来的几年中，我们将要筹备两个非常重要的关于阿加莎·克里斯蒂的纪念日。二〇一五年是她的一百二十五岁生日——她于一八九〇年出生于英国的托基市；二〇二〇年则是她的处女作《斯泰尔斯庄园奇案》问世一百周年的日子，她笔下最著名的侦探赫尔克里·波洛就是在这本书中首次登场。因此，新星出版社为中国读者们推出全新版本的克里斯蒂作品正是恰逢其时，而且我很高兴哈珀柯林斯选择了新星来出版这一全新版本。新星出版社是中国最好的侦探小说出版机构，拥有强大而且专业的编辑团队，并且对阿加莎·克里斯蒂的作品极有热情，这使得他们成为我们最理想的合作伙伴。如今正是一个良机，可以将这些经典作品重新翻译为更现代、更权威的版本，带给她的中国书迷，让大家有理由重温这些备受喜爱的故事，同时也可以将它们介绍给新的读者。如果阿加莎·克里斯蒂知道她的小故事们（她这样称呼自己的这些作品）仍然能给世界上这么多人带来如此巨大的阅读享受，该有多么高兴啊！

我认为阿加莎·克里斯蒂的作品有两个非常重要的特征。首先它们是非常易于理解的。无论以哪种语言呈现，故事和情节都同样惊险刺激，呈现给读者的谜团都同样精彩，而书中人物的魅力也丝毫不受影响。我完全可以肯定，中国的读者能够像我们英国人一样充分享受赫尔克里·波洛和马普尔小姐带来的乐趣；中国读者也会和我们一样，读到二十世纪最伟大的侦探经典作品——比如《无人生还》——的时候，被震惊和恐惧牢牢钉在原地。

第二个特征是这些故事给我们展开了一幅英格兰的精彩画卷，特别是阿加莎·克里斯蒂那个年代的英国乡村。她的作品写于二十世纪二十年代至七十年代间，不过有时候很难说清楚每一本书是在她人生中的哪一段日子里写下的。她笔下的人物，以及他们的生活，多多少少都有些相似。如今，我们的生活瞬息万变，但"阿加莎·克里斯蒂的世界"依旧永恒。也许马普尔小姐的故事提供了最好的范例：《藏书室女尸之谜》与《复仇女神》看起来颇为相似，但实际上它们的创作年代竟然相差了三十年。

最后，我想提三本书，在我心目中（除了上面提过的几本之外）这几本最能说明克里斯蒂为什么能够一直受到大家的喜爱。首先是《东方快车谋杀案》，最著名，也是最机智巧妙、最有人性的一本。当你在中国乘火车长途旅行时，不妨拿出来读读吧！第二本是《谋杀启事》，一个马普尔小姐系列的故事，也是克里斯蒂的第五十本著作。这本书里的诡计是我个人最喜欢的。最后是《长夜》，一个关于邪恶如何影响三个年轻人生活的故事。这本书的写作时间正是我最了解她的时候。我能体会到她对年轻人以及他们生活的世界关心至深。

现在新星出版社重新将这些故事奉献给了读者。无论你最爱的是哪一本，我都希望你能感受到这份快乐。我相信这是出版界的一件盛事。

阿加莎·克里斯蒂外孙

阿加莎·克里斯蒂有限责任公司董事长

马修·普理查德

二〇一三年二月二十日

阿加莎·克里斯蒂侦探小说全集㉛

鸽群中的猫

Cat Among the Pigeons

Agatha Christie®

[英]阿加莎·克里斯蒂 著

简华凌 译

新 星 出 版 社 NEW STAR PRESS

目 录

献给我的朋友纳恩

序章　夏季学期

1

今天是芳草地学校夏季学期的开学日。下午晚些时候的阳光闪耀在屋前宽阔的石子路上。学校的大门热情地敞开，范西塔特小姐站在当中，头发丝毫不乱，外套和裙装的剪裁无可挑剔，和校舍的乔治王朝建筑风格完美搭配。

一些不太了解情况的家长会以为她就是布尔斯特罗德小姐本人，殊不知布尔斯特罗德小姐的习惯是隐身其后，只有极少数受到特别优待的人才有缘得见。

站在范西塔特小姐一侧，负责性质不太相同的工作的是查德威克小姐，她平易近人又无所不知，就像是芳草地的一部分，很难想象学校没有了她会怎样。事实上，芳草地一直有她的存在。正是布尔斯特罗德小姐和查德威克小姐一同创办了这所学校。查德威克小姐戴着夹鼻眼镜，伛着腰，看起来穿着不甚考究，说话亲切但是有些含混，可她是名才华横溢的数学家。

范西塔特小姐殷勤有礼地与大家打着招呼，各种欢迎的寒暄在楼中回荡。

“你好啊，阿诺德太太！啊，莉迪亚，希腊邮轮之旅玩得可还开心？真是个不错的机会！拍了些照片留念吗？”

“是的，加尼特夫人，布尔斯特罗德小姐收到你关于美术课的信了，一切都安排妥当了。”

“你好吗，伯德太太？……是这样啊？我想布尔斯特罗德小姐今天不会有时间讨论这个的。罗恩小姐应该就在附近，如果你想和她说说这事儿的话？”

“帕米拉，我们调换了你的寝室，你现在住靠近苹果树那头的房间。”

“是啊，确实是这样，维奥莱特夫人，今年春天到现在的天气一直不好。这是你最小的孩子吗？你叫什么名字啊？赫克托？赫克托，你这架飞机真是漂亮啊。”

“很高兴见到你，夫人。哦，很抱歉，今天下午是不可能了，布尔斯特罗德小姐实在是太忙了。”（法语）

“下午好啊，教授。发现了什么有趣的新东西吗？”

2

二楼的一个小房间里，安·夏普兰，布尔斯特罗德小姐的秘书，正在又快又准地打字。安是位三十五岁，年轻漂亮的女士，头发像是一顶戴在头上的黑缎面帽子。只要她愿意打扮，会是一位相当吸引人的女性，只是生活教会了她，高效和能力通常能有更好的回报，还能避免那些令人痛苦的麻烦事。她正专注于成为一个从各方面而言都合格的、著名女子学校校长的秘书。

每打完一页，在往打字机里夹上一张新纸的时候，她就会看看窗外，对来到学校的人显出很有兴趣的样子。

“天哪！”安有些愣神地自言自语，“我都不知道英国会有这么多专职司机！”

一辆气派十足的劳斯莱斯开走，一辆样子小巧，有些年岁的奥斯汀紧接着开过来。对此她讪讪地笑了笑。一位看起来有些不安的父亲带着女儿从车里钻出来，那女儿看起来倒是比他要冷静。

正当他犹豫不决地停下脚步时，范西塔特小姐从大楼里走出来接待他们了。

“是哈格里夫斯少校吗？这就是艾莉森？快请进来吧。我带你亲自去看看艾莉森的房间。我是……”

安咧嘴笑了笑，又开始打字。

“我们的范西塔特啊，真是个不错的接班人。”她对自己说，“她倒是把布尔斯特罗德的那一套完全学会了。说起来，还真是一字不差。”

一辆相当宽大，几乎可以说是富态到令人难以置信的凯迪拉克开了过来。这辆树莓红和天蓝配色的车滑进车道（考虑到车身的长度，倒是很不容易），刚刚好排在令人尊敬的阿利斯泰尔·哈格里夫斯少校那辆古旧的奥斯汀后面。

司机跳出来打开车门，一位身材高大、蓄着络腮胡、皮肤黝黑，身穿阿拉伯式无袖长袍的男子走出来，跟在后面的是一名身穿巴黎时装的女性，然后是一位肤色显黑的苗条女孩。

这八成就是那位什么什么公主了吧，安想道，真想象不出她穿着校服会是什么样子，不过我猜这个奇迹明天就会出现了。

这一次，范西塔特小姐和查德威克小姐同时出现。

“看起来他们要被带去觐见女王了。”安暗想。

她忽然想到一点，这倒是挺奇怪的，大家都不怎么拿布尔斯特罗德小姐开玩笑。布尔斯特罗德小姐算是个大人物。

“你还是小心点不要把p打成q了，大小姐。”她对自己说，“打完这些信，一个错都别犯。”

倒不是说安有犯错的习惯。有很多秘书的职位可供她挑选。她给一家石油公司的首席执行官当过私人助理，给默文·托德亨特爵士做过秘书，这位爵士以博学、暴躁和字迹潦草著称。她以往的雇主里还有两名内阁部长和一位重要的公务员。不过总的来说，她的工作总是和男人们在一起。她想知道自己会不会喜欢——用她自己的话来说——完全被女性淹没。总之呢，这些都是经验！对了，还有丹尼斯！忠诚的丹尼斯从马来西亚、缅甸，从世界各地回国，总是一如继往地一次又一次向她求婚。亲爱的丹尼斯！但是嫁给丹尼斯也实在太乏味了。

在不久的未来，她大概会想念男性的陪伴。现在她身边都是些女教师——这地方一个男人都没有，除了一个八十岁上下的园丁。

但是安马上就遇到了点儿惊喜。往窗外看的时候，她看到一个男人正在修剪车道旁的树篱——明显是一个园丁，但是距离八十岁还远得很。年轻英俊、肤色黝黑。安琢磨着——她倒是听到过要再找个帮工的消息，但是这人可不像是个粗人。哦，也是，现在的人什么活儿都肯干。有些年轻人想挣钱，什么都会做一点，又或者只是为了维持生计。但是看他修剪树丛的样子倒是很专业，似乎还真的是个园丁。

“看起来，”安又对自己说，“看起来他可能是个有趣的人……”

只剩一封信要打了，对此她挺开心的，说不定待会儿她会去花园走走。

3

楼上，舍监约翰逊小姐正在忙着分配房间，欢迎新生，和老生打招呼。

她很高兴又是开学时间了。一到假期，她就不知道该干些什么好。她有两个已经结婚的姐妹，虽说可以轮流住在她们家，但是她们自然更关注自己的事情和家庭，而不是这所芳草地学校。约翰逊小姐很爱自己的姐妹们，可她真正感兴趣的也只有芳草地学校。

是了，学期又开始了，真好——

“约翰逊小姐？”

“有事吗，帕梅拉？”

“约翰逊小姐，我觉得我箱子里有什么东西碎掉了，流得到处都是。我想应该是发油。”

“啧啧！”约翰逊小姐咂了咂嘴，赶紧过去帮忙。

4

石子车道外的茂密草坪上，新来的法语老师布兰奇小姐正带着欣赏的目光打量着那个修剪树篱的健壮年轻人。

“真是不错。”布兰奇小姐心想。

布兰奇是位身形瘦小的女士，给人一种老鼠的感觉，非常不引人注目，不过她自己倒是能留心到周边的一切。

她的目光转向一路停到大门前的那列车，按价钱给它们排着顺序。芳草地学校确实是了不起啊！她在脑中暗暗把布尔斯特罗德小姐应该能赚到的利润计算了一下。

是啊，真的是了不起！

5

教英文和地理的里奇小姐飞快地朝大楼走去，有些磕磕绊绊，因为她和往常一样总不注意自己脚下。也和往常一样，她的头发从发髻里飞了出来。她有一张神情急切、显得很难看的脸。

她自言自语着。

“还是回来了！又到了这儿……像是过了好多年……”

一把叶耙绊到了她，年轻的园丁向她伸出胳膊说：“稳着点儿，小姐。”

艾琳·里奇说了声“谢谢”，却没有看他一眼。

6

罗恩小姐和布莱克小姐都是低年级的老师，两人朝体育馆方向踱着步。罗恩小姐身材瘦小，皮肤发黑，一副紧张兮兮的样子，布莱克小姐倒是丰满白皙。她们正兴高采烈地讨论着不久前的佛罗伦萨之旅：看过的图画、雕像、果树，还有两个年轻意大利绅士的殷勤——她们倒希望那是不怀好意献上的殷勤。

“当然啦，”布莱克小姐说，“人人都知道意大利人是怎么回事。”

“不羁，”学过心理学和经济学的布莱克小姐说，“有人觉得是非常健康，无拘无束的。”

“但是朱塞佩知道我在芳草地教书的时候倒是相当惊讶，”布莱克小姐说，“他马上变得礼貌起来。他有个表妹想来这里读书，但是布尔斯特罗德小姐不太确定能有空缺。”

“芳草地是所挺有名的学校。”罗恩小姐开心地说，“真的，这座体育馆看起来威风极了。我没想到它能按时完工。”

“布尔斯特罗德小姐说过，必须按时修好。”布莱克小姐用那种不容对方再争辩的语气说道。

“哦。”她有些吃惊地补上了一声。

体育馆的门忽然打开了，一个姜黄色头发的干瘦年轻女人走了出来。她不太友好地狠狠盯了她们一眼，迅速走开了。

“那应该是新来的体育老师吧。”布莱克小姐说，“真是粗鲁啊！”

“同事里多出这样一个人倒是让人高兴不起来。”罗恩小姐说道，“琼斯小姐以前总是那么友好，那么和蔼可亲。”

“她绝对是瞪了咱们一眼。”布莱克小姐不太满意地说。

这么一来，两人都不高兴了。

7

布尔斯特罗德小姐的会客室两头都有窗，一边对着车道和外侧的草坪，一边是大楼后方的大片杜鹃花。这是一个很气派的房间，布尔斯特罗德小姐本人则更气派。她身材高大，气质高贵，灰白的头发梳理得很服帖，灰色的眼睛满含着笑意，嘴巴的轮廓坚定。学校的成功——芳草地学校已经是英格兰最成功的学校之一——完全归功于这位女校长的个人品格。这是一间学费非常昂贵的学校，但这不是真正的卖点。这样说应该会更好：虽然付出去的钱能把你盖到头顶，但是每一分都花得物有所值。

你的女儿会按照你所希望的方式被教育。当然，也是依着布尔斯特罗德小姐的意愿。两厢结合的成果倒是令人满意的。也因为收费高昂，布尔斯特罗德小姐可以请到足够多的职员。这间学校不以批量生产为荣，讲求的是个性，但是也强调纪律。要求纪律而不追求一律，这是布尔斯特罗德小姐的座右铭。在她看来，纪律是对年轻人的保障，能够给予他们安全的感觉；一律则会引起反感。她的学生出身不同，有来自名门的外国人，通常是外国的王室；也有来自望族或者是豪门的英国本土女孩，希望在文化和艺术等方面得到训练，又能学到人生常识和社交能力，最终成长得举止优雅、大方得体，还能参与关于任何话题的有洞见的讨论。有些女孩愿意勤奋用功，通过大学的入学考试，最终拿到学位，她们需要的只是良好的教导和特别的关注。有些女孩则不适应传统类型的学校生活。布尔斯特罗德小姐自有她的一套规则，她不会接受低能儿或者少年犯；她更愿意让那些她所喜欢的家长的孩子入学，还有那些在她看来会有发展前景的姑娘。学校学生的年龄差别也很大：有些在过去会被称为“超龄”，还有些只是比小孩子大一点点而已。她们当中有不少人的父母都在外国，布尔斯特罗德小姐为这些学生安排了有趣的假期规划。这间学校的一切，都需要布尔斯特罗德小姐的批准才能算是最终的决定。

现在，她正站在壁炉的旁边，听着杰拉德·霍普太太略带哭腔的倾诉。她很有预见性地没有请霍普太太坐下。

“你是知道的，亨丽埃塔非常容易激动，真的非常容易被激怒。我们的医生说……”

布尔斯特罗德小姐点点头，很温和地表达着安慰，极力克制她可能会脱口而出的尖刻话语——

“难道你真不知道？你这个笨蛋啊！每个傻女人都会这么说自己的孩子。”

但是她带着坚定的同情说了下面的话。

“不要有任何担忧，霍普太太。我们的教员之一罗恩小姐，是受过严格训练的心理学家。我很肯定，一两个学期之后，你会对发生在亨丽埃塔（这个你根本不配做她母亲的聪明好孩子）身上的变化感到惊讶。”

“啊，这我是知道的。你们在兰贝思家的孩子身上创造了奇迹——绝对是奇迹！所以我是很高兴的。还有啊，是了，刚才忘了说，我们六个星期之后要到法国南部去，我想带上亨丽埃塔。这应该能让她放松一下。”

“恐怕这是不太可能的。”布尔斯特罗德小姐说道，轻快，带着迷人的微笑，就像是她答应了某个请求，而不是拒绝了它。

“啊！可是……”霍普夫人的脸色在示弱和动怒之间动摇，好像是有些生气了，“说真的，我必须坚持。说到底，她是我的孩子。”

“完全正确。但这是我的学校。”布尔斯特罗德小姐说。

“只要我愿意，我随时可以把孩子从学校接走吧？”

“哦，那当然。”布尔斯特罗德小姐说，“你可以，你当然可以接走。但是那样的话，我可不会让她再回来。”

霍普太太现在是真的要动怒了。

“想想我付的学费有多贵……”

“也没错，”布尔斯特罗德小姐说，“是你让你女儿读我的学校，难道不是吗？要么接受这样的设计，要么走人。就像你现在穿着的那套迷人的巴黎世家。这是巴黎世家，对吧？能遇见一位真正有服装品位的女士确实令人高兴。”

她一手笼住霍普太太的手，握了握，不动声色地就把她领到了门口。

“完全不用担心。啊，亨丽埃塔在这儿等着你呢。”她带着赞许的神色看着亨丽埃塔，这个孩子堪称罕见，她聪明而镇静，理应有个更好一点的妈妈，“玛格丽特，带亨丽埃塔·霍普去见约翰逊小姐。”

布尔斯特罗德小姐退回自己的会客室，不一会儿就开始说起了法语。

“当然了，阁下，您的侄女可以学习现代交际舞，这对社交是非常重要的。还有各种语言，也是极有必要的。”

下一位访客还没露面，浓烈的名贵香水味便先到一步，几乎让布尔斯特罗德小姐往后打了个踉跄。

“一定是每天要往自己身上倒一整瓶这些玩意儿吧。”布尔斯特罗德小姐一边想道，一边迎接这位深色皮肤、衣着精致的女士。

“很高兴见到你，夫人。”

这位夫人咯咯笑起来，一副娇滴滴的样子。

那位穿着东方服饰、蓄着胡子、身材高大的男士托起布尔斯特罗德小姐的手，俯身亲吻它，用非常流利的英文说：“我很荣幸地向您介绍谢斯塔公主。”

布尔斯特罗德小姐对这位从瑞士某学校转来的新学生的情况倒是都了解，但是对送她过来的人不是很清楚。她可以肯定不是王公本人，可能是某位大臣，或者是某个临时代办。和以往那些搞不清楚的时候一样，她用了“阁下”这个称呼，并向他保证，谢斯塔公主将会得到最好的照顾。

谢斯塔公主礼貌性地微笑着。她的穿着也很时尚，身上洒满了香水。她的年龄，就布尔斯特罗德小姐所知，是十五岁。但是跟很多东方和地中海国家的女孩一样，她看起来要大一些——相当成熟。布尔斯特罗德小姐和她谈了谈她的学习规划，很安心地发现她可以很快地用熟练的英文回答，而且完全没有傻笑。事实上，相比之下她的举止要比很多十五岁左右笨拙的英国女学生文雅很多。布尔斯特罗德小姐时常会想，把英国女孩送到某些近东国家去学习一些礼节和教养应该是个很好的安排。双方又讲了一些客套话，然后房间又空了，只是浓郁的香水味还充斥其间，布尔斯特罗德小姐把两头的窗户都完全打开，好让它散去一些。

下一批来访的是厄普约翰太太和她的女儿茱莉亚。

厄普约翰太太是位很好相处的少妇，三十七八岁的样子，浅茶色的头发，脸上有雀斑，戴一顶不太合宜的帽子，应该是考虑到当下场合的严肃性才做了这样的让步，因为她显然是那种习惯不戴帽子的年轻女人。

茱莉亚是个相貌普通、满脸雀斑的孩子，前额突出，感觉应该是个风趣的人。

开场的寒暄很快完成，茱莉亚被玛格丽特带着去见约翰逊小姐了，她走开时高兴地说："再见啦，妈妈。点煤气炉的时候请务必小心啊，我没办法再帮你做这件事了。"

布尔斯特罗德小姐微笑着转向厄普约翰太太，但是没有请她坐下。事情很有可能是这样：虽然茱莉亚看起来开开心心的，不过她的母亲和其他人一样，还是会想要强调一下自己的女儿非常容易激动。

"关于茱莉亚，还有什么特别需要注意的事情告诉我吗？"她问道。

厄普约翰太太显得很高兴地应答起来。

"哦，不，我想没有了。茱莉亚是个非常普通的孩子，很健康，一切正常。我想她脑子也相当好用，但是我敢说母亲们都这么想自己的孩子，不是吗？"

"妈妈们嘛，"布尔斯特罗德小姐淡淡地说，"也不太相同的。”

“她能到这儿读书真是太好了。”厄普约翰太太说，“其实吧，是我婶婶付的学费，或者说，资助了费用。我自己可是负担不起的。但我是真的挺高兴的，茱莉亚也是。”她边说边走向窗口，带着羡慕的语气继续道，“你们的花园真可爱啊，而且还那么整洁。你们一定有不少真正懂行的园丁吧。”

“我们请了三位，”布尔斯特罗德小姐说，“只是目前我们有些缺人手，也雇了本地人来干活。”

“现在就是这么麻烦啦，”厄普约翰太太接过话，“自称是园丁的人通常不是真的园丁，可能是想在闲暇时间找点事情来做的送奶工，要不就是八十几岁的老人家。我有时候想啊——天哪！”厄普约翰太太失声叫出来，眼睛还是盯着窗外，“这也太奇怪了！”

布尔斯特罗德小姐对这声意外的呼喊没有给予应有的关注。那时她自己也正漫不经心地透过另一边的窗户——也就是正对着杜鹃花丛的那扇窗——看着外面，正巧看到了一幕极为令人讨厌的场景——维罗尼卡·卡尔顿－桑德韦斯女士晃悠悠地沿着小路走着，她巨大的黑色天鹅绒帽子歪在一边，喃喃自语着，显然是醉得不轻。

维罗尼卡女士倒也不是什么不为人知的隐患，她是个有魅力的女人，深爱自己的双胞胎女儿。按照大家的说法，她清醒的时候还是挺讨人喜欢的——不幸的是，她通常都不太清醒，而且变化周期完全无法预料。她的丈夫卡尔顿－桑德韦斯少校对这类情况倒是应对得相当自如。有个表亲和他们住在一起，总待在维罗尼卡女士身边照看着，必要时还得拦着她别让她乱来。开运动会的那几天，在卡尔顿－桑德韦斯少校和那位表亲的贴身守护下，维罗尼卡女士倒是完全清醒着来到了学校，穿得漂漂亮亮，就是一位母亲应该有的样子。

但是维罗尼卡女士时常又会让那些对她抱有希望的人们失望，把自己灌得大醉，跑来找到自己的两个女儿，含混不清地向她们保证自己无私的母爱。双胞胎女儿们今天一早搭火车到了学校，但是没有人说过维罗尼卡女士会过来。

厄普约翰太太还在说，但是布尔斯特罗德小姐已经没有在听了。她正在考虑可以采取哪些行动，因为她已经发现了，维罗尼卡女士正在快速接近发酒疯的阶段。但是很突然地——就像是上帝听到了谁的祈祷——查德威克小姐小跑着出现了，有些上气不接下气。忠诚的查德威克，布尔斯特罗德小姐这么想着，不管是动脉出血还是家长醉酒，她总是那么靠得住。

“太不像话了，”维罗尼卡女士对查德威克小姐大声地说，“要拦住我——不想让我到这儿来——伊迪丝是被我骗过去了。我说去休息，然后把车开出来，伊迪丝这个老傻瓜完全被骗了——可怜的老处女，没人会有兴趣看她第二眼。路上倒是和警察有点争执，说我不适合驾车。胡扯。去告诉布尔斯特罗德小姐，我来把姑娘们接回家——我要她们回家去，母爱。伟大的玩意儿，母爱啊——”

“很好啊，维罗尼卡女士，”查德威克小姐说，“你能来我们真高兴。我特别想带你去看看新建成的体育馆，你肯定会喜欢的。”

她熟练地将维罗尼卡女士踉跄的脚步引向了完全相反的方向，把她带离了大楼。

“我想我们会在那儿找你的女儿们，”她高兴地说着，“真是间很漂亮的体育馆，全新的储物柜，还有专门晾干游泳衣的房间——”她们俩的声音慢慢远去。

布尔斯特罗德小姐看着。维罗尼卡女士一度想要挣脱，回到走向大楼的方向，不过查德威克小姐和她倒是势均力敌。她们消失在杜鹃花丛的拐角处，朝着独处一隅的新体育馆走去。

布尔斯特罗德小姐松了一口气。好样的，查德威克就是这么可靠。不时髦，除了数学以外，也算不上太聪明——但是一旦有麻烦，她总能帮上忙。

她叹了口气转过身来，带着一点点愧疚感面向已经高高兴兴说了好一会儿的厄普约翰太太。

“……是了，那是当然了，”她这么说着，“绝对不是什么刀剑盾牌那样的活儿，也不是背着伞包跳伞，又或者是敌后破坏，传递情报那样的事情。我应该没有那样的胆量。基本上都是些枯燥的工作，办公室的活儿，还有些规划什么的。我是说，在地图上标注些东西，不是讲故事那种谋划。但是当然有时候也会很刺激，一般也是挺有趣的，就像我刚说过的——在日内瓦，所有的秘密特工都互相跟踪，所有人都互相认得，经常就坐在同一间酒吧里。当然啦，我当时还没结婚。倒是挺有乐趣的。”

她忽然就停下了，略带歉意，友好地微笑着。

“很抱歉，我说了太多，占用了你不少时间吧，你还有那么多人要接待。”

她伸出一只手，说了再见后便离开了。

布尔斯特罗德小姐皱眉站了一会儿。某种本能警告她，她错过了什么事情，而且可能是什么非常重要的事情。

她努力抛开这种感觉。今天是夏季学期的开学日，她还有太多家长要接待。她的学校从未像现在这样出名过，她有十足的把握取得成功。芳草地正处在它的全盛期。

没有任何迹象提醒她，仅仅几周后，芳草地就会陷入一大堆麻烦；她不会想到，混乱、迷惑以及谋杀，将会占据这所学校；她不会知道，注定会发生的事情其实已经开始了。

第一章　拉马特的革命

在芳草地夏季学期开学日之前大概两个月，发生了一些事件，这些事件将在这所著名的女子学校引发意料之外的余波。

在拉马特的王宫里，两名年轻人坐在一起一边吸烟，一边思考着近在眼前的未来。其中一个年轻人有着深色皮肤和光滑的橄榄形面孔，大大的眼睛略有些悲伤。他就是阿里·优素福亲王，拉马特的世袭酋长。拉马特虽然是一个小国，但也是中东最富有的国度之一。另一个年轻人浅茶色头发，脸上有雀斑，除了作为阿里·优素福亲王的私人飞机驾驶员所获得的优渥薪水之外，他算是不名一文。虽然地位不同，但两人之间的交往倒是完全平等的。他们曾在同一间公立学校读书，从那时候开始就一直是朋友。

“他们朝我们开枪了，鲍勃。”阿里亲王有些难以置信地说。

“他们确实朝我们开枪了。”鲍勃·罗林森说。

“而且他们是真的朝我们开枪的，真的想要打死我们。”

“这群浑蛋确实是想这么干来着。”鲍勃冷冷地说。

阿里沉思了一会儿。

“不太值得再试一次吗？”

“再来一次我们可能就没有那种运气了。事情就是这样，阿里，我们拖太久了。你两周之前就该离开，我跟你说过。”

“没人愿意逃跑。”这位拉马特的统治者说。

“我明白你的意思。但是请记住，莎士比亚还是某个诗人说过，离开的人只是为了活着再战斗一天。”

“想想吧，”年轻的亲王有些感触地说，“我们花了多少钱才把这里变成了一个福利国家。医院，学校，还有医疗系统……”

鲍勃·罗林森打断了他的一一列举。

“大使馆不能做点什么吗？”

阿里·优素福生气地涨红了脸。

“到你们的大使馆去避难？这个永远不行。这些极端分子可能会袭击那儿——他们可不会理会什么外交豁免权。而且，如果我去了，那就真的全完了！本来现在对我最主要的指控就是亲西方，”他叹了一口气，“真是太难想明白了。”他听起来有些迷惘，显得比他二十五岁的年纪要幼稚一些，“我的祖父是个很残暴的人，真正的暴君。他有几百个奴隶，他很无情地对待他们。在部落战争里，他毫无怜悯地杀害他的敌人，以酷刑处决他们。只需要轻轻说出他的名字就会吓得所有人面色苍白。结果呢——他到现在还是一个传奇！万众敬仰！备受尊崇！伟大的艾哈迈德·阿卜杜拉！我呢？我又做了什么？修建了医院和学校，创建了福利，提供了住房……所有那些人们需要的东西。难道他们不想要这些？难道他们更喜欢我祖父那样的恐怖统治？”

“我觉得是这样。”鲍勃·罗林森说，“听起来不太公平，但确实就是这样。”

“但这又是为什么呢？鲍勃，为什么？”

鲍勃·罗林森叹了一口气，身体晃了晃，似乎想要尽力说明自己的感受。他一直被自己的表达能力欠佳所困扰。

“是这样，”他开始说了，“他能搞出一出好戏——我觉得本质上就是这样。他是那种——那种戏剧化的人——如果你能明白我的意思。”

他看着自己那个绝对不带一点戏剧化人格的朋友。沉静的正派小伙，真诚又带着些迷惘，阿里就是这样的人，这也是鲍勃喜欢他的原因。他既不英俊逼人，也不性格粗暴。在英国，外貌惊艳而又粗暴的人常常令人有些难堪，不会太招人喜欢，不过鲍勃相当肯定，在中东情况则完全不同。

“但是民主——”阿里开始说起来。

“哦，民主——”鲍勃挥舞着手上的烟斗，“这是一个在不同地方有着不同含义的词。有一点倒是可以肯定的，那就是，它从来都不是希腊人最初想要用这个词表达的东西。我敢和你赌任何东西，如果他们能把你拖出去，某个能言善辩的商人将会控制局面，大声赞美自己，把自己塑造成全能至高的神，然后慢慢收紧绳索，或者干脆把任何敢于在任何事情上和他意见相左的人抓来砍头。然后呢，你记清楚，他会说这就是一个民主的政府——民有、民享什么的。我觉得大家也会喜欢这样，对他们而言够刺激，到处都是鲜血。”

“但我们不是野蛮人啊！我们当下已经变文明了。”

“文明也是各式各样的……”鲍勃嘟囔着，“而且，我倒是觉得我们都应该保留一点野蛮的习性——只要我们能够找到一个适当的由头让它发泄出来。”

“也许你是对的。”阿里有些阴沉地说。

“有件东西是现如今在哪儿都不太受欢迎的，”鲍勃说，“那就是有基本常识的人。我从来都不是一个聪明人。这个嘛，阿里你是一直都知道的——但是我经常想，这才是这个世界真正需要的东西——一点点基本的常识。”他放下了烟斗，坐在自己的椅子上，“不过也先别管这些了，现在的问题是我们应该怎么把你从这儿弄出去。军队里面有没有什么你绝对可以信任的人？”

阿里·优素福亲王缓缓地摇着头。

“如果是两周之前，我倒是敢回答‘有’，但是现在，我不知道了，我不敢说一定有……”

鲍勃点点头。“确实是这样。至于你的这座王宫，实在让我有些毛骨悚然。”

阿里面无表情地默认了这句话。

“是的，王宫里到处都是间谍……他们什么都能听到，他们——什么都知道。”

“甚至连停机棚都是——”鲍勃停了一下，“艾哈迈德倒是很不错。他像是有某种第六感，发现有个机械师想要破坏飞机——这可是我们会发誓说完全可靠的那批人之一。听我说，阿里，如果还有机会把你弄出这儿，那得赶紧开始行动了。”

“我知道——我知道。我猜——现在我可以肯定地说——我要是留在这儿，一定会被杀掉。”

他说这些话的时候毫无情绪，或者说，没有一点点慌乱，反而带着一些超脱的感觉。

“不过不管怎样，我们会死掉的可能性都很大，”鲍勃警告他说，“我们必须往北飞，你知道的。从这个方向他们没法拦截我们。但是这意味着我们要飞越山脉——而且是在这个季节。”他耸了耸肩，“你应该明白，这是很冒险的。”

阿里·优素福看起来有些心烦意乱。

“如果你出了什么事儿，鲍勃——”

“不要担心我，阿里。我说的不是这个意思。我并不重要，而且不管怎么说，我是那种迟早都会死掉的家伙。我总是干些疯狂的事情。不，要做出决定的是你——我不是在设法说服你做这或者做那。如果军队里还有一部分人是忠诚的——”

“我不喜欢逃跑这种想法，”阿里直接地回应，“但是我也一点儿都不想做个殉道者，然后被一帮暴徒砍成碎片。”

他沉默了那么一会儿。

“那就这样吧，”他最后叹了一口气说道，“我们就试一试吧。什么时候？”

鲍勃又耸了耸肩。

“越快越好。我们得让你很自然地到机场去……要不就说你要去贾萨省视察新的道路工程？突发奇想要去看看。就今天下午，然后嘛，车队经过机场的时候，停下，我会准备好一切，发动好飞机。就说是要从空中俯瞰道路施工，怎么样？我们就起飞，走人。我们不能带任何行李，这是当然了。一切都要即兴发挥。”

“我也没有什么想要带的——除了一样——”

他笑起来了，这个微笑完全改变了他的面孔，像是忽然就成了另一个人。他不再是那个有着现代化思维，被西化的年轻人——这个微笑里面包含了所有那些帮助他的历代先祖得以幸存的、植根于种族血脉的狡谲和诡计。

“你是我的朋友，鲍勃，你应该看看。”

他的手伸到衬衫里摸索着，然后递给鲍勃一个小巧的羚羊皮手袋。

“这个？”鲍勃皱着眉，看起来有些迷惑。

阿里从他手中接回手袋，解开系绳，把里面的东西倒在了桌子上。

鲍勃屏住呼吸，然后用一声轻轻的口哨把这股气释放出来。

“我的老天哪。这些都是真的？”

阿里看起来很开心。

“当然全都是真的。这大部分都属于我的父亲，他每年都会购置一些新的。我嘛，也是这样。它们来自很多地方，由可以信赖的人代表我的家族去挑选——伦敦，加尔各答，还有南非。这是我们家族的一个传统，积攒这些东西以备不时之需。”他用一种郑重的语气补充了一句，“以当下的价格计算，它们大约价值七十五万英镑。”

“七十五万英镑。”鲍勃又吹了一声口哨，抓起这些宝石，让它们从指缝滑出，“这真是奇妙，像是一个童话。这会让人变得大不一样。”

“是的。”深色皮肤的年轻人点点头，那种经年累月的疲惫神态又回到他的脸上，“人一见到珠宝，马上就不同了。这些东西的背后总跟随着一长段暴力的过往。死亡、浴血，还有谋杀。女人们的表现是最可怕的，对她们而言，珠宝的意义不仅仅关乎价值，而是存在于珠宝本身。美丽的珠宝能让女人发疯。她们想要拥有它们，戴在脖子上，挂在胸前。我不会放心把这些珠宝交给任何女人。不过，我应该可以相信你。”

“我？”鲍勃瞪大了眼睛。

“是的。我不希望这些宝石落到我的敌人手上。我不知道推翻我的起义会是在何时，也许就计划在今天爆发。今天下午我可能根本没法活着到达机场。拿上这些钻石，尽你的力量去做。”

“可是——我也说不好。我拿着这些宝石能做什么？”

“想办法把它们带出这个国家。”

阿里平静地注视着自己这个忐忑不安的朋友。

“你是说，你要我带着这些东西，而不是你亲自拿？”

“可以这么说。但是在我看来，说真的，你能想出更好的办法把它们带到欧洲。”

“但是听我说，阿里，这种事情应该怎么办，我完全没有概念。”

阿里在自己的椅子上往后靠了靠。他安静地笑着，显得相当开心。

“你有常识啊，而且你是诚实的。我一直记得，从你还是我的学弟开始，你就总能想出些天才的主意……我会给你一个人的名字和地址，他是帮我处理这类事情的人——我是说——如果我无法活下去的话。不要这么担心，鲍勃。尽力而为吧，我只能这样要求了。即使失败，我也不会怪你的。全凭真主的意愿行事，对我来说就是这么简单。我不希望这些宝石是从我的尸体上被取走的，至于其他的事情——”他耸了耸肩膀，“就像我说的，一切遵照真主的旨意。”

“你这是疯了！”

“不，我是个宿命论者，仅此而已。”

“可是听我说啊，阿里。你刚刚也说过我是诚实的，但是七十五万英镑啊……你不认为这会摧毁任何一个人的诚信？”

阿里·优素福慈爱地望向自己的朋友。

“很奇怪的是，”他说，“在这一点上，我对你深信不疑。”

第二章　阳台上的女人

1

鲍勃·罗林森走在王宫里那条带着回声的大理石走廊上，他一生从未如此不开心过。知道自己的口袋里装着七十五万英镑，这让他极为痛苦。他觉得好像一路遇到的每一个内廷官员都知道这件事，甚至觉得自己身携珍宝这件事情一定已经写在了脸上。如果知道自己那张长着雀斑的脸还是和平常一样开朗，他应该会安心很多。

门口的哨兵刷的一声举枪致敬。鲍勃顺着拥挤的拉马特主街往外走，脑子还有些迷糊。要走到哪儿？打算干什么？他完全不知道，但时间已经不多了。

拉马特的主街和中东其他大多数地方的主街一样，是破败肮脏和辉煌壮丽的混合体。几间银行炫耀着雄伟的新建大楼，无数小店里摆放的是大量廉价的塑料制品。童装短裤和便宜的打火机极不相称地陈列在一起。店里还有缝纫机和汽车零件。药房里放着脏兮兮的土制药品，各种各样包装的盘尼西林以及抗生素大荟萃。也许有那么几家店里有你想要买的东西，不过这些最新款的瑞士表是几百只几百只地堆在一个小橱窗里，品种之丰富让人瞬间被弄花了眼睛，怎么也拿不定主意。

鲍勃还是有些恍惚地走着，在身着本地服装和欧洲衣着的各色人等中穿行。他打起精神，又问了自己一次，到底要去哪儿？

他转进一家本地咖啡店，点了一杯柠檬茶。喝着茶，他开始慢慢地清醒过来。咖啡店的氛围让人冷静。正对着他的桌子上有一位年长的阿拉伯人，正在平和地拨动一串琥珀念珠，身后是两个在玩双陆棋的年轻人。这是一个坐下来思考的好地方。

他是得想清楚才行。价值七十五万英镑的珠宝交托给了他，完全由他制定某种计划把珠宝带出这个国家，而且没有时间可供浪费，暴动随时都有可能发生。

阿里已经疯了，这是自然的。就这样把七十五万英镑漫不经心地扔给一个朋友，然后自己稳坐下来，将一切都交托给真主。鲍勃可没有这样的信念可以寄托。鲍勃的上帝总是期望自己的信徒有决断，按自己的意愿最大限度地行使主所赐予的能力。

那他到底该拿这些该死的宝石怎么办？

他想到了大使馆。不行，他不能把大使馆牵扯进来，而且几乎可以肯定大使馆会拒绝被牵扯进来。

他所需要的是某个人，某个极为普通的人，即将以极为正常的方式离开这个国家的人。一个商人，或者说，最好是一名游客。某个没有任何政治关系的人，这个人的行李最多只会被简单翻查一下，甚至很可能根本不会被检查，当然了，另外一头的情况也需要考虑。伦敦机场那边可能闹出大事，比如试图走私价值七十五万英镑的珠宝这类的麻烦，这个人需要冒这样的险。

一个普通的人——某个货真价实的游客。鲍勃忽然想到自己还真是个傻瓜。琼，当然了，他的姐姐琼·萨特克利夫。琼和她的女儿到这儿已经有两个月时间了，珍妮弗得了一场肺炎，医嘱要求多见阳光，还要干燥的气候。再过四五天，她们就要乘海轮回去了。

琼就是这个理想的人选。对于女人和珠宝，阿里是怎么说的来着？鲍勃对自己笑起来。琼倒不是这样的人，她不会因为珠宝而昏了头。她会一直保持冷静。是的——他可以信任琼。

不过，先等等……他能相信琼吗？她的诚信是没问题的，但是她的谨慎呢？鲍勃很遗憾地摇了摇头。琼会说出去的，这一点她是忍不住的。其实更糟，她会卖关子——“我带回来了很重要的东西，我不能告诉任何人，但是这实在是太令人兴奋了……”

琼从来都做不到守口如瓶，但是如果有人说她是这样的人，她又会很生气。所以，琼绝对不能知道她带了什么，这对她来说也更安全。他要把宝石装在一个小包裹里，看起来绝不起眼的一个小包裹。对她编个故事：给某人的礼物？受人之托？他得想想该怎么说。

鲍勃看了一眼手表，站起身来。时间不知不觉就过去了。

他在街上大步走着，完全无视正午的灼热，一切都是那么正常，表面上看不出任何迹象，只有在王宫里才会意识到一场大火正在酝酿爆发；会发现有人在暗中窥探，有人在窃窃私语。军队，一切都取决于军队。谁是忠诚的？谁又是不忠诚的？有人在试图发动一场政变，这是肯定的，但是到底会成功还是失败？

走进拉马特最好的那家酒店时，鲍勃皱起了眉。这家酒店很“谦虚”地把自己叫作丽兹·萨沃伊[①]，有一个充满现代化元素的宏大门面。酒店在三年前高调开张，经理是瑞士人，厨师来自维也纳，还有一个意大利的总管。一切都曾是那么美好，后来先是维也纳厨师走了，接着是瑞士经理。现在意大利领班也不在了。

①丽兹（Ritz）和萨沃伊（Savoy）分别是两个世界顶级连锁酒店集团。

这里的食物还是显出了厨子的野心，但是口味糟糕，服务令人深恶痛绝，花大价钱购置的管道设备很多已经坏掉了。

柜台后面的职员对鲍勃很熟悉，赶紧迎了上来。

“早上好啊，卫队长。要找你姐姐？她和小姑娘外出野餐了——”

“野餐？”鲍勃愣了一下——偏偏选在这个时间去野餐？

“还有石油公司的赫斯特先生和太太一起。”职员继续补充道。总有人什么都知道，“他们去了格拉迪瓦水坝。”

鲍勃暗自骂了一句。琼还要好几个小时才会回来。

“我去她的房间等吧。”他说着伸出手示意要钥匙，职员马上交给了他。

他打开门走进了房间，这是一间宽敞的双床房，和往常一样乱。琼·萨特克利夫从来都不是一个整洁的女人。高尔夫球杆就横摆在椅子上，网球拍丢在床上，衣服到处都是，桌子上散放着一些胶卷、几张明信片、几本平装书和一组从南部买回来的本地古玩，虽然当中的大部分应该是在伯明翰和日本制造的。

鲍勃环顾四周，看了看那些皮箱和拉链包。他面临着一个难题：在和阿里飞离这地方之前他应该是见不到琼了。去一趟水坝再回来，时间肯定是不够的。他可以把东西包好，再留一张字条——不过他立即摇了摇头。他很清楚，自己几乎总是被人跟踪，可能从王宫被跟到咖啡馆，又从咖啡馆跟到这儿。这倒不是因为他发现了什么人——他知道这些人都是个中好手。来酒店看他的姐姐是没有什么可疑的——但是一旦留下一个小包或一张字条，一定会被人检查，被人偷看。

时间啊，时间啊，现在他最缺少的就是时间了。

七十五万英镑的宝石就在他的裤袋里装着。

他又开始环顾房间了。

然后，他咧嘴笑起来，从裤袋里掏出那个一直随身携带的小工具包——他发现了侄女珍妮弗的橡皮泥，应该能派上用场。

他熟练又迅速地动起手来。中间有一段抬起头，疑心地看了看开着的窗户。没有，这个房间外面没有阳台，只是太紧张了，总觉得有人在盯着他看。

做完了手上的活儿，他满意地点点头。没人会注意到他做了什么手脚——他对此很有信心。不管是琼还是其他什么人都不会发现，更不会是珍妮弗了。她是个自我中心的孩子，绝对不会注意到，甚至不会看到自己以外的任何事物。

他把自己辛勤劳作留下的证据打扫了一番，全部收进了口袋。然后，他犹豫了一下，四下看了看。

他把萨特克利夫夫人的便笺本拿过来，坐下皱着眉。

他必须给琼留个字条。

但是能说些什么？一定得是琼能明白的说法——但是对任何其他也能看到便笺的人却是没有意义的。

这真是不可能的事情！在鲍勃闲暇时爱读的一些惊险小说里，你尽可以留下一种密文，但是总能被某个人成功破解出来。可是他甚至不知道这种密文应该怎么开始——无论如何，琼都是那种只有一般常识的人，你得把所有字句写得清清楚楚，她才会明白这东西的意思。

然后，他皱着的眉头展开了。还有个办法可以达到目的，把别人的注意力从琼身上转移开：留下一张再普通不过的字条，再托人给回到英国的琼带个口信。他很快写完了下面的话——

亲爱的琼——顺道来看看你要不要晚上一起打场高尔

夫，不过既然你去了水坝，可能会累到什么也不想干。要不明天吧？五点在俱乐部见？

你的

鲍勃

对他可能再也不会见面的姐姐来说，这个像是那种随手写的字条——但是从某些方面来说，越随意越好。琼绝不能被牵扯到这些乱七八糟的事情里，甚至连知道这些事情的存在都不行。琼不会作戏。对她最好的保护就是让她完全不知道任何事情。

这张字条还可以达到另一个目的，那就是从表面看来，鲍勃本人并没有任何要离开的计划。

他又想了一两分钟，接着走到电话机前，播通了英国大使馆的号码，很快就找到了埃德蒙森，他是大使馆的三等秘书，也是鲍勃的朋友。

“约翰吗？是鲍勃·罗林森。下班后能找个地方和我见一面吗？……能早一点儿吗？……你一定得答应，老伙计。挺重要的事情。是啦，确实是有关一个姑娘。”他假装尴尬地咳嗽了一声，“她是挺好的，相当好，世间罕有啊，只是情况有点棘手。”

埃德蒙森的声音听起来有些生硬，似乎不以为然。他说：“哦，鲍勃，你和你的那些姑娘们。行吧，两点可以吧？”说完他挂断了电话。鲍勃又听到一点点咔嗒的回声，像是在偷听的人也放下了话筒。

埃德蒙森是个好样的老伙计。发现拉马特的所有电话都被人监听之后，鲍勃和埃德蒙森想出了一套属于他们自己的暗语。“世间罕有”的好姑娘，意思就是某件紧迫而且重要的事情。

两点钟的时候，埃德蒙森会开车到商业银行外面载上他，他会告诉埃德蒙森东西藏在哪儿。还要告诉他，琼并不知道这些事情，但是，如果鲍勃出了什么事，这就相当重要了。坐长程海轮回英国的琼和珍妮弗要六周以后才到，到那个时候，革命几乎可以肯定已经发生，要么成功了，要么被镇压了。阿里·优素福可能已经到了欧洲，或者他和鲍勃都被杀了。鲍勃打算告诉埃德蒙森足够的信息，但是也不能太多。

鲍勃最后环视了一遍房间。看起来和之前一模一样，安静，不整洁，有些家的味道。多出来的唯一的东西就是他写给琼的那张字条。他把它立在桌上，然后就离开了。长长的走廊里空无一人。

2

住在琼·萨特克利夫隔壁的女人从阳台退回房间，她手里拿着一面镜子。

她走到阳台上本是要更仔细地检查一下那根居然厚颜无耻地从自己的下巴上长出来的毛发。她用镊子解决了它，然后在明亮的阳光下细心地观察自己的脸庞。

也就是在那个时候，随着注意力的放松，她发现了另外的东西。她拿着镜子的角度刚好让镜中显现了隔壁房间衣柜的镜子，从那面镜子里，她看到一个男人正在干着什么非常引人好奇的事情。

这件事是如此令人好奇又出乎意料，她站定下来，一动不动地继续观察着。从他坐在桌前的位置自然是看不见她的，她也只是通过两次镜子的反射才能看到他。

如果他回头看看，倒是可能从衣柜的镜子里看到她的那面手镜，但是他太用心在自己手头的事情上，完全没有向后观望。

倒是有那么一次，他忽然抬头朝窗口看了下，但自然看不到任何东西。很快，他又低下了头。

阳台上的女人一直看着他做完手上的事情。停了一会儿之后，他写了一张字条，然后立在桌上。接下来他走出了她能看到的范围，但是能听出来是在打电话。听不清他说了些什么，只是声调很轻松，很随意。接着，她听到了门关上的声音。

女人等了几分钟，然后打开了自己房间的门。走廊的另一头有个阿拉伯人拿着鸡毛掸子木然地打扫着。他走到转弯处，消失在视线里。

那个女人轻快地溜到隔壁房间的门口。门是锁着的，这也是预料中的事情，她手上拿着发卡，还有一把开刃的小刀，迅捷而熟练地打开了门。

她走进房间，反手关上门。她拿起字条，封口只是轻轻搭在一起，很轻松就能打开。她读完了，皱着眉。里面没有任何解释。

她封好字条，放回原处，走到了房间的另一头。

刚伸出手，窗外就传来了下面露台上的人声，让她受了点惊吓。

其中一个声音是她所处房间主人的，斩钉截铁、居高临下的语调，充满自信。

她快步走到窗口。

窗下的露台上，在她肤色苍白，体型结实的十五岁女儿珍妮弗的陪伴下，琼·萨特克利夫夫人正在用全世界都能听到的嗓门和一个高个子英国男人说着话，这个来自英国领事馆，满脸不快的男人听着她对他所做安排的评价。

“可是这也太荒唐了！我从没听过这种没道理的事情。这儿的一切都是那么平和，每个人都那么开心。我觉得这完全是大惊小怪了。”

“我们也希望是如此，萨特克利夫夫人，我们当然希望如此。但是大使感觉他的职责所在……”

萨特克利夫夫人打断了他的话。她根本没打算考虑大使们的责任。

“我们还有很多行李，你是知道的。我们打算坐海轮回去，下周三的船。海上的旅行对珍妮弗有好处，医生是这样说的。我绝对不想改变我们的安排，因为这种傻乎乎的事情就改成搭飞机回英国。”

那个郁郁寡欢的男人还是鼓动地说，萨特克利夫夫人可以带着女儿搭乘飞机，不用飞回英国，至少是到亚丁，从那儿上船。

“带着我们的行李？”

“是的，是的，这些都是可以安排的。我有车正在等着——是辆旅行车。我们可以马上装上所有东西。”

“那好吧。”萨特克利夫夫人让步了，“那我们最好马上开始收拾行李。”

“马上开始，如果你不介意的话。”

站在房间里的女人急忙缩回头。她飞速瞥了眼其中一个手提箱的行李标签上写着的地址，然后很快溜出房间，赶在萨特克利夫夫人出现在走廊拐角之前的一刻，回到了自己的房间。

前台的那个职员从后面小跑追上来。

“萨特克利夫夫人，你的弟弟，卫队长，刚刚来过。他去过你的房间，但是我想他应该是又走了，想必刚好错过了。”

“真讨厌。”萨特克利夫夫人说，“谢谢你。”她对那名职员说道，接着转向珍妮弗："我想鲍勃也在胡思乱想了。我在街上是没有看到任何骚乱迹象的。门没有锁，这些人也太不小心了。"

"可能是鲍勃舅舅忘了锁门呢。"珍妮弗说。

"真希望没有错过他。哦，有张便条。"她说着便打开了它。

"看起来鲍勃是一点都没有担心。"她开心地说道，"他显然是对这些事情一无所知。外交手段，如此而已吧。天哪，我真是讨厌在一天最热的时候收拾行李。这房间就像个烤箱。快点儿，珍妮弗，把你的东西从抽屉还有衣柜里拿出来，先随便塞进去再说吧。我们晚点儿再重新整理。"

"我还从没有置身于一场革命当中呢。"珍妮弗若有所思地说。

"我想你这次也不会遇到的。"她的母亲尖刻地说，"就和我说的一样，什么都不会发生的。"

珍妮弗看起来有些失望。

第三章　鲁滨孙先生出场

1

大约六周之后，在布卢姆斯伯里某个房间外，一个年轻人小心翼翼地敲着门，里面的人叫他进去。

这是个很小的房间，书桌后面是一个胖胖的中年人，瘫坐在椅子上。他穿着一套皱巴巴的西装，前襟上洒满了烟灰。窗户关着，室内的空气简直令人难以忍受。

“那么，”这个胖男人暴躁地说，眼睛也只是半闭着，“现在又是怎么回事儿，嗯？”

传说中，派克威上校的眼睛在睡觉的时候只是微微闭上，在醒着的时候也只是微微睁开。还有传说是，派克威上校的名字其实不是派克威，他甚至也不是什么上校，当然了，人们总是什么话都能传出来。

“长官，外交部的埃德蒙森来了。”

“哦。”派克威上校应了一声。

他眨了眨眼，看起来像是又要睡着了，嘴里嘟嘟囔囔地说着。

“拉马特革命发生时，大使馆的三等秘书。对吧？”

“是的，长官。”

“那我想最好还是见见他。”派克威上校不带什么明显情绪地说。他的身体微微挺直了一些，又把发福肚子上堆积的烟灰掸了掸。

埃德蒙森先生是个挺拔的高个子年轻人，衣着中规中矩，举止非常得体，略带一点目空一切的感觉。

“派克威上校？我是约翰·埃德蒙森。他们说您，呃，可能想要见我。”

“他们这么说了？也对，他们可能是知道的。”派克威上校说，“坐吧。”他补了一句。

他的眼睛又开始合上，就在完全闭上之前，他开口说话了。

“革命发生的时候你在拉马特？”

“是的，我在那儿。挺讨厌的差事。”

“我也觉得会是这样。你是鲍勃·罗林森的朋友，是吗？”

“我和他相当熟悉，是这样。”

“时态错了，”派克威上校说，“他已经死了。”

“是的，长官，我明白。只是我不能肯定……”说着，他停了下来。

“在我这里说话你不需要谨小慎微，”派克威上校说，“我们这儿什么事情都知道。或者说，就算不知道，我们也假装全知道。革命爆发的当天，罗林森带着阿里·优素福飞出了拉马特。从那以后飞机就没有任何音讯。可能降落在某个人迹未至的地方，或者就是坠毁了。在阿罗利斯山脉里发现了一架飞机的残骸，两具尸体。这条消息会在明天发布给报界，是这样吧？”

埃德蒙森承认这些说法都是对的。

“我们这儿知道所有事情。”派克威上校说，“这是我们存在的意义。飞机进入了山区，可能是天气的关系，也有理由相信是人为破坏，甚至会是定时炸弹。我们还没有收到详细的报告。飞机坠毁在一个相当难以进入的地区，曾经有悬赏要找到它，但是这种事情总要很长时间才有效果。所以我们派了专家飞过去亲自检查。都是些官僚系统的繁文缛节，这是自然的。向外国政府递交申请，等待政府部长们的批准，还要行点儿贿——至于当地农民是不是拿走了些可能非常有用的东西，自然更不用提。”

他停下来看着埃德蒙森。

“整件事情非常令人难过。”埃德蒙森说，“阿里·优素福王子本可以成为一名开明的统治者，他有着民主的原则。”

“可能就是这个原因让那可怜的家伙送了命。”派克威上校说，“但是我们没有时间浪费在讲述国王们是如何丧命的悲惨故事上。我们被要求进行某种——调查。这是利益相关方的要求，他们的意思是说，可以随意差遣大英帝国政府的人。”他用力盯着对方，“明白我的意思？”

“这个，我听到过一些说法。”埃德蒙森不大情愿地说。

“你可能也听说了，尸体上，或者说飞机残骸里没有找到什么有价值的东西，就我们所知，当地人也没有翻到什么值钱的玩意儿。不过说到这个，农民们的事情谁也说不准。他们可以和外交部一样守口如瓶。你还听到些什么？”

“没别的什么了。”

“难道没有听说过，也许本该找到某种非常值钱的东西？他们把你派过来找我是干什么的？”

“他们只是说，您可能想要问我些问题。”埃德蒙森正色答道。

“如果我问了你什么问题，我指望的是得到答案。”派克威上校直言。

“这是自然的。”

“你可并没有表现得很自然，孩子。在飞离拉马特之前，鲍勃·罗林森有没有和你说过什么？如果说阿里还信任什么人的话，他应该是一个。来吧，说出来。他说过什么没有？”

“您是指什么呢，长官？”

派克威上校紧盯着他，挠了挠耳朵。

“哦，是了，”他嘟囔着，“又想打探些什么，又不想说出点儿别的。我是觉得你干得有些过头了。如果你不知道我在说什么，那你就是不知道了，这事就此作罢。”

“我想是有什么事情的——”埃德蒙森小心翼翼又带着点犹疑地说，“有些很重要的事情，鲍勃可能是想要告诉我的。”

“哦？”派克威上校带着那种终于撬开了酒瓶盖的神情说道，“有点儿意思。把你知道的说说看。”

“不是很多，长官。鲍勃和我有一套很简单的暗语。我们觉得拉马特所有的电话都被窃听了。鲍勃在王宫里会听到些事情，我有时也要告诉他一些有用的消息。所以，如果我们当中的一个打电话给另一方，提到某个姑娘或者一些姑娘，用到‘世间罕有’这种形容，那就是说有事情要发生。”

“这样或者那样的重要消息？”

“是的。鲍勃在大戏开场的那天打给我，用到了这个说法。我本应在我们通常的接头地点见他——是在某家银行的外面。但是动乱正好在那个街区爆发，警察封锁了道路。我没办法联络鲍勃，他也找不到我。就在那天下午，他带着阿里驾机飞离了那儿。”

“我知道了。”派克威说，“知不知道他是从哪儿打电话给你的？”

“不知道，可能是从任何地方。”

“可惜。”他停了一下，然后很随意地抛出一个问题。

“你知道萨特克利夫夫人吗？”

“你是说鲍勃·罗林森的姐姐？当然了，我在拉马特见过她。她带着一个上学年纪的女儿，我和她并不熟悉。”

“她和鲍勃·罗林森的关系亲密吗？”

埃德蒙森思索了一会儿。

“不，我不这么认为。她比他的年纪大不少，很有些大姐的样子。他好像不是很喜欢他的那个姐夫——对他总是用‘自负的蠢货’这种代称。”

“那人的确是那样，他是我们最负盛名的实业家之一——他们自负的程度可不一般。所以，你不觉得鲍勃·罗林森可能把什么重要的秘密交托给了他的姐姐？”

“这也很难说——但是不会，我不这么认为。”

“我也不这么想。”派克威上校说。

他叹了一口气。“好吧，那就这样了。萨特克利夫夫人和她的女儿正在从海路回来的路上。东方皇后号明天会在蒂尔伯里靠岸。”

他沉默了一会儿，眼睛上下打量着对面的那个年轻人。然后，像是作出了一个决定，他伸出手来轻快地说道：“很感谢你能来。”

“很抱歉没能帮上什么忙。您确定没有什么我能做的事情？”

“没了，没了。我想是没有了。”

约翰·埃德蒙森离开了。

之前那个谨慎的年轻人又回到了房间。

“我本想派他去蒂尔伯里把坏消息带给那位姐姐，”派克威说，“她弟弟的朋友——这样的关系。但我还是决定不要这样做。他太死板了，外交部训练出来的，不会随机应变。我还是派那个谁去——他叫什么来着？”

“德里克？”

“就是他了。”派克威上校点头表示赞许，“明白我的意思了，是吗？”

“我尽力而为，长官。”

“尽力是不够的。你必须做成。先去把罗尼叫来见我，我有任务派给他。”

2

那个年轻人把罗尼带进房间的时候，派克威上校显然是马上又要睡着了的样子。罗尼个头很高，深色皮肤，肌肉发达，看起来性情开朗，又有些不逊的样子。

派克威上校看了他一会儿，然后咧嘴笑了。

“派你潜入一间女子学校，怎么样？”他问道。

“女子学校？”那名年轻人扬起了眉头，“这倒是新鲜玩意儿。她们是犯了什么事儿？在化学课上做炸弹？”

“倒不是这种事情。这是所非常高级的上等学校。芳草地。”

“芳草地！”年轻人吹了声口哨，“难以置信。”

“闭上你那张臭嘴听我说。已故拉马特亲王阿里·优素福的大表妹，也是唯一的近亲，谢斯塔公主，下学期就要去那儿上学了。这之前她一直在瑞士的学校读书。”

“要我去干点儿什么？绑架她？”

“当然不是了。我是觉得，就在不久的将来她会成为各方关注的焦点。我要你关注事态的发展。恐怕我没法说得太详细。我也不知道什么事情会发生，什么人会出现，但是如果有任何我们不太喜欢的朋友表现出兴趣，及时报告。观察，这就是你该做的事情。”

年轻人点点头。

“我该怎么进入观察位置？是不是要假扮美术老师？”

“学校的教员都是女性。”派克威上校若有所思地打量着他，“我觉得我得把你弄成一个园丁。”

“园丁？”

“是的。我想你应该是懂一些园艺的吧？”

“是的，懂一些。我年轻时候在《星期日邮报》的‘你的花园’开过一年的专栏。”

“哈！”派克威上校，“这不算什么！我自己也能写一年的园艺专栏，但是什么也不用懂——找几本内容详尽的苗圃名录，再来一套园艺百科，东抄抄西选选就行了。那些套话我都明白。为什么不挣脱传统的束缚，让你的花园在今年有一点点真正的热带风情？惹人喜爱的‘可爱长舌花’，再上一些奇妙的‘有罪生傻瓜’的中国新杂交种。还可以试试红艳欲滴，冠盖群芳的‘邪恶勿忘我’，虽然不是很耐寒，但是种在西边墙角应该可以生长无碍[①]。”他停下来，开心地咧嘴而笑，“毫无意义啊。听信了这个的傻瓜们去买了花，早霜一出就全部死掉了，然后悔恨不已，早知道就按老样子种点儿爬墙虎和勿忘我算了。不，我的孩子，我说的是真正的干活。朝手上吐口唾沫，拿起铁铲，和堆肥亲密接触，仔细陪护花根，用上荷兰锄头还有各种各样的锄头——要想豌豆香甜，就一定要深耕——还有其他各种各样能累死人的活。

---

①这里派克威上校杜撰了一些植物的名称，将一些短语的发音向拉丁语靠拢，再加上典型拉丁语词尾，构成似是而非的植物学名。原文分别为 Amabllis Gossiporia，Sinensis Maka foolia 和 Sinistra Hopaless。

你能做到吗？”

“我就是干着这些活儿长大的！”

“当然了，我认识你的母亲。好吧，就这么决定了。”

“那芳草地在招园丁吗？”

“肯定会有的，”派克威上校说，“英格兰的每个花园都人手不足。我会给你写几份漂亮的推荐信。等着瞧吧，她们会迫不及待地雇用你的。没时间可浪费了，夏季学期二十九号就要开始了。”

“我一边种花一边睁着眼睛四处打探，对吧？”

“就是这样。如果有早熟的年轻姑娘对你有什么想法，而你还有了回应，那就自求多福了。我可不希望你太快被人揪着耳朵扔出来。”

他递过去一张纸。“想要个什么名字？”

“亚当似乎挺不错。”

“姓什么？”

“伊甸怎么样？”

“我不是很喜欢你的这个思路。亚当·古德曼就非常好了。去和詹森一起把你的经历完善一下，然后就开始干活吧。”他看了看手表，“我没时间和你讨论了。我可不想让鲁滨孙先生等着。他应该已经到了。”

换了新名字的亚当正朝门口走着，忽然停下了。

“鲁滨孙先生？”他好奇地问，“真是他要来？”

“我是这么说的吧。”书桌上的电铃响了。“到了。鲁滨孙先生总是这么准时。”

“跟我说说，”亚当好奇地追问，“他到底是什么人？他的真名是什么？”

“他的名字嘛，”派克威上校说，“就是鲁滨孙先生。我就知道这么多，所有人都只知道这些而已。”

3

走进房间的那个人完全不像是叫作——或者曾经叫作——鲁滨孙，更像是迪米特里厄斯，或者是伊萨克斯坦，又或者是佩内纳——虽然并不一定是这几个名字。他并不一定是犹太人，也不一定是希腊人或者葡萄牙人以及西班牙人，也可能不是南美人。不过，他看起来最不可能的就是一个叫鲁滨孙的英国人。他胖胖的，衣着考究，黄色的脸，忧郁的黑眼睛，前额宽阔，嘴巴很大，露出超大、洁白的牙齿。他的手形很好，保养得非常漂亮。他讲纯正的英语，没有一点点口音。

他和派克威上校互相打招呼的方式就像是两个在位的君主。他们讲了不少客气话。

然后，鲁滨孙先生接过一根雪茄时，派克威上校开始转向正题。

“您提出愿意帮助我们真是太好了。”

鲁滨孙先生点燃雪茄，欣赏地品尝着它。最后他说：“我亲爱的朋友。我只是想说——我总能听到些东西，你知道的。我认识很多人，他们会告诉我一些事情。不过我不知道这是为什么。”

派克威上校没有对这个原因妄加评论。

他说：“我想你已经听说了，阿里·优素福亲王的飞机找到了。”

“上周三，”鲁滨孙先生说，“飞行员是年轻的罗林森。高难度的航线。不过失事并不是罗林森犯了什么错。飞机已经被破坏了——有个叫艾哈迈德的人——资深机械师。本应该是完全可信的——或者说罗林森是这么想的。结果并不是。现在他在新政权捞到一份待遇丰厚的差事。”

“原来真的是被破坏了！我们还没有确认这一点。真是一件悲惨的事情。”

“是的。可怜的年轻人，我是说阿里·优素福——没有足够的能力来对付贪污腐败和阴谋背叛。他的公立学校教育不太明智——至少在我看来是这样。但是我们已经不用再为他担心了，不是吗？他已经是昨天的新闻了。没有什么比死去的国王更乏味，我们现在关心的事情是，死去的国王留下来的东西——你有你的办法，我有我的方式。”

“留下的东西是？”

鲁滨孙先生耸了耸肩膀。

“在日内瓦有一笔不小的银行存款，伦敦也有一笔钱，在他的国家还有一些可观的资产，现在已经被光荣的新政权接收了——就我听到的消息，因为怎么瓜分这些钱还闹得不太愉快。最后嘛，还有一点点个人物品。”

“一点点？”

“这种东西也是相对而言。体积上很小，至少是这样。很容易随身携带。”

“没有在阿里·优素福的身上，至少就我们所知是这样。”

“不在。因为他已经把它们交给了年轻的罗林森。”

“你能肯定这一点？”派克威警觉地问道。

“要说呢，凡事都没办法肯定。”鲁滨孙先生略带歉意地说，“在一个流言四起的王宫里，不可能什么都是真话。不过确实有不少流言都指向这个说法。”

“但是东西也不在罗林森的身上……”

“这样的话，”鲁滨孙先生说，“那些东西应该是从别的什么渠道离开了那个国家。”

“别的什么渠道？你有什么想法吗？”

“罗林森在拿到珠宝之后去了城里的一间咖啡店，没有人看见他在那里和任何人说过话，或者是有人接近过他。之后他去了他姐姐入住的丽兹·萨沃伊酒店，上到她的房间，在里面待了大约二十分钟。她当时并不在。他接着离开了酒店，去了胜利广场边上的商业银行，兑现了一张支票。当他离开银行的时候，一场骚乱正好开始。学生们为了什么事情闹起来，过了一段时间，广场才被清理。罗林森从那里直接去了机场，在艾哈迈德军士的陪同下，他检查了一遍飞机。

“阿里·优素福乘车离开王宫去视察新的道路工程，把车停到了跑道边上，和罗林森会合，表示要进行一次短途飞行，从空中看看水坝和新的道路工程。他们随即起飞，然后没有再回来。”

“你从中得出了什么结论？”

“我亲爱的朋友，和你的推论是一样的。他姐姐出去了，也有人告诉他，她可能要到晚上才会回来。那为什么鲍勃·罗林森还会在她的房间里待了二十分钟？他给她留了一张字条，这最多花掉他三分钟时间。其余时间他都在做什么？”

“你的意思是，他把珠宝藏在了他姐姐行李中某个适当的地方？”

“似乎是这样，不是吗？萨特克利夫夫人在当天和其他英国人一起被疏散。她带着女儿飞到亚丁，明天船会到蒂尔伯里，我想是这样吧。”

派克威点点头。

“要照顾好她。”鲁滨孙先生说。

“我们会好好照顾她的，”派克威说，“都已经安排好了。”

“如果珠宝在她那里，她就也处在危险中。”他闭上眼说，“我非常不喜欢暴力。”

“你觉得可能会有暴力？”

“很多人都有兴趣。各种各样讨厌的人——你明白我的意思。”

“我明白你的意思。”派克威冷冷地说。

“当然了，他们之间会有尔虞我诈。”

鲁滨孙先生摇摇头。“真是乱七八糟。”

派克威上校斟酌着问道：“你本人是不是也有任何——呃，是不是在此事里有什么特别的利益？”

“我代表很大一堆利益。”鲁滨孙先生这么说道，他的声音里略有些不满的意思，“这些宝石中的一些是由我代表的团体出售给已故亲王殿下的——非常公平合理的价格。我代表的这些人非常有兴趣寻回这些宝石，我可以大胆地说，他们的想法已经得到了已故物主的许可。我不应该再多说什么了。这种事情很微妙。”

“但是你肯定是站在好人一边的。”派克威上校微笑着说。

“哈，好人。好人——是的。”他停了一下，“你是否知道，萨特克利夫夫人和她女儿所在酒店房间的左右房间都住着什么人？”

派克威上校看起来有些走神的样子。

“让我想想啊，我想我是知道的。左手边是安吉丽卡·德·托瑞多女士——西班牙人——呃，在当地的舞厅跳舞。也许不完全是西班牙人，可能也不是很好的舞者，但是在顾客当中还是很受欢迎的。另一边是一个学校教师旅行团中的一人，就我所知是这样。”

鲁滨孙先生赞许地笑了笑。

“你总是这样。我想来告诉你一些事情，结果几乎每一次你都已经知道了。”

“哪里，哪里。”派克威上校很有礼貌地否认着。

“就你我二人之间说说，”鲁滨孙先生说，“我们知道的事情还真是不少。”

两人的目光相接。

“我希望，”鲁滨孙先生边起身边说，“我希望我们知道的事情足够多——”

第四章　旅者的归来

1

“说真的！”萨特克利夫夫人看着酒店窗外，用很气愤的声音说，“我不知道为什么每次回到英国的时候都会下雨，搞得一切看起来都那么压抑。”

“我觉得能回来总是很好的。”珍妮弗说，“能听到街上的每个人都说着英文，还可以随时喝上真正像样的茶。面包、黄油、果酱，还有好吃的蛋糕。”

“我倒是不希望你过得这么与世隔绝，亲爱的。”萨特克利夫夫人说，“如果你说宁可待在家里，那我费力把你带出国，跑到波斯湾走一圈又是为了什么？”

“我不介意在国外住上一两个月，”珍妮弗说，“我只是说，能回来我很高兴。”

“现在请让开点，亲爱的，我得看看他们是不是把所有的行李都装上了。说真的，我是觉得——我觉得大战之后，人们都变得非常不实在。我敢肯定，如果我没有一直留心着这些东西，在蒂尔伯里那个家伙一定会拿走我的绿色拉链包。还有个家伙一直在行李旁边兜圈子，我后来在火车上又见到他了。我相信，你知道的，这些小贼专门等着船靠岸，如果有谁慌慌张张，或者是晕船什么的，他们就能落着一些手提箱了。”

“天哪，你总是把事情想成那样，妈妈。”珍妮弗说，“你总是觉得你遇到的每一个人都是坏东西。”

“他们中的大多数确实是这样。”萨特克利夫夫人冷冷地说。

“英国人可不会是这样。”忠诚爱国的珍妮弗说。

“这更糟。”她母亲说，“没人指望阿拉伯人还有其他什么外国人会是好人，但是在英国，人们就会放下戒心，那些坏人就更容易得手了。现在让我先点点。绿色的大手提箱在这儿，还有那个黑色的，两个棕色的小箱子，拉链包，还有高尔夫球杆，网球拍，大手提袋，帆布箱——绿色的包呢？哦，在这儿。我们在当地买的那个放杂物的桶包——好了，一，二，三，四，五，六，没错，都在这儿。全部十四件东西都在这儿。”

“现在能去喝茶了吗？”珍妮弗说。

“茶？这才三点钟呢。”

“我是真的饿了。”

“好吧，好吧。你能自己下去叫点儿东西吗？我真的觉得我必须休息一会儿，然后还得打开行李把过夜要用的东西取出来。你爸爸不能来接我们真是太糟了。干吗非要有个什么在纽卡斯尔泰恩河畔非常重要的董事会，我就不明白了。首先想到的应该是自己的妻子和女儿才对，特别是他已经三个月没见过我们了。你自己一个人没问题吗？”

“我的天哪，妈妈，”珍妮弗说，“你以为我现在几岁了？能给我一些钱吗？我身上没有英镑了。”

她接过母亲递来的十先令纸钞，带着轻蔑的表情离开了。

床边的电话响了起来。萨特克利夫夫人走过去拿起了话筒。

“喂……是的……是的，我是萨特克利夫夫人……”

有敲门的声音。萨特克利夫夫人对着话筒说："稍等一下。"然后放下话筒走到门口。一个穿深蓝工服的年轻人站在门外，手里拿着一套小工具包。

"电工，"他轻快地说，"这个套间的灯有些问题，他们派我来检查一下。"

"哦，是这样……"

她让开一步，电工走进了房间。

"浴室在哪儿？"

"在里面——穿过另外一间卧室。"

她又回到了电话旁。

"真抱歉，你刚才说到哪儿了？"

"我叫德里克·奥康纳。我可以上您的房间来吗，萨特克利夫夫人？是关于您弟弟的事情。"

"鲍勃？有——有他的消息了？"

"恐怕是这样，是的。"

"哦……哦，我明白了……好的，上来吧。我在三楼，三一〇房间。"

她坐在床上，已经明白这会是个什么样的消息。

不一会儿就听到敲门声，她打开门，让进一个年轻人。后者用一种并不流露情绪的得体方式与她握了握手。

"你是外交部派来的？

"我叫德里克·奥康纳。上面让我来的原因是，似乎没有其他什么合适的人来把这种消息告诉您了。"

"请告诉我，"萨特克利夫夫人说，"他已经死了，是这样吗？"

"是的，是这样，萨特克利夫夫人。他带着阿里·优素福亲王飞出拉马特，飞机坠毁在山里。”

“为什么我没有听说——为什么没人把电报发到船上？”

“直到几天前事情都还没有完全确定。我们知道飞机失踪了，仅此而已，但是考虑到当时的情况，还是有些希望的。现在飞机的残骸已经找到了……我相信有一点会让你略感欣慰：他们是立即身亡的。”

“亲王也死了？”

“是的。”

“我倒不是特别意外。”萨特克利夫夫人说，声音有些发抖，但是她完全能控制住自己，“我知道鲍勃会死得很年轻。他总是那么莽撞，你知道的——总是要飞新的飞机，尝试新的特技。其实过去四年我很少见到他。唉，算了，一个人的秉性没法改变，不是吗？”

“是的，”来访者应道，“恐怕是没法做到。”

“亨利总是说，他迟早会把自己摔死的。”萨特克利夫夫人说。她似乎从自己丈夫的精准预言中得到了一种带着抑郁的抚慰。一滴眼泪从她的面颊滚下，她去找她的手帕。“这真是一个打击。”她说。

“我明白——我很难过。”

“鲍勃应该是没法全身而退的，这很自然。”萨特克利夫夫人说，“我是说，既然他当了亲王的飞行员。我也不会希望他甩手离开。他是个很好的飞行员。我敢肯定，就算撞上山头，也不会是他的错。”

“不是。”奥康纳说，“很显然并不是他的错。把亲王带出来的唯一希望就是飞机，不管是在什么天气条件下，这都是一趟非常危险的飞行，结果出了事情。”

萨特克利夫夫人点点头。

“我很明白。”她说，“谢谢你专程过来告诉我这些。”

“还有一件事情。”奥康纳说，“有件事我需要问您。您的弟弟有没有把任何东西交给您带回英国？”

“交给我什么东西？”萨特克利夫夫人说，“你的意思是？”

“他有没有给您任何——包裹——任何小件的东西，让您带回来交给在英国的什么人？”

她不解地摇摇头。“没有。你为什么觉得他会这么做？”

“有一个挺重要的包裹，我们猜您的弟弟可能交给什么人带回国了。他当天曾去您入住的酒店找您——我是说，革命爆发的那一天。”

“这个我知道。他留下了一张字条。但是里面什么都没有说——只是说第二天去打网球或者高尔夫这样无足轻重的事情。我想他写那张字条的时候，绝不可能知道就在那个下午，他必须得驾飞机把亲王带出去。”

“就说了这些？”

“字条里面？是的。”

“您还留着它吗，萨特克利夫夫人？”

“留着他写的那张字条？没有，当然没有。那就是些无关紧要的东西。我撕碎扔掉了，为什么我要留着它？”

“没什么理由，”奥康纳说，“我只是问问。”

“想问什么？”萨特克利夫夫人有些不高兴地说。

“是不是还有某种——某种别的信息藏在里面。毕竟——”他笑了笑说，“有种东西叫作密写墨水，您也是知道的。”

“密写墨水？”萨特克利夫夫人万般厌恶地说，“你的意思是间谍小说里面用的那种东西？”

“是的，恐怕我说的就是那种东西。”奥康纳带着歉意地说。

“这是什么傻话，”萨特克利夫夫人说，“我很肯定鲍勃绝对不会用密写墨水这样的东西。为什么要用呢？他是那种求事实，讲道理的人。”说着话，一滴眼泪又从她的面颊流下，“天哪，我的手袋去哪儿了？我得用一下手帕。可能是放在另一个房间了。”

“我去给您拿过来。”奥康纳说。

他穿过套间之间的隔门，忽然停了下来，看到一个穿工装的年轻人正起身面对他，有些惊慌的样子。这个年轻人刚刚正弯腰察看一只手提箱。

“电工，”这个年轻人匆忙地说，“房间里的灯有些问题。”

奥康纳拨动一个开关。

“我看好像没什么问题。”他平静地说。

“一定是给了我错误的房间号。”这个自称电工的人说。

他收拾好工具包，很快从门口溜进了走廊。

奥康纳皱着眉，从梳妆台上拿起萨特克利夫夫人的手袋，给她送了出去。

“对不起，”他说着，一边拿起了电话话筒，“这里是三一〇房间。你们有没有派电工过来检查这个套间的电灯？是的……是的，好，我等着。”

他等着。

“没有？不，我以为你们派了人过来。不，没有什么问题。”

他放下听筒，转过身来面向萨特克利夫夫人。

“这里的灯全部都没有问题，”他说，“总台也没有派电工过来。”

“那刚才那个人来干什么？他是个小偷吗？”

“他刚刚可能是在偷东西。”

萨特克利夫夫人快速检查了一下她的手袋。“他没有从我的手袋里拿走什么东西。钱都还在。”

“萨特克利夫夫人，您可以肯定——绝对地肯定——您弟弟没有交给您什么东西让您带回来，或者就打包在您的行李里？”

“我很肯定没有。”萨特克利夫夫人说。

“或者您的女儿——您有一个女儿，不是吗？”

“是的，她到楼下喝下午茶去了。”

“您的弟弟会不会交给她任何东西呢？”

“不，我敢肯定他没有。”

“还有一个可能，”奥康纳说，“那天在您的房间等您回来的时候，他可能把什么东西藏到了你们行李中的某个包里面。”

“但是为什么鲍勃要做这样的事情？这听起来真是太荒谬了。”

“其实没有听起来那么不可思议。有可能是阿里·优素福亲王给了您弟弟什么东西让他保管，您的弟弟可能觉得把它放到您的行李里面比他自己带着更安全。”

“在我听来非常不可能。”萨特克利夫夫人说。

“我想请问，您是否介意我们一起翻看一下？”

“你的意思是，检查我的行李？全部摊开？”说到拆开行李的时候，萨特克利夫夫人的声音提高了，几乎是在哀号。

“我知道，”奥康纳说，“这样的要求很失礼。但是这件东西可能非常重要。我可以帮您的忙，您知道的。”他听起来很有说服力，“我经常帮母亲打包行李，她说过我是个挺不错的帮手。”

他施展着自己的全部魅力，这也是他被派克威上校所看重的才能之一。

“那好吧，”萨特克利夫夫人让步了，“我想——如果你这样说的话——我是说，如果这个东西真的这么重要的话。”

“可能是非常重要的。”德里克·奥康纳说着，“那好吧，现在，”他微笑着对她说，“我们可以开始了。”

2

四十五分钟之后，珍妮弗喝完下午茶回来了。她环顾房间，不由得惊讶地抽了一口气。

“妈妈，你这是干了什么啊？”

“我们把行李都拆开了。”萨特克利夫夫人有些不高兴，“现在我们正在重新打包。这是奥康纳先生。这是我女儿珍妮弗。”

“但是你为什么要拆开又打包呢？”

“别问我为什么，”她的母亲急促地说，“似乎是有人觉得，你的舅舅鲍勃把什么东西放到了我的行李里好带回来。我想他没有给你什么东西吧，珍妮弗？”

“鲍勃舅舅交给我东西让我带回来？没有。你们把我的东西也都打开了？”

“我们把所有的行李都拆开了，”德里克·奥康纳有些开心地说，“什么都没有找到，现在我们又把行李都装好了。我想您该去喝杯茶或者吃点儿什么，萨特克利夫夫人。我可以帮您叫点儿东西吗？苏打水白兰地之类的？”他说着走向电话。

“我倒是不介意喝上一杯好茶。”萨特克利夫夫人说。

“我刚才喝的茶非常不错，”珍妮弗说，“面包和黄油，还有三明治和蛋糕，服务生后来又给我拿了一些三明治，因为我这样要求了，他倒也不介意。真有趣。”

奥康纳叫了茶点，接着继续把萨特克利夫夫人的行李打包好，整洁而又灵巧。虽然有些不情愿，萨特克利夫夫人也还是相当钦佩的。

“你的母亲似乎是把你训练得很会打包行李。”她说。

“哦，我倒是有些零零碎碎的小本事。”奥康纳微笑着说。

他的母亲早就过世了，打包拆包行李的技能完全是在为派克威上校效力的过程中训练出来的。

“还有一件事，萨特克利夫夫人。我希望您能非常小心。”

“非常小心？是指哪个方面？”

“怎么说呢，”奥康纳含混地带过，“革命这种事情说不好，可能有各种各样的发展。您会在伦敦待很长时间吗？”

“我们明天就回乡下了。我丈夫会开车送我们过去。”

“那就太好了。不过——还是不要冒任何险。如果有任何一点点不寻常的事情发生，请立即打九九九报警。”

“啊！”珍妮弗兴奋地说，“打九九九。我一直想打这个号码。”

“别犯傻了，珍妮弗。”她母亲这么说道。

3

当地报纸摘录：

一名男子昨日出席地方法庭聆讯，被指控侵入亨利·萨特克利夫先生的居所，意图盗窃。萨特克利夫夫人的卧室被洗劫，室内狼藉不堪，所幸当时全家成员正在教堂参加周日晨间礼拜。在厨房准备午餐的帮工并未听到任何声响。警方在其逃出屋子时抓获了该男子。显然是因为受到惊扰，他试图逃走时并没有带走任何东西。

男子自称安德鲁·鲍尔，无固定居所，并当庭认罪。他自称失业已久，希望找到些现钱。除随身佩戴的数件以外，萨特克利夫夫人的珠宝均存放在银行。

“我早跟你说过，要找人来把客厅落地窗的锁修好。”萨特克利夫先生在家族圈中对此事的评论就是如此。

“亲爱的亨利啊，”萨特克利夫夫人说，“你似乎没有发现，过去三个月我都在国外。不管怎么说，我在什么地方读到过，窃贼们想要进屋的话，他们总是有办法进来的。”

她又瞥了一眼那份当地报纸，若有所思地接着说道：“这个说法听起来多有气势啊，‘厨房帮工’。这和真实情况差得也太远了。亲爱的埃利斯太太已经相当聋了，连站稳都有困难，还有每周日上午过来帮忙的巴德韦尔家那个有点儿糊涂的女儿。”

“我没明白的事情是，”珍妮弗说，“警察怎么知道有人正在房子里偷东西，还能及时赶过来抓住他？”

“他什么都没有拿走，听起来挺不寻常的。”她的母亲也评论道。

“你敢肯定吗，琼？”她丈夫严肃地追问，“你最开始也是有点儿怀疑的吧。”

萨特克利夫夫人恼怒地叹了一口气。

“这种事情又不可能一眼就看出来。我的房间乱成那个样子——东西被扔得到处都是，抽屉全拉出来倒空了。我得把东西都翻检一遍才能肯定——不过现在想起来呢，好像是没有见到我最好的那条雅克马尔围巾。”

“对不起，妈妈。那个是我干的。在船上的时候被风吹到地中海里去了。我是借用来着，我一直想要告诉你的，但总是忘了。”

“说真的，珍妮弗，我跟你说过多少次了，不要不先打招呼就借用我的东西。”

“我能再来点儿布丁吗？”珍妮弗说着，就把话题岔开了。

“我想是可以的。说起来，埃利斯太太在厨房倒是一把好手，就算经常得跟她大吼大叫，那也是值得的。不过我也真的希望等你到了学校，不会被他们认为太贪吃。芳草地不是一间寻常的学校，你得记住这一点。”

“我不确定自己是否真的想去芳草地。”珍妮弗说，“我认识的一个女孩，她的表姐就在那儿读书，听她说，那儿真是太糟糕了。她们把所有的时间都花费在教你如何进出劳斯莱斯车，还有和女王共进午餐时候的礼仪上。”

“行了，珍妮弗。”萨特克利夫夫人说，“你是不知道被芳草地录取是多么幸运的事情。布尔斯特罗德小姐并不是每个女孩都要，我可以告诉你这一点。完全是因为你父亲位高权重，还有罗莎蒙德姨妈的影响力。你太幸运了。还有，”萨特克利夫夫人继续说道，“如果被邀请与女王共进午餐，知道应该有什么样的礼仪当然是一件好事。”

“好吧，好吧，”珍妮弗说，“我是觉得女王经常会邀请一些不知道餐桌礼仪的人一起吃饭——非洲来的酋长们，马术师，还有阿拉伯部族的族长什么的。”

“非洲酋长们的举止最文雅了。”她父亲说。他最近刚刚去加纳出了一趟短差回来。

“阿拉伯的族长们也是，”萨特克利夫夫人说，“真的是彬彬有礼。”

“你还记得我们去参加的那次阿拉伯族长的盛宴吗？”珍妮弗说，“还有他是如何挖出那只羊的眼睛，递给你吃的？鲍勃舅舅还偷偷跟你打招呼，让你别大惊小怪，赶紧吃掉它。我是说啊，如果一个族长在白金汉宫吃烤羊羔的时候也这么干，倒是能让女王吃上一惊，难道不是吗？”

“别说了，珍妮弗。”她母亲结束了这个话题。

4

当无固定居所的安德鲁·鲍尔因为入户盗窃被判处三个月监禁的时候，出现在地方法院后排一个不起眼座位上的德里克·奥康纳拨通了一个博物馆区的号码。

“我们截到这个家伙的时候他身上什么都没有，”他说，“我们倒是给了他足够的时间。”

“他是个什么人？是我们认识的人吗？”

“壁虎帮的人，我记得是。小角色，他们雇来做这类事情的。这人没什么脑子，不过据说办事还是很细心的。”

“然后就乖乖地接受判决了？”电话那一头的派克威上校一边说着一边咧开嘴笑了。

“是的。某个曾经规规矩矩的蠢货一时不察走向了邪道的完美例子。你绝对不会把他和什么大事情联系起来。当然了，这就是他的价值所在。”

“然后，他没有找到任何东西，”派克威上校思考着，“你也没有找到任何东西。看起来，就像是并没有任何东西让人来找，不是吗？我们推断说罗林森把东西藏在了姐姐那里，看起来是错了。”

“其他人似乎也有这样的想法。”

“似乎是有些太明显了……也许就是摆明了让我们上钩。”

“有可能。还有别的可能性吗？”

“还有很多。东西可能还在拉马特，藏在丽兹·萨沃伊酒店的什么地方，可能的。又或者，罗林森在去机场的路上交给了什么人。或者鲁滨孙先生的暗示也有些道理，一个女人可能得到了那些东西。也可能是一直都在萨特克利夫夫人手上，只是她自己不知道，和某些再也用不上的东西一起从船上扔到了红海里。

“要真是这样，”他若有所思地说，“说不定是最好的结局了。”

“哦，得了吧，那东西可是值很多钱啊，长官。”

“人的性命也值很多钱。”派克威上校说。

第五章　芳草地学校的来信

茱莉亚·厄普约翰写给母亲的信：

亲爱的妈妈，

我现在安顿好了，非常喜欢这个地方。有个叫珍妮弗的女孩也是这学期新来的，现在我和她做很多事情都在一起。我们都很喜欢网球，她打得挺好。如果打得顺手，她在发球局是很厉害的，但也不总是这样。她说她的球拍在波斯湾的时候变弯了，那里很热。发生革命的时候她就在那边，我说这不是很有意思吗？但是她说也不是这样，其实什么都没有看到。她们被带到大使馆还是什么地方了，错过了革命。

布尔斯特罗德小姐很和善，但是也挺可怕的——或者说，能变得相当吓人。如果你是新来的，她倒是很客气。大家背后都叫她老牛，或者老布。我们的英国文学课老师是里奇小姐，一个很棒的人。当她讲到高兴的时候，头发都会完全披下来。她的脸长得有些怪，但总是显得很兴奋，当她读到莎士比亚的时候，脸会变得完全不一样，就像是正在读的东西都是真实发生着的事情。那天她读到伊阿古，还有他的情感什么的——说了很多关于妒忌的事情，这种感觉如何侵蚀你、让你难受，直到你真的发疯，会想要伤害某个你爱着的人。讲得让所有人毛骨悚然——除了珍妮弗，好像没什么能让她感到心烦意乱。里奇小姐还教我们地理。我一直觉得地理是很枯燥的课程，但是里奇小姐教起来就不是这样。今天上午她给我们讲了香料贸易的事情，比如他们非要香料不可的原因是很多东西很容易变质。

我正开始跟劳莉小姐学美术。她每周来上两次课，还会带我们去伦敦参观画廊。我们的法语是跟布兰奇小姐学。她不太会维持秩序，珍妮弗说法国人都不会维持秩序。不过她也不生气，只是厌烦起来时她会说："总之啊，我的孩子们，我可被你们烦死了。"斯普林杰小姐挺可怕的。她教体操和体育，她长着红色的头发，一热起来身上就会有一股味儿。然后还有查德威克小姐（查德威克小姐）——她从学校开办起就在这儿了。她是教数学的，相当喜欢大惊小怪，但是人很好。还有教历史和德语的范西塔特小姐，她就像是缺少了某种活力的布尔斯特罗德小姐。

学校里有很多外国女孩，两个意大利人，一些德国人，还有一个很活泼的瑞典人（而且是个公主还是什么的）。有一个姑娘是土耳其和波斯混血，她说自己本来应该和那个飞机失事死掉的阿里·优素福亲王结婚的。但是珍妮弗说其实不是这样，那个叫谢斯塔的这么说只是因为她算是亲王的表妹，而大家总是觉得表亲就应该结婚才对。但是珍妮弗说他其实没有打算和她结婚，他喜欢别的人。珍妮弗知道很多事情，只是一般不太愿意讲出来。

我猜你不久就要开始你的旅行了。别像上次那样掉了护照！还有要带上你的急救包，以防有什么意外。

爱你的

茱莉亚

珍妮弗·萨特克利夫写给母亲的信：

亲爱的妈妈，

这里还真的不糟。我比自己预想中要开心得多。这里的天气也非常好。昨天我们写了作文，题目是《一种好品德是否会出格》，我想不到什么可说的。下周的题目是《朱丽叶和苔丝德蒙娜性格之对比》，好像也挺傻的。你觉得我能换一支新的网球拍吗？我知道去年秋天你把我的球拍送去重新穿过线了——但是感觉完全不对，可能是弯掉了。我想学希腊语，可以吗？我喜欢学语言。我们中的一些人下周要去伦敦看芭蕾，是《天鹅湖》。这里吃的东西也很不错，昨天的午餐我们吃了鸡肉，午茶的时候还有好吃的自制蛋糕。

我想不到还有什么要说的——又有贼去偷过你的东西吗？

爱你的女儿

珍妮弗

高年级学生玛格丽特·戈尔·韦斯特写给母亲的信：

亲爱的妈妈，

没什么新消息。这学期我跟着范西塔特小姐学德语。有传言说布尔斯特罗德小姐就要退休了，范西塔特小姐将会接替她的位置，不过她们已经这样说了一年多了，我敢肯定这不会是真的。我问过查德威克小姐（我当然不敢去问布尔斯特罗德小姐！），她对这个倒是直言不讳，说肯定不是这样，让我别听这些流言蜚语。我们周二去看了芭蕾《天鹅湖》，像梦境一样，没办法用语言形容。

英格里德公主倒是很有趣，非常蓝的眼睛，但是牙齿上带着牙箍。来了两个新的德国女孩，英文说得相当好。

里奇小姐回来了，看起来气色很好。上学期没出现，我们倒是真的很想她。新的体育老师叫斯普林杰小姐，专横得厉害，没人喜欢她。不过她的网球教得很好。新来的女孩之一，珍妮弗·萨特克利夫，我想她的网球会打得很好。她的反手有一点弱。她最好的朋友是一个叫茱莉亚的女孩，我们叫她们唧唧喳喳的小鸟。

你不会忘了二十号来接我吧？运动会是在六月十九号。

爱你的

玛格丽特

安·夏普兰写给丹尼斯·拉思伯恩的信：

亲爱的丹尼斯，

本学期第三周之前我都不会有休息时间了。到那时我很想和你吃一次饭。应该会是周六或者周日，我会告诉你的。

我发现在学校工作挺有趣的。不过谢天谢地，我不是女老师！我会被折磨疯掉。

永远属于你的

安

约翰逊小姐写给姐姐的信：

亲爱的伊迪丝，

这里的一切都如常，夏季学期总是那么好。花园看上去很漂亮，我们有一个新的园丁来帮老布里格斯——年轻又健壮，而且长得也很好看。这反倒是件憾事，女孩们总是那么傻乎乎的。

布尔斯特罗德小姐没有再提起退休的事情，我倒是希望她已经打消了这个念头。范西塔特小姐不可能像她那样的，如果真的变成这样，我想我是不会留下来的。

代我问迪克还有孩子们好，见到奥立弗和凯特的时候，也替我向他们问好。

埃尔斯珀斯

安吉勒·布兰奇小姐写给勒内·杜邦的信，留在波尔多邮局待领取：

亲爱的勒内，

这里一切都好，不过我自己并没有感到有趣。女孩们既不尊重人也不守规矩。但是我想最好还是不要投诉到布尔斯特罗德小姐那儿。和这个人打交道可要万分小心！

暂时没有什么有趣的事情想要告诉你的。

小苍蝇

范西塔特小姐写给一位朋友的信：

亲爱的格劳丽亚，

夏季学期顺利开始了。新来的女孩们非常令人满意，外国学生也都安顿下来了。我们的小公主（中东的那个，不是斯堪的纳维亚半岛的那个）好像不太爱用功，但是我想这也是意料之中的。她的风度倒是很迷人。

新的体育老师斯普林杰小姐并不算好。女孩们不喜欢她，她对她们也太严苛了。毕竟这不是一所普通的学校，我们并不以体育课的成绩来评判我们的成就。她还非常爱打听，问了太多很私人的问题。这种事情挺让人困扰的，而且感觉很没有教养。布兰奇小姐是新来的法语老师，她倒是平易随和，但是水平并没有德普伊小姐那样高。

新学期的第一天差一点出事情。维罗尼卡·卡尔顿·桑德韦斯夫人跑来了，喝得酩酊大醉！还好查德威克小姐及时发现，把她支走了，不然可能会有一场非常不愉快的风波。那对双胞姐妹倒是非常可爱。

布尔斯特罗德小姐还没有说过任何关于未来规划的确定的话——但是从她的态度来看，我想她应该是已经打定主意了。芳草地是一个真正不错的地方，如果能继承到它的传统，我应该会为之骄傲的。

见到玛乔丽的时候请代我问她好。

埃莉诺

给派克威上校的信，通过正常渠道送交：

跟你说说什么叫把人送入险境吧！在这个有大约一百九十名女性的地方，我是唯一体格健全的男性。

公主陛下闪亮登场。草莓红加上粉蓝的双色凯迪拉克，里面是穿着民族服装的外国显贵、堪称巴黎时尚模板的贵妇人，还有巴黎时尚模板的少女版（也就是公主陛下本人了）。

到第二天穿着学校的制服出现时，我几乎已经认不出她了。和她建立友好的关系不会有什么困难，她已经开始试着交朋友了，用一种甜美天真的方式向我询问各种花的名字，然后被一个满脸雀斑、红发，声音像是有秧鸡附体的女魔头从我身边拖走。她其实是不愿离开的。我对这种在面纱背后被温驯地养大的东方女孩有所了解，这一位应该是在瑞士求学期间有过一些处世的经验，我是这么觉得。

那个女魔头又叫斯普林杰小姐，是体育老师，她不久后返回训斥了我一番，说花园的工作人员不应该与学生交谈之类的。我表达了完全无辜的惊讶。“很抱歉啊小姐，那位年轻的女士问起这些翠雀花叫什么，想来是她长大的地方没有这些东西。”女魔头倒是很容易就平息了怒火，最后几乎是傻笑起来。不过应对布尔斯特罗德小姐的秘书我就没有那么成功了。她是那种规规矩矩、态度严谨的乡下女孩。法国女老师要更配合一些，看上去拘谨又胆小，但其实并不是那么胆小。我还和三个爱傻笑的女孩子交上了朋友，教名分别是帕梅拉、洛伊丝和玛丽，姓就不太清楚了，不过都是来自贵族家庭的。有个脾气暴躁的老太太叫查德威克小姐，她倒是一直警惕地注意着我，所以我得小心一点，不要搞砸了我的掩护。

我的上司，老布里格斯，是个顽固的家伙，主要的话题就是早先的日子有多好，那时候他还是——我猜的啊——五个园丁中的第四把手。他对绝大多数人和事都有抱怨，但是对布尔斯特罗德小姐本人是全身心地敬佩。我也是如此。她和我说过几句话，非常和颜悦色，但是我有种不安的感觉，好像她已经一眼看穿了我，把我了解得清清楚楚。

目前为止还看不出有什么不祥的迹象——不过我满怀希望地等待着。

第六章　最初的几天

1

在女教师公用休息室里，大家交换着新消息——国外的旅行，看过的戏，参观过的艺术展——照片被传阅着，彩色幻灯片已然泛滥。所有的狂热分子都急于展示自己的图片，但也想从被强迫观看别人的照片中逃脱出来。

当下的谈话内容变得不那么私人了。新的体育馆被批评的同时又被赞美着。大家承认这是一座精美的建筑，但是很自然的，每个人都有着从这个方面或者那个方面来改进设计的想法。

然后，新来的女孩们被简要地评论着，总体而言，评价是积极的。

大家与两名新来的成员之间进行着简短而愉快的交谈。布兰奇小姐之前有没有来过英格兰啊？是从法国什么地方来的啊？

布兰奇小姐礼貌但是有些保留地一一作答。

斯普林杰小姐则更大方一点。

她说话果断有力，几乎可以说她是在给大家讲课。题目：斯普林杰小姐的优点。内容是大家如何喜欢与她做同事，女校长们如何感恩戴德地接纳她的建议，并据此将课程表做了彻底的调整。

斯普林杰小姐显然并不敏感，她没有察觉听众的不耐烦。约翰逊小姐只得以温和的语调提示。

“尽管如此，我估计你的想法不会总是被人以——嗯——原封不动的方式采纳吧。”

“对他人的不知感恩总要有所准备。”斯普林杰小姐说道。她原本已经很大的嗓门再度提高。“问题在于，人们总是那么懦弱——不愿去直面事实。他们总是宁可不要看到一直在他们眼皮底下发生的事情。我不是这样的人。我总是直截了当。我不止一次地揭发了某桩丑闻——把它公之于众。我有很好的嗅觉——只要我发现不对劲的地方，就绝对不会放过——直到钉死我的猎物。”说到这儿，她爽朗地大笑起来，“在我看来，任何不能供人检视生活点滴的人，都不配在学校教书。如果一个人有什么需要隐瞒的，一定会很快被人发掘。天哪！如果把我所发现的事情讲一些给你们听，你们一定会大吃一惊的。是些人们做梦也不会想到的事情。”

“你很享受这样的体验，对吗？”布兰奇小姐说。

“当然不，只是尽到我的责任。但是没有人支持我。可耻的涣散。所以我辞职了——以示抗议。”

她环顾四周，再次发出了爽朗的笑声。

“希望这里没有人需要隐瞒任何事情。”她兴奋地说。

没人感到有趣，但是斯普林杰小姐也不是那种能察觉到这种状况的人。

2

“我能和您说句话吗，布尔斯特罗德小姐？”

布尔斯特罗德小姐把笔放在一边，抬头看着舍监约翰逊小姐涨红的脸。

“当然，约翰逊小姐。”

“是关于那个叫谢斯塔的女孩——就是那个从埃及还是什么地方来的姑娘……”

“怎么了？”

“是关于她的，呃，内衣。”

布尔斯特罗德小姐的眉头扬了起来，虽然有些意外，也还是耐心地听着。

“她的——怎么说呢——她的紧身胸衣。”

“她的胸罩怎么了？”

“呃，不是普通的那种——我是说，它并没有把她罩住，没有完全罩住。它——呃——应该说，把她顶起来了——真的是很没有必要的。”

布尔斯特罗德小姐咬着嘴唇忍住不要笑出来，和约翰逊小姐交谈的时候经常需要这样。

“或许我最好亲自去看看。”她貌似一脸严肃地说。

接着有了那么一次调查活动，那件犯下大错的玩意儿被约翰逊小姐举起来示众，谢斯塔则兴致勃勃地看着。

“是这种钢丝和——呃——鱼骨支撑的设计。”约翰逊小姐很不以为然地说着。

谢斯塔忍不住热切地想加以解释。

“但是你看我的胸部，它们并不是很大——远称不上大啊。我看起来完全不像是一个女人。这对一个女孩来说是非常重要的——要让自己看起来是一个女人而不是个男孩。”

“以后有的是时间。你才十五岁。”约翰逊小姐说。

“十五岁——这就是女人的年纪了啊！我看上去像个女人，难道不是吗？”

她转向布尔斯特罗德小姐求助，后者一本正经地点着头。

“只是我的胸部，它们太可怜了。所以我希望让它们看起来不是那么糟糕。您能明白吗？”

“我完全明白，”布尔斯特罗德小姐说，“而且我相当同意你的想法。但是你要知道，在这间学校，你身边的女孩都是——起码绝大多数是——英国人。英国女孩很少在十五岁的时候就长成了女人。我希望我的女孩们谨慎地化妆，穿适合自己发育阶段的服装。我建议你在参加舞会，或者是去伦敦的时候穿上这样的内衣，但是在学校的日常生活中就不要了。我们会有很多的体育项目和比赛，你的身体需要能够轻松自在地活动。”

“实在太多了——又是跑又是跳的。”谢斯塔闷闷不乐地说，“还有体育课。我真的不喜欢斯普林杰小姐——她总是说‘快点，快点，别松劲’，我累死了。”

“行了，谢斯塔，”布尔斯特罗德小姐说，语气变得严厉起来，“你的家人把你送到这里是为了学习英国的生活方式。这些改善对你的气色有好处，而且可以帮助胸部发育。”

打发走谢斯塔之后，她对神色激动的约翰逊小姐笑笑。

“也确实是这样，”她说，“这个女孩已经完全成熟了。就从外表来说，很容易把她当成二十来岁的人，她自己也是这样认为的。你不可能指望她觉得自己的年纪和，比如说，茱莉亚·厄普约翰一样。智力上，茱莉亚远远超过了谢斯塔；但是身体上来说，茱莉亚还是只需要穿宽松的背心。”

“我倒是希望她们个个都像茱莉亚·厄普约翰。”约翰逊小姐说。

“我可不这样希望，”布尔斯特罗德小姐轻快地说，“整间学校的女孩都一个样可就太单调了。”

单调，她一边想着，一边回去继续批改读经课的作文。这个词在她的脑海里反复出现已经有一段时间了。单调……

如果说有一个形容和她的学校毫不搭界，那就应该是单调。在她做校长的这段时间，她从没有感到过单调。有过一些需要克服的困难，无法预见的危机，和家长还有孩子之间的不快，内部的动荡等等。她遇到过，而且解决了很多尚处于发端的灾难，把它们变成了一次又一次的胜利。这些都是刺激的，令人兴奋，完全值得。即使是在现在，虽然去意已决，可其实她也不想离开这里。

她的身体还非常健康，几乎还和她与查德威克小姐（忠心的查德威克小姐）一起，从为数不多的几个学生开始，在一位极有远见的银行家的支持下创办这间伟大的学校时一样强壮。查德威克小姐的学术成就要比她高很多，但她才是那个有远见来规划、并把芳草地变得如此卓越，甚至在整个欧洲都赫赫有名的人。她从不害怕进行尝试，但是查德威克小姐只是安于妥善地，但也是毫无激情地把她所知道的一切传授下去。查德威克小姐最大的成就在于她总是在那儿，随时在那儿，像是忠诚的管家。只要需要帮助，她总能迅速地提供。就像是在开学那天，维罗尼卡夫人那样的情况。正是在她的坚定之上，才能建起这样一座令人兴奋的大厦，布尔斯特罗德小姐这么想着。

从物质的角度来说，两个女人都从这间学校获益不少。如果她们现在就退休，也能在余生继续得到丰厚的收入。布尔斯特罗德小姐很想知道，如果她选择了退休，查德威克小姐会不会和她一起离开。也许不会吧。也许，对她来说，这间学校才是家。她会继续下去，忠诚而又可靠，继续辅佐布尔斯特罗德小姐的继任者。

既然布尔斯特罗德小姐已经下定了决心，那么必须要有一个继任者。首先要和她共同管理，然后要自行决定大小事务。知道何时离开——这是人生中最为必要的事情之一。在自己的权力开始衰败之前，在自己的掌控开始减弱之前，在自己感觉到一丝颓丧、不愿设想继续拼搏的前景之前，离开。

布尔斯特罗德小姐批改完了作文，注意到叫厄普约翰的那个孩子有挺独特的想法。珍妮弗·萨特克利夫完全没有想象力，但是不太寻常地展现了对事实的良好把握。当然还有玛丽·维斯，显然已经是学术级别——过目不忘的优秀记忆力。但是她又是个多么单调的孩子啊！单调——又是这个词。布尔斯特罗德小姐从自己脑中赶走这个词，按铃叫她的秘书进来。

她开始口述信件。

> 亲爱的瓦伦斯夫人，简的耳朵有些不舒服。我在此附上医生的诊断……

> 亲爱的冯·艾辛格男爵阁下，我们当然可以安排赫德韦格在赫尔斯特恩出演伊索尔达的时候前往歌剧院观赏。

一个小时很快过去了。布尔斯特罗德小姐很少停下来考虑措辞，安·夏普兰在记事簿上奋笔疾书。

这是个非常好的秘书，布尔斯特罗德小姐暗自想着。比维拉·洛里默要好，那是个令人讨厌的姑娘，忽然就辞职离开。神经衰弱，她是这么说的。反正是和某个男人有关，布尔斯特罗德小姐无可奈何地想着，总是和男人有关。

“就这些了。”布尔斯特罗德小姐把口授信的最后一个字说完，轻松地长出一口气。

“太多无聊的事情要干了，”她感慨道，“给家长写信就像是喂狗，把一些能令人感觉舒畅的陈词滥调塞进一张张嗷嗷待哺的嘴里。”

安笑了。布尔斯特罗德小姐用评鉴的眼光打量着她。

“你是怎么干上秘书这个工作的？”

“其实我也不知道。我对工作没有什么特别的偏好，秘书这个活儿大概是所有人都有可能干上的。”

“你不会觉得太枯燥吗？”

“我想我是运气比较好的。我干过不少活儿，给默文·托德亨特爵士做过秘书，就是那个考古学家，有一年时间；之后给壳牌的安德鲁·彼得斯爵士当秘书。有一段我是莫尼卡·洛德的秘书，那个女演员——那段时间真是忙碌极了。”她微笑着回忆。

“如今你们这些姑娘啊，都是这样，”布尔斯特罗德小姐说，“这里试试，那里看看的。”她听起来是挺不以为然的。

“其实吧，我任何工作都做不长。我有一个多病的母亲，她——怎么说呢——时常发作，我就不得不回家去照顾她。”

“我明白了。”

“不过也一样，我应该也是会东试试西看看的。我的天性中没有‘坚持’这一项。我觉得到处转转会不那么单调。”

“单调……”布尔斯特罗德小姐默念着，再一次被这个可怕的字眼击中。

安有些意外地看着他。

“不用在意，”布尔斯特罗德小姐说，“只不过是有些时候某个特别的词总是冒出来。你想当老师吗？”她问道，略带着好奇。

“恐怕我会讨厌做这个。”安坦率地说。

“为什么？”

“我觉得当老师非常单调——哦，请原谅。”

她有些狼狈地停了下来。

“教书可是一点儿都不单调。”布尔斯特罗德小姐的兴致高了起来，“这可能是世界上最令人兴奋的工作了。等退休以后，我应该会非常怀念的。”

“可是——”安盯着她，“您真的打算退休吗？”

“已经决定了——是的。哦，我一年内不会离开的，或者会再坚持两年。”

“但是为什么呢？”

“因为我已经把我最好的都给了学校，也从学校收获了最好的东西。我不要第二好的东西。”

“学校会继续办下去？”

“那是当然。我有个很好的接班人选。”

“范西塔特小姐，我猜？”

“所以，你是自然而然就想到了她？”布尔斯特罗德小姐盯着她说，“这倒是很有意思。”

“其实我没认真想过这个问题。我只是听到老师们说起过。我想她应该会干得非常好——完全依照你的传统。而且她的相貌非常出众，漂亮，又相当有气质，我想这挺重要的，不是吗？”

“是的，是很重要的。没错，我很肯定埃莉诺·范西塔特会是个正确的人选。”

“她会把你留下的事业继续下去。”安边说边收拾着她的东西。

但是我真的想要这样吗？安走出房间时，布尔斯特罗德小姐这样想着。继续我留下的事业？这正是埃莉诺将会做的事情！不会有新的尝试，也没有什么革新。我可不是靠着这样的做法把芳草地打造成现在的样子。我会冒险，我会得罪很多人；我吓唬过别人，也哄骗过别人；我坚决不跟随其他学校的范本。这难道不正是我希望学校在今后继续前进的方向吗？某个人为学校注入新的生命，某个充满活力的人……就像是——对，艾琳·里奇。

但是艾琳年纪还不够大，经验还不足。她能振奋人心，这一点倒是不错。她善于教学，她有想法。她绝对不会单调——又在胡思乱想了，她必须把这个词赶出脑子。埃莉诺·范西塔特也不会单调……

查德威克小姐进来的时候，她抬起头看过去。

“哦，查德威克小姐，”她说，“看到你真是太高兴了。”

查德威克小姐看上去有些吃惊。

“为什么？发生了什么状况？”

“是我有状况了。我不知道自己该怎么决定。”

“这完全不像你啊，奥诺丽亚。”

“可不是吗？学期的情况怎么样，查德威克小姐？”

“都很正常，我觉得。”查德威克小姐听起来不是很确定的样子。

布尔斯特罗德小姐追问下去。

“说吧，别吞吞吐吐的。出了什么问题？”

“也没什么，真的。奥诺丽亚，完全没问题。只是——”查德威克小姐前额皱起，看起来倒有点像是一只困惑的拳师犬，“哦，只是一种感觉。但是要说起来，我也没办法指出真的有什么不对头的地方。新来的女孩们似乎是一批不错的学生。我不是很喜欢布兰奇小姐，不过说起来，我原来也不喜欢詹娜维夫·德普伊。太狡猾。”

布尔斯特罗德小姐没有很在意这种批评。查德威克小姐总是指责法国来的那些女老师狡猾。

“她不是个好老师，”布尔斯特罗德小姐说，“真让人意外，她的推荐信倒是都很好。”

“法国人从来都不会教书，毫无纪律。”查德威克小姐说，“要说起来，斯普林杰小姐倒是把好事都做过了头！太爱激动，倒是人如其名[①]……”

“她的工作做得很好。”

“啊，是的，一流的。”

“新人总是让人烦心。”布尔斯特罗德小姐说。

“是啊，”查德威克小姐急切地表示同意，“我可以肯定就是这样而已了。顺便一提，新来的园丁太年轻了。如今可不多见，好像没有园丁是年轻人了。可惜他长得太好看了，我们得好好盯着才行。”

两名女士一起点头，算是达成了共识。她们比谁都清楚，漂亮的年轻人会在那些怀春少女的心中造成什么样的麻烦。

①斯普林杰的英文是 Springer，意为“弹跳的东西或人”。

第七章　风中的稻草

1

“不算太糟，小伙子。”老布里格斯不太情愿地说，“不算太糟。”

他这是对自己的新助手在地上挖开一条浅沟的手艺表示赞许。要是让这个小伙子超过自己，布里格斯心想，那可不行。

“小心一点，”他继续说着，“不要慌慌张张的，稳当一点，我跟你说过的。稳当才能做好事情。”

年轻人很清楚，和布里格斯干活的速度相比，自己可是要快多了。

“现在沿着这边走，”布里格斯继续指挥着，“我们要在这边种些漂亮的紫菀。她不喜欢紫菀——不过我可不管。女人总有自己的怪念头，如果你不管它们，十次里面会有九次，她们根本不会注意到。不过我敢说，她会是所有女人里面能够注意到这种情况的那一类。你本以为，掌管这样一个地方，会有太多事情扰乱她的脑子。”

亚当知道，在布里格斯这番谈话中占据了如此大分量的那个“她”，就是布尔斯特罗德小姐。

“刚才看到你在和人说话，那是谁？”布里格斯疑心地继续问着，“就刚刚你到花棚拿竹竿的时候。”

“哦，只是某个年轻的女士。”亚当说。

“哦。那两个美人中的一个，不是吗？你可得小心点儿，我的孩子。不要和这些个漂亮姑娘搞在一起，我可知道自己在说什么。我知道这些个美人，我真知道，那还是一战的时候。如果我当时能明白我现在明白的事情，我一定会更小心点儿的。你明白我的意思吧？”

“这又没碍着谁，”亚当说，脸上露出了不悦的神情，“她只是在我这里消磨点儿时间而已，问了一两种花草的名字。”

“哦，”布里格斯说，“不过你还是得小心。你就不应该和任何年轻的女士说话。她不喜欢这样。”

“我又不是做了什么坏事，我也没说过什么不该说的话。”

“我也没说你干了什么啊，孩子。但是我要说的是，很多年轻女性被放到这里，连个能让她们分神的男美术老师都没有——对吧，你可得小心着点儿。我要说的就是这些了。啊，那个老巫婆来了，又要找麻烦了，我敢肯定是这样。”

布尔斯特罗德小姐快步走过来。“早上好，布里格斯，”她说，“早上好，呃——”

“我叫亚当，小姐。”

“哦，对，亚当。嗯，看起来这块地挖得挺不错。布里格斯，那边网球场的铁丝网脱了，你最好处理一下。”

“好的，夫人，好的。会处理好的。”

“这边前排你打算种点儿什么？”

“啊，夫人，我是想——”

“不要紫菀。”布尔斯特罗德小姐根本没有给他说完的机会，“种些绒球大丽花。”说着她便快步走开了。

“走过来——下达指令。”布里格斯说，“倒不是说她不是聪明人，你干得有什么不妥帖，她马上就能发现。记住我跟你说过的，小心谨慎，年轻人。那些美人也好，其他的什么也好。”

“如果她要找我的岔儿，我知道该怎么办。”亚当闷闷不乐地说，“工作到处都有。”

“哈。你们现如今的年轻人都是一个样，谁说的话都不愿听。我要说的就一句：小心一点。”

亚当还是摆出不高兴的样子，但是也低下头继续干活了。

布尔斯特罗德小姐沿着小路走回学校。她微微皱起了眉头。

范西塔特小姐迎面走了过来。

“今天下午真热啊。”范西塔特小姐说。

“是啊，闷热又压抑。”布尔斯特罗德小姐又皱起了眉，“你注意到那个年轻人了吗——那个年轻的园丁？”

“没有，没有特别留意。”

“我觉得他——怎么说呢——有点不同。”布尔斯特罗德小姐若有所思地说，“不是这一带那种常见的园丁。”

“说不定是牛津大学的学生，想挣点儿钱而已。”

“他长得很好看，女孩们已经注意到他了。”

“又是这个老问题。”

布尔斯特罗德小姐笑了笑。“既要给女孩们自由，又要严格管理——你是这个意思吗，埃莉诺？”

“是的。”

“我们会做到的。”布尔斯特罗德小姐说。

“是的，我们会做到的。芳草地从来没有发生过丑闻，有过吗？”

“有一两次差点儿就出事了。”布尔斯特罗德小姐说。她笑笑："管理学校是永远不会单调的。"她继续说道，"你有没有觉得这里的生活单调，埃莉诺？"

"没有过。"范西塔特小姐说，"我觉得这里的工作令人兴奋又满足。取得了这样的成功，您一定觉得非常自豪又开心吧，奥诺丽亚？"

"我觉得我干得还不错，"布尔斯特罗德小姐边想着边说，"当然了，没有什么事情会和最初的构想一模一样……

"告诉我，埃莉诺，"她忽然说，"如果你接替我来管理这个地方，你会做出些什么变化？尽管说出来，我很想听听。"

"我不觉得我会想做任何改变。"埃莉诺·范西塔特说，"在我看来，学校的理念和架构几乎都是完美的。"

"你是说，你会原封不动照现在的路线走下去？"

"就是这样。我不认为可以变得更好了。"

布尔斯特罗德小姐沉默了一会儿。她暗自思索：我倒是想知道她这样说是不是为了让我高兴。你永远无法真正了解一个人，不管过去多年来和她们的关系如何亲密。当然了，她不可能说了真心话。任何只要还有一点点创新感觉的人，就一定会想做些改变。不过也是，如果真的那样说出来，会显得很没有分寸……分寸是非常重要的。不管是和家长，和女孩，还是和职员们。埃莉诺自然是一个很有分寸的人。

但是她开口说出来的却是这样："总归会有什么需要调整的地方，难道不是吗？我是说，整个世界的理念和生活条件都在不停变化。"

"哦，这倒是真的。"范西塔特小姐说，"就像他们说的，人必须跟上时代。但是这是您的学校啊，奥诺丽亚，是您把它打造成了现在的样子，您的传统就是它的精髓所在。我想传承是很重要的，您觉得呢？”

布尔斯特罗德小姐没有回话。虽然有些话在嘴边，但说出来可能就没有办法收回了。共同管理学校的邀请就这么悬在空中，虽然良好的教养让她表现得毫不知情，但是范西塔特小姐必然明白事情就是这样。布尔斯特罗德小姐也不知道是什么让她没办法开这个口。为什么她这么不愿作出承诺？她有些悲哀地承认，可能是因为她痛恨放弃控制权这样一个想法。当然了，私心里，她希望继续留在学校，她希望继续管理这个地方。但是真的没有比埃莉诺更合适的继任者了吗？可靠，值得信赖。当然了，从这个标准来说，亲爱的查德威克小姐也是合格的——她一直以来都是这么可靠。不过你也没法想象作为一名杰出学校校长的查德威克小姐会是什么样。

“我到底想要什么？”布尔斯特罗德小姐对自己说，“我变得多么令人生厌啊！真的，直到现在，优柔寡断从来都不属于我。”

远处有铃声传来。

“有我的德语课，”范西塔特小姐说，“我得走了。”她快速而又庄重地朝大楼走去。布尔斯特罗德小姐在她之后稍慢一点儿走着，几乎就要和从另一条路上匆忙走来的艾琳·里奇撞到一起。

“哦，真是抱歉，布尔斯特罗德小姐，我没看到你。”和往常一样，她的头发从不太齐整的发髻里掉了出来。布尔斯特罗德小姐也再次注意到了她瘦削的脸，难看但是有趣。她是个奇怪、热切，令人难以忽视的女人。

“你有课？”

“是的，英文课——”

“你喜欢教书，不是吗？”布尔斯特罗德小姐说。

“我热爱教书。这应该是世界上最激动人心的事情了吧。”

“为什么？”

艾琳·里奇忽然停下。她手指插进头发，皱起眉努力想着。

“真有趣。我好像从没有真正想过这个问题。为什么会喜欢教书？是因为会让自己觉得了不起，感到重要吗？不，不是这样……倒还不至于这么糟糕。不，教书更像是钓鱼，我是这样觉得。你不知道会得到什么样的收获，会从海里扯出来什么东西。重要的是学生们漂亮的回应，出现这样的亮点时，着实令人激动。当然了，也并不总是会有很高的生源质量。”

布尔斯特罗德小姐赞同地点着头。她说的没错！这个年轻人有些想法！

“我想总有一天你会有一间属于自己的学校。”她说。

“啊，我希望如此。”艾琳·里奇说，“我真希望能够这样。这应该是我最想要做的事情了。”

“你已经有想法了，不是吗？关于应该如何办这间学校。”

“每个人都有想法吧，我觉得。”艾琳·里奇说，“我敢说其中的很多都是在异想天开，最终会错得一塌糊涂。当然，这就是风险所在了。但是你总得去尝试。我想要从体验中学习……不好的一点是，你没办法依赖别人的经验，不是吗？”

“确实如此。”布尔斯特罗德小姐说，“每个人在一生中，总要自己去犯错，得到教训。”

“人生可以这样，”艾琳·里奇说，“在人生中你总可以站起来重新开始。”垂在她身侧的两手紧紧地攥成拳头。她的表情相当严肃，然后忽然放松下来，恢复了风趣的样子。“但要是学校摔倒了，可就没办法轻松地站起来重新开始了，不是吗？”

“如果你能管理芳草地这样的一间学校，”布尔斯特罗德小姐说，“你会做些什么样的改变——或者说，试验？”

艾琳·里奇看起来有些局促。“这个……这个很难说。”她说。

“你的意思是你会做些改变。”布尔斯特罗德小姐说，“不用担心，说出你自己的想法，孩子。”

“我觉得，人总是想要以自己的想法行事。”艾琳·里奇说，“我不是说这些想法一定能奏效。它们也可能行不通。”

“但是也值得去冒险？”

“冒险总是值得的，不是吗？”艾琳·里奇说，“我是说，如果你对这件事情有足够强的信念。”

“你并不抗拒过有些危险的生活，是不是……”布尔斯特罗德小姐说。

“我觉得我一直在过着有些危险的生活。”一丝阴云闪过女孩的脸，“我得走了，孩子们还在等。”然后就匆忙离开。

布尔斯特罗德小姐站在那里看着她远去。查德威克小姐匆忙地过来找到她时，她还站立不动，迷失在自己的思绪里。

“啊，原来你在这儿。我们正到处找你。安德森教授刚打电话来，他想知道这个周末能不能把梅罗伊接回去。他知道刚开学不久就这样是不合规矩，但是他也是忽然被通知要出国——某个听起来像是阿苏尔贝辛的地方。”

“阿塞拜疆。”布尔斯特罗德小姐脱口而出，脑子里还在想着自己的事情。

“经验不足，”她低声对自己说，“这就是风险了。你刚刚说什么来着，查德威克小姐？”

查德威克小姐又重复了一遍刚才的消息。

“我让夏普兰小姐告诉他，我们会给他回电话，然后再让她去找你。”

“就说没问题。”布尔斯特罗德小姐说，“我觉得这是个特殊情况。”

查德威克小姐看着她，注意到了有些不同。

“你在担心些什么，奥诺丽亚？”

“是的，确实是这样。我也不知道该怎么办，这对我来说有些不寻常，也让我格外沮丧。我知道我想要怎么做，但是我又觉得把权力交给一个缺少必要经验的人，对学校是不负责的。”

“我希望你能放弃退休的想法。你属于这儿，芳草地需要你。”

“芳草地对你是非常重要的，查德威克小姐，难道不是吗？”

“在英国的任何地方都不会再有一间这样的学校，”查德威克小姐说，“我们应该为自己感到骄傲，你和我创办了这间学校。”

布尔斯特罗德小姐深情地伸出一只手臂搂住她的肩膀。“我们的确可以感到骄傲，查德威克小姐。至于你，你就是我生活中的安慰。芳草地的一切你都清清楚楚，你和我一样关心它，这是非常了不起的。亲爱的。”

查德威克小姐高兴得面色泛红。奥诺丽亚·布尔斯特罗德小姐真情流露，这可是难得一见的。

2

“我真没办法用这个该死的东西打球。根本没法用。”

珍妮弗懊恼地把网球拍摔在地上。

“哦，珍妮弗，你这是在干什么呢。”

“是平衡问题。”珍妮弗又捡起球拍试着挥动起来，“平衡不太对。”

“这比我那个旧球拍好多了，”茱莉亚和自己的球拍对比着。

“我的球拍像块海绵。听听这个声音。”她拨了一下球拍的绷线，“我们本来打算拿去重新穿线的，但是妈妈忘记了。”

“我宁可用你的球拍，反正都一样。”珍妮弗拿起茱莉亚的球拍试着挥动了一两下。

“好吧，我也宁可用你的，至少我还能打中几个球。我们交换吧，如果你愿意的话。”

“那行啊，换。”

两个女孩撕下各自球拍上写着她们名字的橡皮膏，再重新贴回另一个球拍。

“我可不会再换回来了啊，”茱莉亚警告说，“你再说不喜欢我那块旧海绵也没有用了。”

3

亚当一边修整网球场四周的铁丝网，一边高兴地吹着口哨。体育馆的门开着，布兰奇女士这个身形小巧，有些像老鼠的法国女士探头向外张望。看到亚当在附近，她好像有些吃惊，犹豫一下，又回到了体育馆里。

“不知道她想干什么。”亚当对自己说。如果不是她那副神情，他也不会有这样的猜疑，那做贼心虚的样子马上引起了他的注意。现在她又出来了，随手关上门，经过他身边时还停下和他说话。

“哦，这是在修理铁丝网吧。”

“是的，小姐。”

“这些球场非常不错，游泳池和体育馆也都很好。啊，体育运动！你们英国有很多运动项目，不是吗？”

“啊，我想是的，小姐。”

“你打网球吗？”她的眼睛略带妩媚地打量着他，目光中有些挑逗的意味。亚当再一次起了疑心。他有一种布兰奇小姐并不适合在芳草地当法语老师的感觉。

“不，”他说了一句谎话，“我不打网球，没那个时间，”

“那你玩板球吧？”

“这个嘛，我小的时候打过板球，大多数人都打过吧。”

“我还一直没有时间到处转转，”安吉勒·布兰奇说，“今天才算有了点儿空。天气这么好，我就想，可以来参观一下体育馆，也好给我法国家乡办学校的朋友写写这里的情况。”

亚当又一次起了疑心。这似乎毫无必要的解释，几乎像是布兰奇小姐急于给自己出现在体育馆外找一个借口。但是她为什么需要这样？只要她高兴，她完全有权利到学校的任何地方，总之肯定没有必要为此向一名园丁的助手道歉。这不禁让他脑子里有了更多疑问。这个年轻女人到底在体育馆里干了些什么？

他若有所思地看着布兰奇小姐，多知道一些她的情况也许会是件好事。他的态度巧妙但有意地产生了变化，不过还是带着尊敬，但又不是那么恭敬。他让自己的眼神告诉她，她是个漂亮的年轻女人。

“你一定会觉得在一间女子学校工作有些时候会感到单调无聊吧，小姐？”他说。

“应该说是并没有让我感到很有趣。”

“不管怎样，”亚当说，“我想你总是有时间放松一下的，不是吗？”

有那么一小会儿停顿，像是她和自己争辩了几句。接着，他感觉到对方表现出一丝悔意，两人之间的距离被她有意拉开了一些。

“哦，是的。”她说，“我有充裕的时间放松自己。这里的工作条件好极了。”她边说边点点头，“早安。”然后便朝大楼方向走了过去。

“你一定是搞了什么鬼，”亚当对自己说，“就在体育馆里面。”

一直等到她消失在视线里，他才放下手里的活，走向体育馆，朝里张望，但是目之所及的范围看不出有什么异常。“不管怎么样，”他还是对自己说，“她一定是搞了什么鬼。”

等他再走出来的时候，意外地迎面遇到了安·夏普兰。

“你知道布尔斯特罗德小姐在哪儿吗？”她问道。

“我想她已经回主楼了，小姐。她刚刚和布里格斯说话来着。”

安皱着眉。

“你在体育馆干什么？”

亚当略有些吃惊。这疑心病还真重，他想着。他略有些傲慢地回答说：“就是想看看，看看总没什么问题吧，难道不是吗？”

“你不是应该赶紧干好你的活吗？”

“我就快把网球场四周的铁丝网钉好了。”他转过身，打量着身后的这座建筑，“这是全新的，对吧？一定花了不少钱。这儿的年轻女士们得到的都是最好的东西，难道不是吗？”

“她们是付了钱的。”安冷冷地说。

“付的钱可不少，我也听说了。”亚当深表赞同。

他忽然有一种自己也不太明白为什么会出现的冲动，想要损她几句，或者是激怒这个女孩。她总是那么冷淡，显得不食人间烟火。要是能把她激怒，他应该会很开心。

但是安没有让他得逞，她只是说："你最好还是赶紧把铁丝网钉好。"然后就走向主楼。走到一半的时候，她放慢了速度，回过头来看了看，亚当在忙着钉网球场的铁丝网。她带着深深的困惑，视线从他身上再转向体育馆。

第八章　谋杀

1

赫斯特圣西普里安警署里，夜班当值警长格林正打着呵欠。电话响了，他拿起听筒。只是一会儿，他的神色就完全不同了。他开始在记事簿上快速地写着什么。

“嗯？芳草地？好的——名字是？请拼一下，斯——普——林，森林的林？杰，斯普林杰。好了。是的，请务必注意不要碰任何东西，马上就会有人赶到你那儿了。”

然后他迅速而有条理地依照规定流程行动起来。

“芳草地？”轮到凯尔西警督时，他问道，“是那间女子学校，对吧？被杀的是谁？”

“女体育老师之死，”凯尔西若有所思地说，“像是火车站报摊卖的惊悚小说的书名。”

“会是谁干的，你怎么想？”格林警长说，“不太寻常啊。”

“就算是体育老师也会有爱情生活，”凯尔西警督说，“他们说尸体是在什么地方被发现的？”

“体育馆。我想应该是健身房的时髦叫法吧。”

“有可能。”凯尔西说，“女体育老师死于健身房。听起来像是体育类的犯罪，像不像？你刚刚说她是被枪杀的？”

"是的。"

"他们找到枪没有？"

"没有。"

"有点儿意思。"凯尔西警督说。召齐扈从之后，他出发去执行任务了。

2

芳草地的前门已经打开，有灯光射出，布尔斯特罗德小姐正亲自接待着凯尔西警督。他见过她的样子；事实上，这一带多数人都算是认识她。即使是在这种令人慌乱而惶恐的时刻，布尔斯特罗德小姐依然镇定自若，从容地掌控大局，指挥着她的下属。

"凯尔西警督，小姐。"警督说。

"你想要先做什么呢，凯尔西警督？是想到体育馆看看，还是先听经过？"

"医生和我一起过来的，"凯尔西说，"麻烦您告诉他和我的这两个警员，尸体在哪儿，然后我想和您谈几句。"

"当然了。请到我的起居室来。罗恩小姐，请带医生和这两位过去。"她继续说，"我让一名员工在那儿看着，不要破坏了现场。"

"谢谢你，小姐。"

凯尔西跟着布尔斯特罗德小姐走进她的起居室。"是谁发现尸体的？"

"舍监约翰逊小姐。有个学生耳朵痛，约翰逊小姐起来看看她的情况。就在那个时候，她注意到窗帘没有拉好，走过去整理窗帘的时候，她看到体育馆有灯光，而凌晨一点这是不应该发生的。”布尔斯特罗德小姐平淡地说道。

“原来是这样。”凯尔西说，“约翰逊小姐人在哪儿？”

“她就在这儿，你想要见她吗？”

“稍后。请您继续说吧，小姐。”

“约翰逊小姐去叫醒另一位老师，查德威克小姐。两人决定去看看是什么情况。从侧门出去的时候，她们听到有枪声，于是尽快朝体育馆跑去。到达的时候——”

警督打断了她的讲述。“谢谢你，布尔斯特罗德小姐。如果如您所说，约翰逊小姐就在这儿，我想接下来的部分还是听她讲比较好。不过，首先，您也许可以给我讲讲被害人的情况。”

“她叫格蕾丝·斯普林杰。”

“在这儿很长时间了？”

“不，她这个学期才到。我们之前的体育老师去澳大利亚工作了。”

“对于这个斯普林杰小姐，您知道些什么？”

“她的推荐信都很好。”布尔斯特罗德小姐说。

“所以，在这之前您并不算认识她？”

“不算。”

“那么您有没有什么想法，哪怕只是一点点而已——到底是什么造成了这起悲剧？她是不是过得不开心？有没有什么不幸的情感纠葛？”

布尔斯特罗德小姐摇摇头。“我什么都不知道。”她继续说，“可以这么说，在我看来这应该是极不可能的事情。她不是那样的女人。”

“您会感到非常意外的。”凯尔西警督阴郁地说。

“需要我去把约翰逊小姐叫进来吗？”

“有劳您了。等我听完她的讲述，我会去健身房——或者，按你们的叫法——体育馆。”

“这是今年刚刚建成的，”布尔斯特罗德小姐说，“紧靠着游泳池，包括一个软式网球场，还有其他的设施。网球拍、长曲棍球，还有曲棍球杆都在那儿保管，还有一个放泳衣用的干衣间。”

“有没有什么理由，让斯普林杰小姐夜里出现在体育馆？”

“绝对没有。”布尔斯特罗德小姐明确地回道。

“非常好，布尔斯特罗德小姐。现在我可以和约翰逊小姐谈话了。”

布尔斯特罗德小姐离开房间，然后带着舍监小姐回来了。发现尸体之后，约翰逊小姐猛喝了不少白兰地才平静下来。这样做的结果就是，她变得有点絮絮叨叨。

“这是凯尔西警督，”布尔斯特罗德小姐说，“镇定一点儿，埃尔斯佩思，给他讲讲发生了什么。”

“太可怕了，”约翰逊小姐说，“实在是太可怕了。我之前从没有经历过这样的事情啊。从来没有过！我还是不敢相信，我真的不敢相信啊。怎么会是斯普林杰小姐！”

凯尔西警督是个极敏锐的人。如果听到某个不寻常，或者值得探究的说法出现，他总是愿意偏离常轨追问下去。

“你是觉得，怎么说呢，”他组织了一下用词，“斯普林杰小姐会被人谋杀是非常奇怪的事情？”

“嗯，是的，确实奇怪，警督。她是那么——怎么说呢，强壮，你明白我的意思。那么壮实，你可以想象她赤手空拳打倒一个盗贼——或者，两个。”

“盗贼？嗯哼，”凯尔西警督说，“体育馆有什么值得偷的东西？”

"嗯，没有，我真的想不到有什么值得去偷的东西。就是些泳衣和体育用品。"

"只是些小蟊贼可能会顺手拿走的东西，"凯尔西表示赞同，"不太值得破门而入，要是我就会这么想。对了，是被破门而入的吧？"

"哦，说真的，这个我倒没有想到察看一下。"约翰逊小姐说，"我是说，我们赶到的时候门就是打开的——"

"门没有被弄坏。"布尔斯特罗德小姐说。

"我明白了，"凯尔西说，"用钥匙打开的。"他看着约翰逊小姐，"斯普林杰小姐招人喜欢吗？"他问道。

"这个，我真的说不好。我的意思是，毕竟她已经死了。"

"也就是说，你并不喜欢她。"凯尔西一针见血，并没有照顾约翰逊小姐纤细的感受。

"我不觉得会有人真的非常喜欢她。"约翰逊小姐说，"她有种非常激进的性格，你应该明白我的意思。不怕顶撞别人。我得说，她很能干，对待工作也严肃认真，您说呢，布尔斯特罗德小姐？"

"确实如此。"布尔斯特罗德小姐说。

凯尔西从这个话题中抽身回来。"那么，约翰逊小姐，让我们听你说说事情的经过。"

"简，我们的一个学生，耳朵痛。夜里发作得很厉害，把她痛醒了，于是她来找我，我去拿了一些药。等我把她送回床上睡好，我发现窗帘在动。我想可能晚上还是关着窗户比较好，因为风正好是从那个方向吹过来。不过女孩们总是喜欢开着窗户睡觉。有些时候外国来的学生会比较麻烦，但我总是坚持——"

"这些真的不是重点，"布尔斯特罗德小姐说，"凯尔西警督对我们的卫生规定不会有什么兴趣的。”

“哦，不，当然不会。”约翰逊小姐说，“嗯，刚刚说到我去关窗，就在这个时候我意外地发现体育馆那边有灯光。相当明显，我不会看错的，灯光似乎还在移动。”

“你是说，并不是电灯被打开了，而是手电筒或者别的什么东西的光？”

“是的，一定是这样。我当时就想，天哪，夜里这个时候了，这是谁跑到那儿干什么呢？当然了，我并没有想到会是小偷，如你刚刚所说的，这也太异想天开了。”

“那你是怎么想的？”凯尔西问道。

约翰逊小姐朝布尔斯特罗德小姐看了一眼，又很快收回视线。

“说真的，我当时真的没有什么特别的想法。我是说，嗯，说真的，我是说，我当时怎么也想不到——”

布尔斯特罗德小姐打断了她。“我想约翰逊小姐应该是以为，某个学生可能溜到那儿去和人秘密约会。”她说，“你是这个意思吗，埃尔斯佩思？”

约翰逊小姐喘了一口气。“嗯，是的，当时有那么一小会儿我确实这么想过。有个意大利女孩可能会干出这样的事情。外国孩子比英国的姑娘们要早熟太多了。”

“不要这样傲慢。”布尔斯特罗德小姐说，“我们也有不少英国姑娘想做出这种不适当的举动。你有这种想法是很自然的，如果是我，也会这么想。”

“继续说。”凯尔西警督说。

“所以我觉得，”约翰逊小姐接着说，“最好还是找查德威克小姐，叫她和我一起去看看到底是什么情况。”

“为什么是查德威克小姐？”凯尔西问道，“有没有什么特别的理由一定要选这位老师？”

“是这样，我不想打扰布尔斯特罗德小姐，”约翰逊小姐说，“而且我敢说这已经是我们的习惯，如果不想劳烦布尔斯特罗德小姐，就去找查德威克小姐。你知道的，查德威克小姐在这里很长时间了，她的经验非常丰富。”

“所以，”凯尔西说，“你去找到查德威克小姐，叫醒了她。是这样吧？”

“是的。她也同意我们应该马上去看看。我们都没有穿戴整理什么的，只套了一件罩衣和外套就从侧门出去了。也就是那个时候，我们刚刚踏上那条小路的时候，体育馆那边传来一声枪响，于是我们沿着小路尽快跑过去。有点蠢的是，我们忘了带上手电筒，所以看不太清楚路。我们跌倒了一两次，但是也很快赶到了。门就这么开着，我们打开灯，接着——”

凯尔西打断道：“也就是说，你们赶到的时候，是没有灯光的。也没有手电或者其他的照明？”

“没有。那地方一片漆黑。我们打开灯，她就躺在那儿。她——”

“可以了，”凯尔西警督温和地说，“你不用详细描述了。我一会儿就过去，会亲自察看的。在你们过去的路上没有碰到任何人？”

“没有。”

“也没有听到任何人跑开？”

“没有。我们什么都没有听到。”

“学校大楼里还有没有别的人听到那声枪响？”凯尔西看着布尔斯特罗德小姐问道。

她摇摇头。“没有。就我所知没有。没人说过听到了枪声。

体育馆离这儿还有一段距离，我很怀疑这枪声是否能引起注意。”

“也许从大楼靠近体育馆那一侧的房间能听到？”

“很难吧，我想。除非有人留意去听这类声响。我可以肯定这声音没有大到能把人吵醒。”

“好的，谢谢你。”凯尔西警督说，“我现在要去体育馆了。”

“我和你一起过去。”布尔斯特罗德小姐说。

“你们需要我也过去吗？”约翰逊小姐问道，“如果你们需要，我可以去的。我是说……我是说，躲着也不好，不是吗？我总是觉得，不管发生什么样的事情，人都应该面对——”

“谢谢你。”凯尔西警督说，“没有这个必要，约翰逊小姐。我不想再让你承担太多压力了。”

“太可怕了。”约翰逊小姐说，“想到我其实并不太喜欢她，反而让我更难受了。事实上，就在昨晚，我们还在员工休息室发生过争执。我坚持认为对有些女孩来说——那些体质不太好的女孩——太多的锻炼反而是不好的。斯普林杰小姐说这是胡扯，她们正是那些需要锻炼的人，说什么要让她们健壮起来，脱胎换骨。我对她说，别以为自己什么都懂，其实根本不是这么回事儿。毕竟我是受过专业训练的，关于体质和病患，我知道的可比斯普林杰小姐多得多——比生前的她多得多。当然了，我丝毫不怀疑斯普林杰小姐在双杠、跳马还有网球教学上什么都懂，但是，哦，天哪，现在想想发生的这一切，我真希望我没有说这些话，我想在可怕的事情发生之后，人总是会这么想。我真的觉得这都是我的错。”

“就坐在这儿吧，亲爱的。”布尔斯特罗德小姐说着，扶她坐到沙发上，“你就坐在这儿好好休息，不要再去想你们之间可能有过的这种小争执了。如果我们在所有事情上都互相赞同，人生该是多么无趣。”

约翰逊小姐摇着头坐下，接着开始打呵欠。布尔斯特罗德小姐跟着凯尔西走进了大堂。

“我让她喝了不少白兰地。”她略带歉意地说，“这让她有些多话，但是并没有糊涂，你觉得呢？”

“不，”凯尔西说，“对于发生的事情，她陈述得相当清楚。”

布尔斯特罗德小姐引路走向侧门。

“这就是约翰逊小姐和查德威克小姐所走的路线？”

“是的。你可以看到，它直通那条贯穿杜鹃花丛的路，路的另一头就是体育馆了。”

警督带着一支强力的手电筒，他和布尔斯特罗德小姐很快就到了体育馆，这里现在已经是灯火通明。

“真是座不错的建筑。”凯尔西说，一边打量着体育馆。

“花了我们不少钱，”布尔斯特罗德小姐说，“但是也还负担得起。”她很平静地补充了一句。

大开的门通向一个相当宽敞的房间，里面有很多小衣柜，上面贴着不同女孩的名字。房间的尽头有一个摆放网球拍的架子，另一排架子用来放长曲棍球棍。房间一侧的门通向淋浴室和更衣隔间。凯尔西在走进去前停了一下。他手下的两个人一直在忙着，摄影师刚刚拍完照，另一个正在取指纹的人抬起头，对凯尔西说话。

“你可以从地板上走过去，长官。没问题的，我们还在处理这边的事。”

凯尔西走向正跪在尸体旁的法医，后者在他接近时抬头看了看。

“是在距离她大约四英尺的地方开的枪。”他说。

“子弹穿透心脏，应该死得相当快。”

“好的。有多长时间了？”

“一个小时左右吧。”

凯尔西点点头。他小步转过身，眼睛盯着身材高大的查德威克小姐，后者背靠墙站着，神色冷酷，活像一条看家狗。在凯尔西看来，她大概五十五岁，前额饱满，嘴巴线条坚硬，灰白的头发蓬乱，没有一点慌乱的样子。他想，这样的女人在危机中是完全可以信赖的，虽然在日常生活中可能总是被人忽视。

“查德威克小姐？”他说。

“是的。”

“是你和约翰逊小姐一起出来发现尸体的？”

“是的。她当时就是现在这个样子，已经死了。”

“时间是？”

“约翰逊小姐叫醒我的时候我看过表，是一点差十分。”

凯尔西点点头。这个时间符合约翰逊小姐的说法。他低头看着死者，思考着。她明亮的红色头发被剪得很短，脸上生着雀斑，下巴显得很突出，身材匀称而结实。她穿着斜纹软呢裙子，厚重的深色套衫，脚上套着厚底靴子，没有穿袜子。

“有没有发现凶器？”凯尔西问道。

其中一个手下摇摇头。“完全没有，长官。”

“手电筒呢？”

“墙角那边有一支手电筒。”

“上面有指纹吗？”

“有。是死者的。”

“所以说，她是带着手电筒的那个人。”凯尔西若有所思地说，“她带着手电筒到这儿来——为什么呢？”他的这句话是在问自己，又是问自己的手下，也像是在问布尔斯特罗德小姐和查德威克小姐。最后他似乎是决定把重点转到后两位身上。“有什么想法吗？”

查德威克小姐摇着头说：“完全没有概念。我想她可能是落了什么东西——下午或者是晚上忘在了这儿——然后回来拿。但是说半夜来找东西又不太像。”

“如果确实是这样，那一定是非常重要的东西了。”凯尔西说。

他看看身边的情况，似乎没有什么东西被动过，除了房间一头的网球拍架子。它像是被用力向前拉过，好几个球拍就这么散落在地上。

“当然，”查德威克小姐说，“她可能是看到这里有灯光，就像约翰逊小姐后来那样，于是过来看看。在我看来这是最有可能的情况了。”

“我觉得你是对的。”凯尔西说，“只是有一个小问题：她会一个人到这儿来吗？”

“会的。”查德威克小姐回答得没有一点犹豫。

“约翰逊小姐可是去叫醒了你一起过来的。”凯尔西试图提醒她。

“我知道。”查德威克小姐说，“如果是我看到灯光，我也会这样做。我会去叫醒布尔斯特罗德小姐或者范西塔特小姐，或者是其他人。但是斯普林杰小姐不会，她是那种自信满满的人——事实上，她可能宁可自己一个人去对付入侵者。”

“还有一点，”警督说，“你和约翰逊小姐是从侧门出来的，那扇门没有锁？”

“是的，没有锁。”

“有可能就是斯普林杰小姐出去后没有锁上？”

“这似乎是个很理所当然的结论。”查德威克小姐说。

“所以我们假设，”凯尔西说，“斯普林杰小姐看到健身房——体育馆，不管你们怎么称呼它——有灯光，于是就过来察看，然后被在这里的那个人枪杀。”他转过身，面对一动不动站在门口的布尔斯特罗德小姐，“你觉得这个推断对不对？”他问道。

“完全不对头，”布尔斯特罗德小姐说，“第一部分，我同意你的说法。我们可以说斯普林杰小姐看到了这里的灯光，然后自己过来看情况。这是完全可能的。但是要说被她发现的那个人会枪杀她——在我看来就错得离谱。如果说有不该来这儿的人出现在了这里，被发现的时候更有可能是夺路而逃，或者是企图逃跑。为什么会有人在夜里这个时候到这儿来，还带着手枪？这太荒谬了，就是这样，荒谬！这里根本没有值得偷的东西，更没有什么东西值得去犯下谋杀的罪行。”

“你觉得更有可能是斯普林杰小姐惊扰了某种接头？”

“这是自然而且最有可能的解释。”布尔斯特罗德小姐说，“但是这依然解释不了谋杀这件事，难道不是吗？我学校里的女孩是不会随身带着手枪的，她们会遇见的年轻人似乎也非常不可能带着手枪。”

凯尔西表示同意。“这种人最多也就是带一把小弹簧刀。还有一个可能，”他继续道，“那就是斯普林杰小姐到这儿是来见某个男人——”

查德威克小姐忽然笑了起来。“哦，不会的，”她说，“斯普林杰小姐不会这样的。”

“我不是说一定是男女之间的私会，”警督不苟言笑地说，“我只是说，谋杀是有预谋的，有人想要杀害斯普林杰小姐，他们约好了在这儿见面，然后枪杀了她。”

第九章　鸽群中的猫

1

珍妮弗·萨特克利夫写给母亲的信：

亲爱的妈妈，

昨晚这里发生了谋杀案。死者是斯普林杰小姐，我们的体育老师。事情发生在半夜，警察都来了，今天上午他们找每个人问了话。

查德威克小姐让我们不要告诉任何人，但是我觉得你会想知道。

爱你的

珍妮弗

2

芳草地是一家相当重要的本地机构，达到了让警察局局长亲自关注的程度。在开展例行调查的同时，布尔斯特罗德小姐并没有不闻不问。她给一位报界大佬和一位内政大臣打了电话，两人都是她的私人朋友。在她的这些活动之下，报纸上对此事的报道极少。一名女体育老师被发现死在学校的健身房，她是被枪击的，是不是意外尚有待确定。报纸上对这一事件的提及绝大多数都带着遗憾的口吻，倒像是在说，任何体育老师让自己在这样的情况下被枪击，是一种完全不考虑他人感受的行为。

安·夏普兰这一天都在忙着听写给学生家长们的信。布尔斯特罗德小姐没有浪费时间去要求学生们对此事保持沉默，她知道这只是白费精力。或多或少有些夸张的汇报肯定会传达给焦虑的家长和监护人们，她打算让自己这份措辞得当而且合情合理的说明赶在同时送到他们手中。

那天下午晚些时候，她和警察局局长斯通先生以及凯尔西警督进行了一次密谈。警方完全同意让报界对此事尽量保持低调，这样能让他们安静而且不受干扰地进行调查。

“我对此事深感遗憾，布尔斯特罗德小姐，真的是非常遗憾。”警察局局长说道，“我想这件事——怎么说呢——对你总归是不好的。”

“谋杀对任何学校而言都是不好的，是这样。”布尔斯特罗德小姐说，“不过，现在没必要再纠结这个了。我们会渡过这一关的，这一点毫无疑问，我们之前也经受过其他的风浪。我所希望的只是尽快查明这件事情的真相。”

“没有理由不会很快破案，不是吗？”斯通说着，看了看凯尔西。

凯尔西说：“如果我们能知道她之前的经历，应该会有些帮助。”

“你真的这么认为？”布尔斯特罗德小姐冷冷地说。

“可能有什么人和她有过过节。”凯尔西这样说道。

布尔斯特罗德小姐没有回应。

“你是认为这事和这所学校有关？”警察局局长问道。

“凯尔西警督是这么认为的，”布尔斯特罗德小姐说，“我想，他只是顾忌到我的感受才没有直说。”

“我认为这确实和芳草地有关系，”警督慢悠悠地说，“毕竟，斯普林杰小姐和其他老师一样都有休息的时间，如果她愿意，可以安排跟任何人在任何她愿意的地点会面，为什么非要是半夜在学校的健身房呢？”

“你不会介意我们对学校进行一次搜查吧，布尔斯特罗德小姐？”警察局局长问道。

“完全不会。你们是想要找到那支手枪，或者是左轮，或者是别的什么枪，对吧？”

“是的。应该是一支小巧的外国造手枪。”

“外国的。”布尔斯特罗德小姐若有所思地说。

“就你所知，你的员工或者学生里面会不会有人有手枪这种东西？”

“就我所知道的，肯定没有。”布尔斯特罗德小姐说，“我很肯定，我的学生们不会有。她们来到学校时携带的东西都是我们帮忙打开的，如果有这样的东西，一定会被发现，引起注意，而且我认为这应该会引起大家的议论。不过凯尔西警督，请务必按你们的意愿进行检查，我看到你们的人今天已经在搜查校园了。”

警督点点头。“是的。”

他继续说道：“我还想和你的其他老师见见面，可能有人听到斯普林杰小姐提起过什么，也许会是线索，又或者看到过她有什么反常的举动。”

他停了停，然后继续说道：“学生们也一样，也许听到看到过什么。”

布尔斯特罗德小姐说：“我打算今天晚祷之后对学生们简短说几句。我会问问她们中有没有人知道些什么可能与斯普林杰小姐的死有关的消息，如果有的话，就来告诉我。”

“非常不错的主意。”警察局局长说。

“不过你们应该记住这一点，”布尔斯特罗德小姐说，“某些学生会把一件小事加以夸张来显示自己的重要性，甚至不惜编造一些情况。女孩们会做些很怪异的事情。不过我想，你们对于这种哗众取宠的表现应该是习以为常了。”

“我遇到过这种事情，”凯尔西警督说，“好了，请给我一份教职员工的名单，还有工人的名单。”

3

“我已经检查过体育馆所有的衣柜了，长官。”

“然后，什么都没有发现？”凯尔西说。

“是的，长官，没有什么重要的东西。一些衣柜里有些挺有趣的玩意儿，不过不是我们要找的。”

“所有衣柜都没有锁上，是不是？”

“是的，长官，它们可以锁上，里面都有钥匙，但是都没有被锁上。”

凯尔西若有所思地环顾四周光洁的地板，网球拍和长曲棍球杆已经被放回了各自的架子，整齐有序。

“哦，很好，”他说，“我现在要去主楼和职员们谈话。”

“你不会认为是学校内部的人干的吧，长官？”

“有可能是，”凯尔西说，“除了那两名女老师，查德威克和约翰逊，还有那个耳朵痛的孩子简，其他人都没有不在场证明。理论上说，其他人都应该在床上睡觉，但是也没有人能保证这一点。女孩们都有单独的房间，老师们自然也是如此。包括布尔斯特罗德小姐本人在内的所有人，都可能溜出去和斯普林杰小姐会面，或者是跟着她到这儿来。然后，在她被枪杀之后，这个人可以悄悄地穿过树丛回到大楼的侧门，等到有人报警的时候，早已安然躺回床上了。困难的部分是动机。”凯尔西说道，“是了，就是动机问题。除非学校里正在发生什么我们目前一无所知的事情，否则似乎是没有什么动机的。”

他步出体育馆，慢慢地向大楼走去。虽然已经是下班时间，老园丁布里格斯还是在一处花坛做一些简单的工作。见到警督经过，他忙直起身来。

“这么晚还在工作。”凯尔西微笑着说。

“是啊，”布里格斯说，“现在的年轻人完全不明白园艺是怎么回事儿。八点来五点走——这就是他们的理解。你应该研究天气，有些天你根本不用到花园里来，也有些天你就得从早上七点一直做到晚上八点。当然了，这得是在你爱这个地方，会因为它的样子感到自豪的前提下。”

“你完全应该为这个花园感到自豪，”凯尔西说，“现在已经见不到保养得比这儿更好的地方了。”

“现下是这样了。”布里格斯说，“不过我算是运气好的，有个强壮的年轻小伙子打下手。还有两个男孩，不过没有那么好用。这些男孩还有年轻人，他们中的大多数都不愿意来做这种工作。他们啊，都想去工厂，想当白领，在办公室上班，不想自己的手被纯朴的泥土弄脏了。不过我算运气好，我刚说过吧，有个挺不错的小伙子主动来找工作，给我帮手。”

“是最近的事情？”凯尔西警督说。

“这学期开始的时候，”布里格斯说，“亚当吧，他的名字。亚当·古德曼。”

“我好像没在这儿见过他。”凯尔西说。

“他今天请了一天假。”布里格斯说，“我同意了。反正今天你们的人到处转来转去，应该也没有太多事情可做。”

“应该有人把他的情况告诉我才对。”凯尔西着急地说。

“你的意思是？什么叫把他的情况告诉你？”

“他并不在我的名单上，”凯尔西警督说，“我是说，这里所有雇员的名单。”

“哦，没事的，你明天就能见到他了，先生。”布里格斯说，“不过他也告诉不了你任何事情吧，我猜。”

“很难说。”警督说。

一个强壮的年轻人在学期开始的时候主动来找工作？在凯尔西看来，这可能是在这里遇到的第一件有些偏离常轨的事情。

4

当晚，女孩们和往常一样列队进入礼堂参加晚祷，在那之后，布尔斯特罗德小姐抬手示意她们留下。

“我有些事情需要告诉大家。如你们所知，斯普林杰小姐昨晚在体育馆被枪杀。如果你们中有人在过去一周听到，或者是看到任何与斯普林杰小姐有关——任何让你们觉得不解的事情，不管是斯普林杰小姐说的，还是其他什么人说过的，关于她的任何事情，让你们觉得可能很重要，我都希望知道。你们可以在今晚的任何时间，直接到我的起居室找我。”

“唉，”女孩们列队走出礼堂时，茱莉亚·厄普约翰叹了口气，“我真希望我们知道点儿什么！可是我们不知道，是不是，珍妮弗？”

“是啊，”珍妮弗说，“我们当然什么都不知道。”

“斯普林杰小姐看上去那么普通，”茱莉亚哀伤地说，“那么普通，不应该以如此神秘的方式被杀害啊。”

“我没觉得这有多神秘，”珍妮弗说，“只是个盗贼而已。”

“是来偷我们的网球拍吧，有可能。”茱莉亚讥讽道。

“可能是有人在勒索她呢。”有个女孩满怀希望地提出。

“拿什么勒索？”珍妮弗说。

没人想得出什么可以用来勒索斯普林杰小姐的东西。

5

凯尔西警督对学校员工的询问从范西塔特小姐开始。这是个漂亮的女人，凯尔西打量着她，心里暗想。可能四十岁，或者多一点点。高个儿，身材匀称，灰色的头发梳理得相当得体。她表现得极有尊严而镇定，又带着一点点的——他这么觉得——自恃身份的感觉。她有点儿让他想起了布尔斯特罗德小姐本人：绝对是适合做女老师的那种类型。尽管如此，凯尔西还是能感到，布尔斯特罗德有些范西塔特小姐不具备的特质。布尔斯特罗德小姐有一种出人意料的行事风格，而他并不觉得范西塔特小姐会有什么出人意料的举动。

例行公事的问答。实际上范西塔特小姐什么都没有看到，没有留意到任何事情，没有听到任何事情。斯普林杰小姐在工作上很出色。是的，她的态度是有一点点粗暴，但是范西塔特小姐也并不觉得太出格。她的性格可能不是太招人喜欢，但是做好一名体育老师，这并不是必须的。事实上，这样可能更好，学校并不需要太招人喜欢的老师，学生们对老师有太多个人感情并不好。对调查并没有任何贡献的范西塔特小姐随后告退。

“非礼勿视，非礼勿听，非礼也勿想。简直像是三不猴。”协助凯尔西警督问话的帕西·邦德警长这样评价道。

凯尔西笑了笑。“这话没错，帕西。”他说。

“学校的女老师们有种让我很不舒服的感觉，”邦德警长说，“从小我就很怕她们。我还记得有个女老师，非常恐怖，爱出风头又装腔作势，你根本不知道她想教你点儿什么。”

下一名出现的老师是艾琳·里奇。“太丑了”是凯尔西警督的第一反应。之后这个印象有所转变，她也有些吸引人的地方。他还是从例行的问题开始，但是得到的答案却没有他预想中那样依照惯例。她否认了听到过或者注意到过有任何值得一提的事情——无论是其他人说起斯普林杰小姐还是斯普林杰小姐本人提及的。但艾琳·里奇的下一个答案就完全在他预料之外了。

他是这样问的：“所以，就你所知，并没有人和她有过私怨？”

“哦，没有。”艾琳·里奇回答得很快，“不会有人和她有私怨的。我想这也是她的可悲之处，你明白的。她不是一个会让谁恨得起来的人。”

“你这个说法是什么意思呢，里奇小姐？”

“我是说，她不是一个会让人一定要毁掉她的人。她所做的一切都是表象的。她会让人很恼火，常有人和她争执几句，但是这都没有什么大不了，不是什么很深刻的东西。我敢肯定，她不是因为自己的什么原因而被杀，如果你明白我意思的话。”

"我其实不是很明白你的意思，里奇小姐。"

"我是说，如果是银行劫案这样的事情，她很有可能是那个被枪杀的出纳，但是，被杀害是因为她是银行出纳，而不是格蕾丝·斯普林杰这个人本身。没人会爱她或者是恨她到非要除掉她不可的程度。我想她可能是那种不会细想、凭感觉行事的人，这也是她会显得很多管闲事的原因。你知道的，总要找到点儿缺陷，一切按规章来，打探大家都做了些什么本不该做的事情，然后把他们揭发出来。"

"窥探隐私？"凯尔西问道。

"不，也不算是窥探隐私。"艾琳·里奇考虑了一下，说，"并不是说她穿着软底鞋之类的东西，蹑手蹑脚地到处窥视。但是如果她发现有什么事情正在发生，而她又无法理解的话，会相当有决心地要搞个水落石出，而且她一定会把这件事情搞到水落石出。"

"我明白了。"他停顿了一下，"你本人也不喜欢她，是这样吧，里奇小姐？"

"我不认为我认真考虑过她。她只是名体育老师。天哪！对任何人这都是不太厚道的说法吧！只是这个，只是那个！不过这也是她对自己工作的评价，这是一份她会因为做得很好而感到骄傲的工作。她并不认为这工作有什么乐趣。她不会因为发现某个女孩在网球上很有天分，或者在某个体育项目上表现突出而感到兴奋。她既不会为此感到开心，也不会因此而自得。"

凯尔西好奇地看着她。这是个奇怪的年轻女人，他心里暗想。

"你似乎对大多数事物都有自己的看法，里奇小姐。"他说。

"是啊。是的，我想我确实是这样。"

"你在芳草地工作多久了？"

“刚刚一年半多一点。”

“在之前都没有发生过什么麻烦事吗？”

“在芳草地吗？”她听起来吃了一惊。

“是的。”

“哦，没有。直到这个学期之前所有的事情都很顺利。”

凯尔西立即追问。

“这个学期有什么不对的？你不是说这起谋杀，对吧？你是说还有别的什么事情——”

“我不是——”她停了下来，“是了，我可能是这个意思——不过只是隐约有点儿感觉。”

“说下去。”

“布尔斯特罗德小姐最近不太高兴。”艾琳慢慢地说道，“这是其一。你是不会知道这个的，我觉得甚至没有别的人注意到这一点。反正我是发现了。而且她不是唯一不开心的人。但是你问的不是这个，对吧？这只是人们的感受，那种太憋闷、想一件事情想得太久之后出现的感觉。你指的是，有没有什么事情是仅仅在这个学期才显得不太对劲的，是这样，没错吧？”

“是的。”凯尔西继续好奇地看着她说，“对，就是这个意思。那么，有什么情况吗？”

“我觉得确实有些不太对劲。”艾琳·里奇慢慢地说，“就像是我们当中有某个并不属于这里的人。”她看着他，笑了笑，几乎就要笑出声了，然后接着说：“鸽群中的猫，就是这样的感觉。我们就是一群鸽子，我们所有人，然后当中有只猫，但是我们却看不到这只猫。”

“这个说法太含混了，里奇小姐。”

“是啊，难道不是吗？听起来有些犯傻，我自己也能听出来。

我觉得，我想说的是，有什么东西，某个很小的东西，我曾注意到，但是又不知道我到底发现了什么。”

“有什么具体所指的人吗？”

“没有，我跟你说过，就是这样而已。我不知道是谁。我唯一能说的就是，有人在这儿，这人——不知怎么的——就是不对头！有这么一个人——我不知道是谁——让我感觉很不舒服。不是我看到她的时候，而是在她看我的时候，因为正是她看我的时候，这种感觉才会显现——不管是什么样的感觉。我是不是越来越语无伦次了？总之，这只是一种感觉。这不是你要的东西，这不是什么证据。”

“不，”凯尔西说，“这确实不是证据，现在还不是。不过这很有趣，如果你的这个感觉变得更加真切，里奇小姐，我很愿意听你再告诉我。”

她点点头。“好的，”她说，“因为这是很严肃的，不是吗？我是说，有人被杀了——我们不知道为什么——而凶手可能躲得很远，又或者，恰恰相反，凶手可能就在学校里。如果是这样，那么手枪或者左轮枪或者是别的什么东西，就一定也还在这儿。这不是一个很好的想法，是吧？”

她微微点点头走出了房间。邦德警长说道：“疯子——难道你不觉得吗？”

“不，”凯尔西说，“我不认为她是个疯子。我觉得她具有人们常说的敏感性。你知道的，就像是那种在亲眼看到之前很久，就知道房间里面有一只猫存在的人。如果生在某个非洲的部落里面，她可能会是一名巫医。”

“他们到处寻访罪恶，是不是这样？”邦德警长说。

“就是如此，帕西。”凯尔西说，“这也正是我想要做的事情。

没人会提供任何具体的事实，所以我必须到处寻访，找出真相。接下来我们要向那个法国女人提问了。”

第十章　荒诞的故事

安吉勒·布兰奇小姐看起来三十五岁，没有化妆，深褐色头发梳理得十分整洁，但不算雅致，穿着古板的上衣和裙子。

这是布兰奇小姐在芳草地的第一个学期，她这样解释道。她不确定是不是还想在这儿再留一个学期。

"在一所会出现谋杀案的学校待下去不是令人愉快的事情。"她语带责难地说。

还有，似乎整间学校都没有防盗警铃——这也太危险了。

"布兰奇小姐，这里也没有任何值钱的东西会引来盗贼。"

布兰奇小姐耸了耸肩。

"谁知道呢？这些来上学的女孩，有些人的家里非常有钱，她们可能带着很值钱的东西。可能某个盗贼知道这种情况，于是到这儿来，因为他觉得这会是一个非常容易得手的地方。"

"就算有女孩带着很值钱的东西，也不会出现在健身房吧。"

"你又怎么知道呢？"布兰奇小姐说，"她们在那儿有衣柜，不是吗？"

"只是放些体育用品吧，诸如此类的东西。"

"是啊，应该是放这些东西的，但是女孩可能在球鞋的鞋尖里藏任何东西，或者是包在旧外套和围巾里面。"

"是什么样的东西呢，布兰奇小姐？"

但是布兰奇小姐也不知道会是什么样的东西。

“就算是最宠溺的父亲也不会让女儿把钻石项链带到学校来吧。”警督说。

布兰奇小姐再次耸了耸肩。

“可能是有其他价值连城的东西——古埃及的圣甲虫配饰，有可能，或者是某个收藏家愿意花大价钱来换的东西。有个女孩的爸爸就是考古学家。”

凯尔西笑了笑。“其实吧，我真的不认为有这种可能，布兰奇小姐。”

她又耸了耸肩。“都行吧，我只是这么一说。”

“你之前在其他英文学校教过书吗，布兰奇小姐？”

“以前在英格兰北部的一所学校教过书，大部分时间我都在瑞士和法国教书，还有德国。我会到英国来是想提高我的英文。我有个朋友在这儿，她病了，然后告诉我可以来顶替她的位置。布尔斯特罗德小姐也会很高兴这么快找到接替的人。于是我就来了。但是我并不是很喜欢这儿，就像我刚说过的，我想我不会待下去的。”

“为什么不喜欢这个地方呢？”凯尔西很坚持地追问。

“我不喜欢会发生枪击事件的地方。”布兰奇小姐说，“还有那些孩子，她们不尊重人。”

“她们已经不算是孩子了吧，难道不是吗？”

“她们中的一些就像是婴儿，有的又像是有二十五岁了，什么样的都有。她们有太多自由了，我喜欢规矩更严格一些的学校。”

“你和斯普林杰小姐熟吗？”

“算起来我完全不认识她。她很没有礼貌，我尽可能不和她有任何交流。她骨骼粗大又满脸雀斑，声音大，还很难听。她就是讽刺漫画里面那种典型的英国女人。她对我很粗鲁，我不喜欢她。”

“她在什么事情上对你粗鲁了？”

“她不喜欢我去她的体育馆。她似乎以为——或者说她生前认为——那是她个人的体育馆！有天我一时兴起过去看看——我之前没有去过那儿，那是一栋全新的建筑，布置和规划都很好，我就是想四处看看。然后斯普林杰小姐出现了，对我说什么‘你在这儿干什么？你不该到这儿来’。她就是这么对我说的——我啊，我也是学校的一名老师啊！她以为我是什么人，一个学生吗？”

“对啊，对啊，太让人恼火了，我敢肯定。”凯尔西安慰她说。

“完全是猪一样的态度，她就是这样。然后她还大叫起来：‘不要拿走你手上的钥匙！’太让人讨厌了。我推开门的时候钥匙掉下来了，于是我就捡了起来。我只是因为被她打断才忘了放回去，结果她对我大喊大叫，像是觉得我有意要偷走钥匙一样。那是她的钥匙，我敢说她就是这么想的，而且是她的体育馆。”

“这似乎有点儿奇怪，不是吗？”凯尔西说，“她会这么看待这个健身房，我是说，把它当作自己的私人财产，像是害怕有人发现她在里面藏了什么东西。”他想用这句话做一个试探，但是安吉勒·布兰奇只是笑了笑。

“在那儿藏东西？你能在那种地方藏什么东西？你觉得她在那儿藏了自己的情书？我敢说就没人给她写过情书！其他女老师，她们至少是有礼貌的。查德威克小姐，她是个老派的人，就是有些爱大惊小怪。范西塔特小姐，她人很好，高贵的妇人，又有同情心。里奇小姐，我觉得她有些疯颠，但是很友善，还有那些年轻的女老师们，都很讨人喜欢。”

几个无关紧要的问题之后，安吉勒·布兰奇也被打发走了。

“太敏感了。”邦德说，“法国人都是这么敏感。”

“不管怎么说，这段谈话还是很有趣的。”凯尔西说，“斯普林杰小姐不喜欢别人在她的健身房——体育馆——闲逛，我也不知道该怎么称呼这个东西。现在的问题是，为什么呢？”

“可能她觉得这个法国女人在打探她的什么事情。”邦德提出一个想法。

“那么，她为什么会这么想？我是说，除非她有什么事情害怕被安吉勒·布兰奇小姐发现，不然安吉勒·布兰奇小姐四处查探一下对她也没有什么妨碍吧？

“还有哪些人要见？”他接着说。

“两个年轻老师，布莱克小姐和罗恩小姐，再就是布尔斯特罗德小姐的秘书。”

布莱克小姐年轻又认真，圆圆的脸显得很和善，她教授植物学和物理。没有说出什么有用的东西——她很少见到斯普林杰小姐，对她被杀害的原因更是毫无概念。

罗恩小姐不愧是有心理学学位的人，她有自己的看法想要表达。非常有可能——她这样说道——斯普林杰小姐是自杀的。

凯尔西警督不禁扬起了眉头。

“她为什么会自杀？她有什么不幸吗？”

“她很有侵略性，”罗恩小姐说着，身体前倾，双眼透过厚厚的眼镜镜片急切地张望，“非常有侵略性，我感觉是很突出的那种。这是一种防御机制，为了掩饰自卑。”

“就我目前听到的事情来看，”凯尔西警督说，“她对自己非常自信。”

“太过自信了，”罗恩小姐阴沉地说，“她之前说过的好几件事情都可以印证我的假设。”

“比如？”

“她曾暗示，人们‘并不是表面上看起来那样’。她说过在之前工作的一所学校，她曾‘揭露’过某个人。但是校长对此有偏袒，不愿意听她发现的东西。还有好几个女老师也是如此，用她的话来说，就是‘和她作对’。

“你知道这意味着什么吗，警督？”罗恩小姐兴奋地俯身向前，几乎要从自己的椅子上掉下来，几缕平直的深色头发向前落下盖在她的脸上，“一种受迫害妄想的开始。”

凯尔西警督很有礼貌地说，罗恩小姐的这个假设可能是对的。但是他没办法接受自杀这一推论，除非罗恩小姐可以解释一下，斯普林杰小姐如何从距离至少四英尺的地方击中自己，然后想办法让手枪就此消失在空气里。

罗恩小姐很不开心地反驳说，警方对心理学的偏见是众所周知的。

然后她就离开了，把位置留给了安·夏普兰。

“这样，夏普兰小姐，”凯尔西警督略带赞赏地看着她整洁而务实的装扮问道，“你能给调查带来什么新的线索呢？”

“恐怕绝对是没有什么新鲜东西了。我有自己的起居室，也就很少见到其他老师，这整件事情都太令人难以置信了。”

“难以置信是指什么？”

“怎么说呢？首先，斯普林杰小姐会被人枪杀就令人难以置信。假设有人闯进健身房，她出来看看是什么人，我觉得这都没问题。但是有谁会想要闯进健身房呢？”

“男孩们，有可能，比如某个本地的年轻人，想要试试里面的运动器械，或者就是胡闹一下。”

“如果是这样，我几乎可以想象，斯普林杰小姐会说：‘喂，你们在这儿干什么？都给我滚！’然后他们就会跑掉。”

“在你看来，斯普林杰小姐对体育馆是不是有什么特别的态度？”

安·夏普兰看起来有些迷惑。“态度？”

“我是说，她有没有把这个地方视作她专属的地带，不喜欢别人到这儿来？”

“就我所知是没有的。她为什么会这么想？这只是学校建筑群的一部分啊。”

“你本人没有注意到什么？你没有发现过，如果你到了那儿，她会很反感你的出现——这一类的事情？”

安·夏普兰摇摇头。“我单独去那儿只有一两次。我没有时间。就一次，给某个女孩传达布尔斯特罗德小姐的口信。如此而已。”

“所以你不知道斯普林杰小姐曾经对布兰奇小姐到那儿去表达过反感？”

“不，我没听说过这种事情。哦，对了，我觉得我听到过。布兰奇小姐某天因为什么事情非常不开心。但是你知道的，她有时候会很敏感。据说有次她去美术课的教室，美术老师对她说了什么，也让她非常生气。当然啦，她也没有什么事情可做——我是说布兰奇小姐。她只教一门课——法文，她有很多空闲时间。我想——”她犹豫了一下，“我想她可能是个挺爱多管闲事的人。”

“你觉得有没有可能，她去体育馆是为了查看某个衣柜？”

“女孩们的衣柜？嗯，我不是要说她的坏话，但她可能会把这事儿当作娱乐。”

“斯普林杰小姐本人在那儿有衣柜吗？”

“有，当然有。”

“如果布兰奇小姐被抓到在翻查斯普林杰小姐的衣柜，那么我可以想象斯普林杰小姐会非常生气？”

“当然会啊！”

“你对斯普林杰小姐的私生活有没有什么了解？”

“我不认为有任何人了解。”安说，“她有私生活吗？我倒是很好奇。”

“没有其他什么事情——比如和体育馆有关的什么事情，需要告诉我们了吗？”

“这个——”安犹豫了。

“说吧，夏普兰小姐，让我们听听看。”

“也不是什么大事，”安慢悠悠地说，“不过这儿的一个园丁——不是布里格斯，是年轻的那个。我有一次看到他从体育馆走出来。他应该没有什么事情需要到那儿去。当然了，可能他只是好奇而已——又或者找个由头偷懒——他那个时候应该在钉网球场的铁丝网。我觉得这其实不算什么事儿。”

“虽然是这么说，你还是记得这件事，”凯尔西指出这点，“这是为什么呢？”

“我想——”她皱起了眉，“是了，因为他的态度有些奇怪。还有——他对于那些花在学生们身上的钱完全是嗤之以鼻的样子。”

“这样的态度……我明白了。”

“我觉得这其实也没什么吧。”

“可能是没有——但我还是要先记下来。”

“我们围着桑树丛转啊转。”安·夏普兰离开的时候邦德这样说道，“同样的事情翻来覆去听她们说！老天保佑，希望可以从工人那儿挖到点儿有用的东西。”

但是他们从工人口中也没有得到什么。

“问我什么都没有用啊，年轻人，”厨师吉本斯太太说，“首先吧，我听不到你在说什么，另外呢，我什么也不知道。我昨晚早就睡觉了，我通常都睡得很沉，外头那么吵吵闹闹我都没有听到，也没人叫醒我，告诉我出了什么事情。”她听起来有些不高兴，“直到今天上午我才听说。”

凯尔西吼叫着提了几个问题，换来些什么内容都没有的答案。

斯普林杰小姐是这个学期新来的，她不像之前教体育的琼斯小姐那样招人喜欢。夏普兰小姐也是新来的，但她是个和气的年轻女士。布兰奇小姐和所有的法国佬一样——觉得其他老师都和她作对，纵容年轻的女孩们在课堂上搞些可怕的把戏。“倒不是那种大哭大闹之类的，”吉本斯太太承认，“我之前待过的一些学校，里面的法国女教师有些时候可是哭闹得很厉害！”

学校大多数工人都是白天来晚上回的日间工，只有一个女佣是在学校过夜的，而且也没问出什么东西来，不过起码她能听清对她提出的问题。她说不出什么，这一点她是肯定的。她什么都不知道。斯普林杰小姐的礼节是有点问题，不过说到体育馆，里面有些什么，这名女佣就完全不知道了，也从来没有在什么地方看到过手枪这类的东西。

这场充满否定信息的询问被布尔斯特罗德小姐打断了。“有个女孩希望和你谈谈，凯尔西警督。”她说。

凯尔西马上抬起了头。“是吗？她知道点儿什么？”

“具体是什么我说不好。”布尔斯特罗德小姐说，“不过你最好和她本人谈谈。她是我们的外国学生之一，谢斯塔公主——易卜拉辛亲王的侄女。她觉得自己是个重要的人，不过程度上可能会有所高估，你明白我的意思吧？”

凯尔西心领神会地点点头。布尔斯特罗德小姐出去后，一个肤色微黑，中等身材的女孩走了进来。

她看着他们，杏仁一样的大眼睛，有些拘谨的样子。

“你们是警察？”

“是的，”凯尔西微笑着说，“我们是警察。请坐下吧，说说你知道的，有关斯普林杰小姐的事情。”

“好的，我来告诉你。”

她坐下，身体前倾，有些戏剧化地压低了嗓门。

“一直有人在监视这个地方。啊，他们不会明显地暴露出来，但是他们确实就在附近。”

她一边说一边用力地点着头。

凯尔西警督现在明白布尔斯特罗德小姐刚才的意思了。这个女孩正自导自演一场戏——而且乐在其中。

“那么，他们为什么要监视学校呢？”

“因为我啊！他们想要绑架我。”

不管凯尔西想到过什么可能的回答，反正不是这一个。他的眉毛挑了起来。

“他们为什么要绑架你？”

“为了赎金，这是当然的。这样就能让我的亲属交出很多钱。”

“呃——好吧——可能是这样。”凯尔西半信半疑地说，“但是——呃——就算是这样，这和斯普林杰小姐的死有什么关系？”

“她一定是发现了他们，”谢斯塔说，“可能是告诉他们，她已经发觉有问题，也可能是威胁了他们。他们也许是答应给她一笔钱让她别说出去。她就相信了，去体育馆是因为他们说要在那儿把钱给她，然后枪杀了她。”

“但是斯普林杰小姐肯定不会收这种勒索的黑钱吧？”

“你以为在学校做老师——做个体育老师，是很有乐趣的事情？”谢斯塔不屑地说，“你不觉得拿到一大笔钱，到处游玩，想干什么就干什么会更好？特别是斯普林杰小姐这样长得不漂亮，男人根本看都不会看的人！难道你不觉得，相比其他人，钱对她会更有吸引力？”

“这个嘛——呃——”凯尔西警督说，“我不知道该说什么。”在这之前还没有人在他面前提到过这个看法。

“这个只是——呃——你个人的想法？”他说，“斯普林杰小姐从来没有对你说过什么？”

“除了‘伸展’，‘弯腰’，还有‘快点’，‘别偷懒’之外，斯普林杰小姐什么都没说过。”谢斯塔有些厌恶地说。

“哦，是这样。怎么说呢，你不觉得绑架什么的完全是出于你的想象？”

谢斯塔马上被激怒了。

“你完全不明白是怎么回事儿！我的表哥是拉马特的阿里·优素福亲王。他在一场革命中被杀害了，至少是在逃离这场革命的时候被杀害了。我长大之后本应该嫁给他，这是众所周知的事情。所以你应该明白，我是个重要人物。来这儿的也许是那些共产党人，所以这可能不是一次绑架，而是想要刺杀我。”

凯尔西警督感到越来越不可思议。

“这也扯得太远了，不是吗？”

“你以为这种事情不会发生？我告诉你，会的。他们可是非常非常邪恶的，那些共产党人！每个人都知道的。”

看到他还是有所怀疑，她又接着说道：“也许他们是觉得我知道那些珠宝在哪儿！”

“什么珠宝？”

“我的表哥有些珠宝，他父亲也有。我的家族总是藏着一些珠宝，以防万一，你明白的。”

她听起来煞有介事的样子。

凯尔西紧盯着她。

“但是这一切又和你有什么关系，或者说，和斯普林杰小姐有什么关系？”

“我都告诉过你了啊！他们可能是以为我知道珠宝在哪儿，所以他们打算抓住我，逼我说出来。”

“那么你知道珠宝在哪儿吗？”

“不，我当然不知道。它们在革命中消失无踪了。可能是那些邪恶的共产党人拿走了。当然，也有可能不是这样。”

“这些珠宝属于谁？”

“现在我的表哥死了，它们就属于我了。他们家里已经没有人了。他的姑姑，也就是我的母亲，已经死了。他也会希望那些珠宝归我所有。如果他没有死，我就会嫁给他了。”

“这些都已经约定好了？”

“我必须嫁给他，他是我的表哥啊，你知道的。”

“当你嫁给他的时候，你本应得到这些珠宝？”

“不，我会要些新的珠宝。从巴黎的卡地亚买回来。那些珠宝还是存下来以备不时之需。”

凯尔西警督眨了眨眼，让自己仔细体会一下这种东方式的未雨绸缪。

谢斯塔还在兴高采烈地继续说着。

“我觉得事情就是这样的。有人把珠宝带出了拉马特，可能是个好人，也可能是个坏人。如果是好人，就会把珠宝交给我，说：‘这些都是您的。’然后我就会奖赏他。”

她说话时郑重其事地点点头，扮好自己的角色。

倒是个爱演的人，警督暗想。

“但是如果是个坏人，他会把珠宝据为己有，拿去卖掉。或者他也会来找我，然后说：‘如果我把珠宝交给你，你会给我多少作为奖赏？’如果觉得合算，可能就会带来给我——但是如果觉得不合算，就不会交出来了！”

“但是事实是，没有人来跟你说过任何事情？”

“没有。”谢斯塔承认道。

凯尔西警督打定了主意。

“你看，我觉得吧，”他和气地说，“你说的这些就是一大堆废话。”

谢斯塔恼怒地瞪了他一眼。

“我告诉你我知道的事情，仅此而已。”她闷闷不乐地说。

“是的——嗯，非常谢谢你，我会记住这一点的。”

他起身拉开门，让她出去了。

“《一千零一夜》的故事就快出现了，”他回到桌前坐下时说，“绑架和价值连城的珠宝！下面还有什么？”

第十一章　会谈

凯尔西警督回到警察局的时候，值班警长对他说："有个叫亚当·古德曼的人正在等你，长官。"

"亚当·古德曼？哦，对了。那个园丁。"

一个年轻人礼貌地站起身。他个子很高，皮肤微黑，相当英俊。他穿着一条有些污迹的灯芯绒裤子，被一条老旧的皮带宽松地固定着，上身是一件开领衬衣，非常亮眼的蓝色。

"听说你想要见我。"

他的嗓音有些粗，和现下的很多年轻人一样，有点气势汹汹的味道。

凯尔西只是说："是的，到我办公室来。"

"我不知道任何关于这起谋杀的事情。"亚当·古德曼不太高兴地说，"这事儿和我毫无关系，我昨晚在家睡觉。"

凯尔西只是不置可否地点点头。

他坐在自己的办公桌前，示意那个年轻人坐在对面的椅子上。一个身着便装的年轻警察悄无声息地跟着两人进了办公室，坐在稍远一点的位置。

"让我看看，"凯尔西说，"你就是古德曼——"他看了看桌上的一页笔记，"亚当·古德曼。"

"没错，长官。不过，首先我想请你看看这个。"

亚当的态度已经不同了，现在不再有好斗或者是不快的感觉，显得平静而恭敬。他从衣袋里拿出一样东西递到桌对面。凯尔西警督认真看着，眉头微微扬起，然后抬起了头。

“我这儿不需要你了，巴尔巴。”他说。

那个谨慎的年轻警察站起身离开。他尽力不显露出来，心里却是相当惊讶的。

“哦。”凯尔西说，他饶有兴趣地看着对面的亚当，“所以，这才是你的真实身份。那么，我倒是想知道，你是打算干什么，要跑到——”

“一所女子学校？”年轻人接过他的话。他的声音还是很恭敬，但是已经忍不住笑了出来。“这真的也是我第一次接到这样的任务。我看起来像园丁吗？”

“不像是来自这一带的，这里的园丁通常都是老人家。那你到底懂不懂园艺呢？”

“相当懂。我有个爱园艺的母亲，英国特色。她一直尽心要把我培养成一个可靠的帮手。”

“那么，芳草地到底出了什么事，才把你吸引过来了？”

“其实，我们也不知道芳草地正在发生什么。我的任务说到底只是监视而已，或者说——直到昨晚之前都是这样。体育老师的谋杀案，这倒不是学校该有的课程了。”

“事情总归会发生，”凯尔西警督说，叹了一口气，“任何事情都可能发生——在任何地方。我是有过教训的。但是我得承认，这次的情况有点超出常规了。到底是什么背景？”

亚当说明了情况，凯尔西兴致勃勃地听着。

“看来是我冤枉那个女孩了，”他总结道，“但是你也会承认，听起来太神奇，不太像是真的。价值五十万甚至一百万英镑的珠宝？你刚才说这些是属于谁的？”

“这是个非常好的问题。要得出结论，你得有一大堆国际法律师死命工作——而且他们的意见也会大有分歧。这个事情有很多不同的切入点。这些珠宝，在三个月之前，是属于拉马特的阿里·优素福亲王殿下的。不过现在呢？如果珠宝在拉马特被发现，就会成为现政府的财产，他们已经表明这个态度了。阿里·优素福也可能在遗嘱里把珠宝留给了什么人。那么很多事情都将取决于遗嘱在何处被执行，以及这份遗嘱是否被认可。珠宝可能归他的家族所有。但是这个问题的关键在于，如果是你，或者是我，碰巧在街上捡到它们，然后放到自己的口袋里，那么从实践的角度来说，它们就是你我的了。这是因为，我很怀疑现有的任何法律机制能从你我手中取走这些珠宝。他们可以试试，这是当然的，但是国际法的复杂程度是相当令人难以置信的……”

“你的意思是，从现实的角度来说，谁找到就是谁的了？”凯尔西警督问道。他颇不赞同地摇摇头。“这可不太好吧。”他严肃地说。

“不好，”亚当坚定地说，“确实是不太好。关于珠宝的下落有不少说法，没有一种算得上逻辑严密。你知道的，到处都有风声，可能只是个谣传，也可能是真的。但共同的一点是，就在革命爆发之前，珠宝被带出了拉马特。至于是如何做到的，有十几种说法。”

“但是为什么是芳草地呢？因为那个睥睨一切的小公主？”

“谢斯塔公主，阿里·优素福的大表妹。是的。可能会有人试图把东西交给她，或者是和她取得联系。据我观察，有好几个可疑的人物曾在附近出没。比如柯林斯基夫人，住在大酒店那个。在一个被人们形容为国际游荡者有限公司的组织里，她是优秀成员。严格遵纪守法，行事体面，同时也是一个有用情报的搜集者。还有一个当时在拉马特的酒吧跳舞的女人，据报曾经为某个外国政府工作。现在她人在哪儿，我们还不得而知，我们甚至不知道她长什么样子，但是有传言说，她可能已经到了这里。所以你看，是不是所有的事情都以芳草地为中心？然后就在昨晚，斯普林杰小姐被人杀害了。”

凯尔西若有所思地点着头。

“都凑到一起了。”他得出这个结论，努力克制了一下情绪，“这种事情倒是能在电视里看到……太扯了——你会想：不可能真的发生嘛。确实不会——起码在正常情况下不可能真的发生。”

“秘密特工，强盗，暴力，谋杀，背叛，”亚当表示赞同，“都是些荒唐的东西，但是人生的这一面也确实存在。”

“但是不该在芳草地！”

凯尔西忍不住脱口而出。

“我明白你的意思，”亚当说，“大不敬啊。”

两人都沉默了，然后是凯尔西警督问道：“那么你认为昨晚到底发生了什么？”

亚当停顿了很久，然后才慢吞吞地说道：“斯普林杰在体育馆——还是在半夜里。为什么？我们应该从这儿着手。要搞清楚她为什么在那儿，为什么是半夜的时候出现在体育馆，在此之前，追问到底是谁杀了她根本没有用。我们可以假设，虽然她过着无可指摘的健康人生，但是睡眠并不好，半夜起身看着窗外，见到体育馆有灯光传来——她的窗户是朝着这个方向吧？”

凯尔西点点头。

“作为一个强壮而无所畏惧的年轻女性，她决定去察看一番，结果惊动了在那儿的某个人，那人正在——做什么呢？我们暂且不知道，但是她的出现足以让对方感到身处绝境，非杀死她不可。”

凯尔西再次点点头。

“这正是我们在考虑的方向，”他说，“但是你最后的说法让我有些不安。人不会无缘无故杀人——而且是有备而来，除非——”

“除非是为了更重要的目标？完全同意！好了，这种情况可能就是我们所说的，无辜的斯普林杰——以身殉职。但是也还有另外一个可能性。斯普林杰，因为私人关系获得消息而在芳草地得到一个工作机会，或者是被她的老板特别指派到此地——因为她的资历。她耐心等到一个合适的晚上，悄悄溜到体育馆（这里依然有一个困扰我们的问题——为什么？），有人跟着她——或者是在这儿等着她。是个带着枪，而且准备让它派上用场的人……但还是那个问题——为什么？到底为了什么？事实上，这体育馆到底有什么魔力？这不像是一个人们会想到藏着什么东西的地方。”

“那儿没有藏着任何东西，我可以这么告诉你。我们拿着细齿梳仔细搜过了——女孩们的衣柜，斯普林杰小姐的也一样。有各种各样的体育设备，但是全部正常，毫无异状。还有，这是座全新的建筑！根本没有什么珠宝一类的东西。”

“不管是什么东西，都可能已经被拿走了，这是自然的。被凶手拿走了。”亚当说，“另一个可能就是，体育馆只是被用作接头的地点——不管来接头的是斯普林杰小姐，还是其他什么人。这是个很合适的地方，和大楼有些距离，又不是太远。如果被人发现曾到过这儿，任何人都可以简单地解释说他们看到了灯光什么的。让我们假设斯普林杰小姐到那儿去见什么人——结果起了争执，然后她被枪击。或者，另一个可能，斯普林杰小姐发现有人离开大楼，于是跟着这个人，结果撞破了某件她本不应看到或者听到的事情。”

“在她生前我并未见过她，”凯尔西说，“但是从大家谈起她的情况来看，我的印象是，她可能是个爱管闲事的女人。”

“我想这应该就是最有可能的解释了，”亚当表示同意，“好奇害死猫。没错，我认为这就是体育馆成为谋杀现场的原因。”

“但是如果那儿是接头地点，那么——”凯尔西停了下来。

亚当用力地点点头。

“是的。似乎学校里有那么一个人值得我们密切关注。鸽群中的一只猫，可以这么说。”

“鸽群中的猫，”凯尔西重复了一句，被这个说法击中了，“里奇小姐，学校的老师之一，今天也表达了类似的意思。”

他回想了一小会儿。

“这个学期教职员工中有三个新来的，”他说，“夏普兰，秘书；布兰奇，法语老师；当然了，还有斯普林杰小姐本人。她已经死了，可以被排除在外。如果说鸽群中真的有一只猫，那么最大的可能就是剩下两个人中的一个。”他看向亚当，“你对这两个人有什么看法？”

亚当思索着。

“我有一天碰到布兰奇小姐从体育馆出来，看起来鬼鬼祟祟的，好像是做了什么不该做的事情。不管怎么说，总的来讲——我还是觉得另一个人可能性比较大。夏普兰。她是个冷静的人，而且有头脑。如果我是你，就会仔细查一下她的经历。你这是在笑什么？”

凯尔西咧嘴笑着。

“她也在怀疑你，”他说，“碰到你从体育馆出来——而且觉得你的态度有些奇怪。”

“哦，被抓了个正着。”亚当有些愤愤不平，“真有她的！”

凯尔西警督又摆回了那副权威的架势。

“总之，”他说，“我们这里非常重视芳草地的一切。这是一所很好的学校，布尔斯特罗德小姐也是个很好的人。我们越快查清这件事，对学校就越好。我们希望把事情搞得明明白白，还芳草地一个清白。”

他停下来看着亚当，心里思考着什么。

“我想，”他说，“我们必须告诉布尔斯特罗德小姐你的身份。她会保守秘密的——你不用担心这一点。”

亚当考虑了一下，然后点点头。

“好的，”他说，“在这种情况下，我想这应该是无法避免的了。”

第十二章 新灯换旧灯

1

布尔斯特罗德小姐还有一点能体现出她强于绝大多数女性的特质：她愿意倾听。

她沉默地听完凯尔西警督和亚当各自的讲述，甚至都没有扬一下眉毛。然后她只是说了一句话："不简单。"

你才是真的不简单，亚当这么想着，但是没有说出来。

"那么，"布尔斯特罗德小姐以她一贯开门见山的风格说，"你们要我做些什么？"

凯尔西警督清了清嗓子。

"是这样，"他说，"我们觉得应该把情况完全通报给你——这也是为了学校好。"

布尔斯特罗德小姐点点头。

"当然了，"她说，"学校是我最关心的。必须如此，我要对学生们的生活和安全负责——在略低一点的程度，对我的员工们也是如此。我现在还是想强调一点：关于斯普林杰小姐的死，外界所知的情况越少，对我将是越有利的。这完全是一种自私的想法，不过我认为，我的学校本身就有其重要性，而且不仅仅是对我而言。现在我也同意，如果将事件公之于众对你们是有必要的，你们也就必须这样做了。但是，真的有这个必要吗？”

“没有，”凯尔西警督说，“就这件案子而言，我觉得外界知道得越少越好。我们会公布结论说，调查将会停止，我们认为这是一个地方案件。年轻的暴徒们——或者按照现在的称呼，少年犯们——带着枪到处转悠，把开枪当作乐事。过去通常会是弹簧刀，但是有些年轻人也确实搞到了枪。斯普林杰小姐意外闯入，他们开枪打死了她。我们对外宣布的情况就是如此——之后就可以悄悄地开展工作了。报纸曝光只会越帮越忙。当然了，芳草地非常有名，这自然是大新闻。发生在芳草地的谋杀，这会是热门的消息。”

“我想这一点我可以帮上忙，”布尔斯特罗德小姐爽快地提出，“我对上层人物也不是完全没有影响力的。”她笑着举出几个人的名字，有内政大臣，两位报界巨头，一名主教，还有教育大臣，“我会尽力而为。”她看着亚当说，“你同意吗？”

亚当赶紧回话：“是的，我完全同意。我们一贯喜欢悄然行事。”

“你会继续做我的园丁吗？”布尔斯特罗德小姐问道。

“如果你不反对的话。这工作正好让我待在一个合适的位置，可以留意事态的发展。”

这一次布尔斯特罗德小姐扬起了眉头。

“我希望你不是说还会有更多谋杀。”

“不，不。”

“很高兴听到这个。我怀疑有任何学校能经得住一个学期发生两起谋杀案。”

她转向凯尔西。

“你的人已经查完体育馆了吗？如果还不能用的话就尴尬

了。”

“我们已经查完了。干干净净——我的意思是，从我们的角度来看。不管谋杀是出于什么原因，现在那儿已经没有什么对我们有帮助的东西了，只是一个装置了常用设备的体育馆。”

“女孩们的衣柜里没有什么东西？”

凯尔西警督笑笑。

“怎么说呢，这样那样的东西。一本书——法文的——叫《老实人》吧，有，呃，插图的。看起来是很贵重的书。”

“哦，”布尔斯特罗德小姐说，“原来她把它藏在那儿呢！我猜是吉丝尔·德奥贝吧？”

凯尔西对布尔斯特罗德小姐的敬意又升了一级。

“什么都瞒不过你，小姐。”他说。

“《老实人》对她不会有坏处，”布尔斯特罗德小姐说，“这是本经典。有些带色情的书我倒是必须没收。现在回到我的第一个问题。与学校有关的情况不会被声张，这一点你们让我放下了心。那么，学校有什么可以帮到你们的？我可以帮到你们吗？”

“我想是没有，目前没有。只有一点我想问一下，这个学期以来，有没有什么使你感到不安的事情？任何意外的情况？或者是任何人？”

布尔斯特罗德小姐沉默了一小会儿，然后慢慢地说：“说实话，这个问题的答案是：我不知道。”

亚当很快接过话：“但是你感觉有些事情不对头？”

“是的——也仅此而已。我不能肯定，我没办法说是任何具体的人，或者是什么情况，除非——”

她又沉默了一会儿，接着说道：“我感觉——我在那个时候感觉到——我好像忽略了什么本不该忽略的事情，我还是解释一下吧。”

她简单描述了厄普约翰太太的那件小意外，还有维罗尼卡夫人令人困扰的不邀而至。

亚当对此很有兴趣。

“让我把事情理一下，布尔斯特罗德小姐。厄普约翰太太，看着窗户外面——是这扇朝向车道的窗——认出了什么人。这没有什么特别的。你有一百多名学生，厄普约翰太太可能只是看到了某个她认识的学生家长或者亲戚。但是你肯定觉得，她认出这个人的时候颇感震惊——就是说，这是一个她绝对没有想到会在芳草地出现的人。”

“是的，我当时就是这样的印象。”

“也就在那个时候，你从另一边的窗口看到一个学生的母亲醉醺醺地出现，让你完全分了心，没有听到厄普约翰太太说了什么？”

布尔斯特罗德小姐点点头。

“她说了好几分钟？”

“是的。”

“等你的注意力回到她身上，她在说间谍活动，和她结婚之前曾经做过的情报工作？”

“是的。”

“这可能有些关系，”亚当若有所思地说，“她在战时认识的某个人，是某个学生的家长或者亲戚，又或者，就是你学校的某个老师。”

“不太可能是我的某个老师。”布尔斯特罗德小姐表示反对。

“这是有可能的。”

“我们最好是找到厄普约翰太太，”凯尔西说，“越快越好。

你有她的地址吧，布尔斯特罗德小姐？”

“当然。但是我想她现在应该是在国外。等一等，我问问看。”

她把桌上的蜂鸣器按了两下，又很不耐烦地走出门，叫住了一个经过的女孩。

“葆拉，去把茱莉亚·厄普约翰叫来见我，好吗？”

“好的，布尔斯特罗德小姐。”

“我最好还是在这个女孩来之前离开。”亚当说，“我在这儿协助警督的询问，看上去太不合理了。假装是他叫我过来问话，暂时没有发现我有什么可疑，现在正让我离开。”

“你可以走了，记住了，我一直盯着你呢！”凯尔西一边吼着一边咧嘴笑。

“顺便问一句，”亚当在门边停住脚步，对布尔斯特罗德小姐说，“如果说我稍微滥用一下职权，你会不会介意？比如说，和你手下的某个老师过于友好了一点点？”

“和我手下的哪个老师？”

“嗯——比方说，布兰奇小姐。”

“布兰奇小姐？你认为她——”

“我觉得她待在这里有些无聊的样子。”

“哦！”布尔斯特罗德小姐看起来相当严肃，“可能你是对的。还有什么人？”

“我会到处打探一下，”亚当兴高采烈地说，“如果你发现你的某个女学生傻乎乎地偷溜到花园同人密会，请务必相信，我的意图完全是暗探式的——如果真有这么个词的话。”

“你觉得女孩们可能知道些什么？”

“每个人总归知道些什么事，”亚当说，“甚至是些他们并不知道自己知道的事。”

“你可能是对的。”

有敲门声，布尔斯特罗德小姐叫道：“进来吧。”

茱莉亚·厄普约翰站在门口，有些上气不接下气。

“进来吧，茱莉亚。”

凯尔西警督开始吼叫了。

“你可以走了，古德曼。去干你自己的活儿吧。”

“我已经跟你说过了，我什么都不知道。”亚当气愤地说。走出门口时，嘴里嘟囔着：“十足的盖世太保。”

“我很抱歉喘成这个样子，布尔斯特罗德小姐。”茱莉亚道歉说，“我从网球场一路跑过来的。”

“没有关系。我只是想问问你母亲的地址——我是说，我在哪儿能找到她？”

“哦！这个你得写信问伊莎贝尔姨妈，妈妈现在在国外。”

“我有你姨妈的地址，但是我需要同你母亲面谈。”

“我看是不太可能的，”茱莉亚皱着眉说，“妈妈是搭大巴车去阿纳托利亚的。”

“大巴车？”布尔斯特罗德小姐说，相当意外的样子。

茱莉亚用力点点头。

“她喜欢这样，”她解释说，“当然，这样非常便宜，也有些不舒服，但是妈妈并不介意。我想，大概三个星期左右，她就会到凡城了。”

“我明白了——对了，告诉我，茱莉亚，你母亲有没有跟你提起过，在这儿见到过她在战争时期认识的某个人？”

“没有，布尔斯特罗德小姐，我想是没有。不，我很肯定她没说过。”

“你母亲之前是做情报工作的，对吗？”

“哦，是的，妈妈似乎很喜欢那份工作。在我听起来倒不是很刺激，她从来没有搞过什么爆破，或者是被盖世太保抓到，又或者是被拔掉脚指甲，这类的事情。她那个时候在瑞士工作，我想想——或者是葡萄牙？”

茱莉亚又略带歉意地接着说：“总是听这些老套的战争故事就会很烦，而且我可能也不总是在认真听。”

“好的，谢谢你，茱莉亚。就这样吧。”

“真有这样的事情！”茱莉亚刚一离开，布尔斯特罗德小姐就说道，“搭大巴车去阿纳托利亚！这孩子就像是在说她妈妈坐七十三路公交车去马歇尔和斯内尔格罗夫百货商店买东西一样。”

2

珍妮弗走出网球场的时候相当不开心，把手里的球拍挥得嗖嗖作响。今天上午双发失误实在太多，让她颇感沮丧。当然，倒不是说用这支球拍怎么也发不出好球，应该说是她最近似乎失去了对发球的控制。不过，她的反手球绝对提高了。斯普林杰的教导还是很有帮助的。从很多方面来说，斯普林杰的死都是一件很遗憾的事情。

珍妮弗把网球看得很认真，这是她非常在意的事情之一。

“打扰一下——”

珍妮弗抬头看过去，被吓了一跳。这条小路上有个衣着考究的金发女人站在距离她几英尺的地方，带着一个长长扁扁的包裹。珍妮弗觉得很奇怪，为什么之前会没有看到有个女人朝自己走过来？她没有想到的是，这个女人可能一直躲在树后，或者是杜鹃花丛里，刚刚走出来而已。这个念头不会出现在珍妮弗的脑袋里，毕竟，为什么会有一个女人藏在杜鹃花丛里，又忽然走出来呢？

这个略带着一点美国口音的女人说："请问我在哪儿能找到一个名叫——"她看了看一张纸条，"珍妮弗·萨特克利夫的女孩？"

珍妮弗感到很意外。

"我就是珍妮弗·萨特克利夫。"

"天哪！太有意思了！这也太巧了。在这么大一所学校找一个女孩，我居然一下就问到了她本人。他们还说这种事情不会发生呢。"

"我想这种事情有时确实会发生。"珍妮弗说道，不是很有兴趣的样子。

"我今天过来是要和几个朋友吃午饭，"这个女人继续说道，"昨晚的鸡尾酒会上我偶尔提起会过来，你的姨妈——或者是你的教母？我这记性真糟糕，她说过自己的名字，我也给忘了——总之，她问我能不能顺道到学校，给你带一支新网球拍。她说你一直想要一支。"

珍妮弗的脸色立即亮了起来。这似乎是个奇迹，绝对是个奇迹。

"一定是我的教母，坎贝尔太太。我都叫她吉娜姨妈。反正不会是罗萨蒙德姨妈，除了每年圣诞节那吝啬的十先令，她没给过我任何东西。"

"对了，现在我记起来了，就是这个名字，坎贝尔。"

包裹被递过去，珍妮弗急切地接过来。东西包得很松，当球拍从包装下露出来的时候，珍妮弗发出由衷的赞叹。

"啊，太棒了！"她惊呼道，"真是支好球拍。我一直想要一支新球拍——没有好的球拍，还真的打不出好球。"

"我也是这么觉得。"

"非常谢谢你把它带过来。"珍妮弗感激地说。

"真的没什么的。只是我得承认，我是有点害羞的。学校总是让我感到害羞，太多女孩子了。哦，对了，还有一件事，坎贝尔太太让我把你的旧球拍带回去。"

她捡起珍妮弗扔在地上的那支球拍。

"你的姨妈——不——教母——说她会把球拍重新绷线的。它确实需要换一套新线了，不是吗？"

"我不觉得它还值得这么麻烦。"珍妮弗说道，并没有太留意。

她还在试着自己的新宝贝，挥来挥去，体会平衡。

"但是有支备用球拍总是好的。"她的新朋友说，"哦，天哪，"她看了一眼手表后说，"比我想的要晚多了。我得走了。"

"你有——你需要叫一辆出租车吗？我可以打电话——"

"不用了，谢谢你，亲爱的。我的车就在门口。我不想在窄路上掉头，所以就停在那儿了。再见了，很高兴认识你。希望你喜欢你的新球拍。"

她沿着朝向门口的小路跑着离开，珍妮弗只得在她身后再次大叫："非常感谢你！"

然后，带着炫耀的心情，她开始寻找茱莉亚。

"看！"她很夸张地挥舞着球拍。

"啊！哪儿弄来的？"

"我教母叫人送来的。吉娜姨妈。她其实不是我的姨妈，但是我一直这么叫。她非常有钱，我想可能是妈妈跟她提起我老在抱怨我的网球拍。很棒，对不对？我得记得写信谢谢她。"

“你一定得记得写信谢谢她！”茱莉亚正气凛然地说。

“好吧，你知道，人有时候就是会忘记事情嘛，即使是真的想要做这件事。看，谢斯塔。”她对着正迎面走过来的那个女孩说，“我有新球拍了，是不是很好看？”

“这一定很贵吧。”谢斯塔一边仔细审视球拍一边说，“我真希望我也能打好网球。”

“你总是撞到球上。”

“我好像从没有搞清过球要从哪儿来。”谢斯塔有些茫然地说，“回家之前我一定要在伦敦定做几条好的球裤，或者是美国冠军露丝·艾伦那样的网球裙。我觉得那样穿非常好看。说不定我两种都要。”她满怀喜悦和希望地笑着。

“除了要穿什么，谢斯塔什么东西都不想。”两个好朋友继续走着，茱莉亚轻蔑地说，“你觉得我们将来会变成那样吗？”

“我想会的。”珍妮弗忧郁地说，“那可真是个糟糕的结局。”

两人走进了体育馆，警察已经正式撤出了这儿，珍妮弗把她的球拍小心翼翼地放到了自己的位置上。

“是不是很可爱？”她满怀深情地抚摸着球拍说。

“那个旧的你怎么处理了？”

“哦，她拿走了。”

“谁？”

“给我送球拍过来的那个女人。她在一个鸡尾酒会上遇到了吉娜姨妈，因为今天刚好要到这边来，吉娜姨妈就托她带给我了。吉娜姨妈还叫她把我的旧球拍带回去，她好给我重新绷线。”

“哦，是这样……”但是茱莉亚的眉头皱了起来。

“老布找你干什么？”珍妮弗问道。

“老布？哦，没什么。只是问我妈妈的地址。但是她现在也没地址，正在大巴上呢，土耳其的某个地方。珍妮弗——你听我说，你的网球拍其实并不需要重新绷线。”

“哦，需要的，茱莉亚。它松得都像块海绵了。”

“我知道。但是那其实是我的球拍。我是说，我们已经换过了。需要重新绷线的是我的球拍。你的球拍，现在在我手上的这个，已经绷过线了，你自己说的，你妈妈在你们出国之前已经把球拍的线都重新绷过了。”

“对啊，真是这样。”珍妮弗显得有点惊讶，“那好吧，我想是这个女人——不管她叫什么——我真该问下她的名字，反正我应该是太高兴了——以为那支球拍需要重新绷线了。”

“但是你说，她告诉你是你的吉娜姨妈说球拍需要重新绷线的。如果那支球拍并不需要的话，你的吉娜姨妈怎么会觉得球拍要重新绷线呢？”

“哦，这样啊——”珍妮弗有些不耐烦了，“我觉得——我觉得——”

“你觉得什么呢？”

“可能是吉娜姨妈想，既然我想要一支新球拍，那应该是因为旧的那支需要重新绷线吧。总之，这又有什么关系呢？”

“我觉得是没有关系的吧，”茱莉亚慢吞吞地说，“但是我真的觉得有些奇怪，珍妮弗。这就像是——新灯换旧灯。阿拉丁的故事，你知道的。”

珍妮弗呵呵笑了起来。

“想象一下，摸摸我的旧球拍——我是说你的旧球拍啊，然后出来一个精灵！茱莉亚，如果你摩擦一盏油灯，结果真的出来一个灯神，你会找他要什么？”

“好多东西。”茱莉亚兴奋地换了口气，“一台录音机，一条德国牧羊犬——或者大丹犬，还有十万英镑，一件黑色缎面晚礼服，还有，天哪，还有很多其他东西……你想要些什么呢？”

“其实我也不知道，”珍妮弗说，“现在我有了这支超级好的新球拍，我也不想要别的什么东西了。”

第十三章 大灾难

1

学期开始之后的第三个周末，一切都依照计划进行。这是家长可以把学生带出学校的第一个周末，也因此，芳草地变得几乎空无一人。

这个星期天，芳草地将会只有二十名女孩在学校吃中饭。有些老师周末也会休假，到星期天晚上，或者是星期一上午才回来。这一次，布尔斯特罗德小姐本人也提出周末会离开。这是很不寻常的，因为她并没有在学期中途离开学校的习惯。不过她有她的理由。她要去韦尔辛顿庄园和韦尔萨姆公爵夫人住上几天。这是公爵夫人特别要求的，还强调说亨利·班克斯也会到访。亨利·班克斯是学校董事会的主席，也是一名很重要的实业家，是学校最早一批出资人之一。这也使得这一次的邀请几乎有了命令的性质。倒不是说布尔斯特罗德小姐会在自己不愿意的情况下被人强令做些什么，相反，她很高兴收到这一次的邀请。她绝对不会刻意疏远公爵夫人们，而韦尔萨姆公爵夫人又是极有影响力的一个人，她的女儿们都是在芳草地读的书。她也非常高兴能有机会和亨利·班克斯就学校的未来进行一番讨论，当然，还有就近期的不幸事件提出自己这一方的意见。

因为芳草地和一些有影响力人士的关系，斯普林杰小姐的谋杀案在报章上被很有策略地淡化处理了，让它更像是一桩不幸的死亡，而不是神秘的谋杀。虽然没有明说，但是报道想给人的印象是，事件可能是因为有些年轻的暴徒闯进体育馆，斯普林杰小姐的死更多的是一次意外，而不是有预谋的事件。报道很模糊地提到，已经有好几个年轻人被叫到警察局，“协助警方调查”。布尔斯特罗德小姐本人极力希望打消外界可能给予学校这两位极有影响力的赞助人任何不愉快的印象。她也知道，他们还想要和她讨论一下她向外界释放的，她即将要退休的含蓄暗示。公爵夫人和亨利 · 班克斯都迫切地想要说服她留下来。布尔斯特罗德小姐感觉，现在已经到了把埃莉诺 · 范西塔特小姐推向前台的时候，向大家展示她是一个多么优秀的人才，由她来继续芳草地的传承是多么合适。

在这个星期六的上午，布尔斯特罗德小姐刚和安 · 夏普兰一起完成了往来书信，电话就响起来了。安接起了电话。

“布尔斯特罗德小姐，是易卜拉辛亲王。他已经到了克拉里奇酒店，想明天把谢斯塔接出去。”

布尔斯特罗德小姐从她手中接过话筒，同亲王的王室侍从简单交谈了几句。她说，星期天上午十一点三十分之后的任何时间都可以来接谢斯塔，而她必须在晚上八点之前回到学校。

她放下电话之后说：“我真的希望这些东方人有时候能提前打个招呼。本来已经安排好谢斯塔和吉丝尔 · 德奥贝明天一起出去，现在必须取消这个行程了。我们已经写完所有的信了吗？”

“是的，布尔斯特罗德小姐。”

“很好，那我可以放心离开了。写好之后就发出去，然后这个周末你也没有事情了。星期一午饭之前我应该都不需要你。”

“谢谢你，布尔斯特罗德小姐。”

“玩得开心，亲爱的。”

“我会的。”安说。

“约了年轻小伙子？”

“嗯，是的。”安脸红了一下，“不过并不是很严肃认真的交往。”

“那就应该严肃认真起来了。如果你还打算结婚，就不要拖得太晚。”

“哦，只是个老朋友。没有什么令人兴奋的。”

“令人兴奋，”布尔斯特罗德小姐告诫说，“这并不总是夫妻相处的一个良好基础。请把查德威克小姐找来，好吗？”

查德威克小姐匆匆赶来。

“查德威克小姐，谢斯塔的叔叔易卜拉辛亲王明天想要带她出去。如果他是亲自过来的，请转告他，谢斯塔的进步很快。”

“她不是非常聪明。”查德威克小姐说。

“她在智力上并不成熟，”布尔斯特罗德小姐表示同意，“但是在其他方面，她有一颗异常成熟的头脑。有时候，在你和她说话的时候，她就像是一个二十五岁的女性。我想这是因为她所经历的复杂生活。巴黎，德黑兰，开罗，伊斯坦布尔还有各种其他地方。在这个国家，我们总是让孩子过分单纯，当说起：‘她还是个孩子。’的时候，我们总以为这是个优点。这其实是生活中的一个巨大缺陷。”

“这个问题上我倒是不太同意你的说法，亲爱的。”查德威克小姐说，“我会去告诉谢斯塔，她叔叔已经到了。你去过周末吧，什么也别担心。”

“哦！我不会担心的。”布尔斯特罗德小姐说，“这是个好机会，说真的，让埃莉诺·范西塔特负责一切，看看她会怎么应对。有你和她在，不会有什么事情出问题的。”

“我希望如此，真的。我这就去找谢斯塔了。”

谢斯塔看起来有些惊讶，对于她叔叔已经到了伦敦这件事情似乎一点都不开心。

“他明天要带我出去？”她抱怨道，“但是查德威克小姐都已经安排好了我明天和吉丝尔·德奥贝还有她母亲一起出去啊。”

“恐怕你只能下次再和她们一起出去了。”

“但是我更想和吉丝尔一起出去，”谢斯塔不高兴地说，“我叔叔一点儿都不好玩，他就会吃东西然后啰啰嗦嗦的，没意思极了。”

“别这样说，这不礼貌。”查德威克小姐说，“就我所知，你叔叔只在伦敦待一周，他自然想要见见你。”

“可能是又给我安排了一门亲事，”谢斯塔说着，又兴高采烈起来，“如果是这样，倒是会有趣一点儿。”

“如果是这样，毫无疑问他会告诉你。但是你现在结婚还太小了，你首先要完成你的学业。”

“读书非常无聊啊。”谢斯塔说。

2

星期天的早上明亮而宁静——布尔斯特罗德小姐在星期六离开后，夏普兰小姐也走了。约翰逊小姐、里奇小姐和布莱克小姐是在星期天上午离开的。

范西塔特小姐，查德威克小姐，罗恩小姐和布兰奇小姐留下来负责。

“我希望所有的女孩都不要多嘴多舌。”查德威克小姐有些疑虑地说，“我的意思是，不要说太多斯普林杰小姐的事情。”

埃莉诺·范西塔特说：“只能希望整件事情很快会被遗忘。”她接着说，“如果有家长和我说起这个，我会想办法避开的。我想，最好还是有坚定的立场。”

十点的时候，女孩们在范西塔特小姐和查德威克小姐的带领下去了教堂。四名罗马天主教的女孩由安吉勒·布兰奇陪着去了另一个宗教设施。大约十一点半的时候，有车陆续开进车道。范西塔特小姐优雅、稳重而端庄地站在大厅迎接。她微笑着同母亲们打招呼，把她们的孩子们一一领出，巧妙地将任何提及近期不幸事件的话头引到其他方向。

“太可怕了，”她说，“是的，太可怕了。但是你应该理解，我们在这儿是不谈论这个的。这些小孩子们——过多思考这类事情对她们不好。”

查德威克小姐也在场，欢迎家长中的那些老朋友，讨论假期的安排，亲热地提起她们各自的女儿。

“我真的觉得伊莎贝尔姨妈会来把我领出去，”茱莉亚和珍妮弗一起站在教室里，鼻子顶着窗户的玻璃，看着外面车道上的人来人往。

“妈妈下周会来带我出去，”珍妮弗说，“爸爸这个周末要接待几个重要的人物，所以她今天来不了。”

“是谢斯塔，”茱莉亚说，“穿戴整齐要去伦敦了。哦哟！快看她鞋子的后跟！我敢说老约翰逊不会喜欢这双鞋。”

穿着制服的司机拉开一辆巨大的凯迪拉克的车门，谢斯塔钻进车里，车开走了。

“如果你愿意，下个周末可以和我一起出去，”珍妮弗说，

“我跟妈妈说过，我有个很想带回家的朋友。”

“我很愿意。”茱莉亚说，“看看范西塔特小姐那个派头。”

“非常有风度，不是吗？”珍妮弗说。

“我也不知道为什么，”茱莉亚说，“但是她总让我觉得很好笑。像是布尔斯特罗德小姐的翻版，不是吗？相当好的翻版，但就像是乔伊丝·格伦费尔[①] 还是什么人在搞模仿秀。”

“那边是帕姆的妈妈。”珍妮弗说，“她把小男孩们也带来了。我是不知道他们怎么把这一大家人塞进那辆小巧的莫里斯·迈纳车里的。”

“他们是要去野餐，”茱莉亚说，“你看看那些篮子。”

“你今天下午干什么？”珍妮弗问道，“如果下个星期就要见到她的话，我觉得这个星期就不用给她写信了。”

“你写信可真是很懒啊，珍妮弗。”

“我都想不到要说什么。”珍妮弗说。

“我能，”茱莉亚说，“我可以想到很多要说的话。”她又悲伤地说下去，“你是现在也真的没有什么人可以写信了。”

“你的母亲呢？”

“我跟你说过，她搭大巴到安纳托利亚去了。坐车去安纳托利亚的人，可是没办法给他们写信的，至少没办法一直给他们写。”

“那你写信的时候寄到哪儿去呢？”

“哦，这儿那儿的领事馆。她给了我一张单子，斯坦布尔在第一个，然后是安卡拉，接着是个很好笑的名字。”她接着说，“我倒想知道为什么老布这么着急要找到我妈。我跟她说我妈去

---

①乔伊思·格伦费尔（Joyce Grenfell，1910—1979），英国喜剧演员、讽刺作家。

了哪儿的时候，她好像挺失望的。”

“肯定不是你的什么事情，”珍妮弗说，“你没有搞出什么麻烦吧？”

“我不知道我干过什么错事，”茱莉亚说，“她可能是想告诉我妈有关斯普林杰的事情。”

“为什么呢？”珍妮弗说，“我觉得，至少还有一个母亲不知道斯普林杰的事情，她应该会感到很开心吧。”

“你是说，我们的母亲会觉得自己的女儿也有可能被谋杀？”

“我觉得我妈妈不会想到这么糟的情况，”珍妮弗说，“但是她可能会相当坐立不安吧。”

“如果要我说的话，”茱莉亚用一种笃定的态度继续，“关于斯普林杰的事，他们还有很多情况没有告诉我们。”

“什么样的情况？”

“怎么说呢，似乎有些奇怪的事情正在发生。比如你的新网球拍。”

“哦，我正要跟你说呢，”珍妮弗说，“我给吉娜姨妈写信谢谢她了。今天上午我收到她的回信，说她很高兴我有了一支新的球拍，但这并不是她托人送过来的。”

“我就跟你说过网球拍的事情很奇怪吧。”茱莉亚得意洋洋地说，“之前还有窃贼的事情，你家里，不是吗？”

“是啊，但是他们什么都没偷走。”

“这就更有趣了，”茱莉亚说，她若有所思地继续道，“我想啊，我们很快就会有第二起谋杀了。”

“啊，真的吗？茱莉亚，为什么还会有第二起谋杀？”

“嗯，书上通常都会有第二起谋杀，”茱莉亚说，“我想说的是，珍妮弗，你一定要非常小心，千万不要成为被杀的那个。”

“我？”珍妮弗惊讶地说，“为什么会有人想要杀我？”

“因为不知道怎么的，你被卷入了整件事情。”茱莉亚深思着继续说道，“珍妮弗，下个星期我们必须想办法从你妈妈那里打听更多情况。可能有人给了她什么秘密文件让她带出拉马特。”

“什么样的秘密文件？”

“哦，这个我怎么知道。”茱莉亚说，“新型原子弹的图纸或者公式，这一类的东西。”

珍妮弗看上去深感怀疑。

3

罗恩小姐走进来的时候，范西塔特小姐和查德威克小姐都在员工公用休息室。她说：“谢斯塔在哪儿？我到处都找不到她。亲王的车刚刚到，要接她走。”

“什么？”查德威克小姐惊讶地抬起头，“一定是有什么误会。亲王的车三刻钟之前就到了，我亲自送她上车，目送她离开的。她是第一批离开学校的。”

埃莉诺·范西塔特耸了耸肩膀。“我想可能是叫了两遍车，这一类的事情。”

她亲自出去和司机说话。

“一定是有什么误会，”她说，“那孩子三刻钟之前已经离开去伦敦了。”

司机似乎很吃惊。“如果你这样说的话，我想一定是有什么误会了，小姐。”他说，“给我的指示很明确，到芳草地来接小姐。”

“我想有时候总会出些岔子的。”范西塔特小姐说。

司机看起来相当镇定，一点儿没有意外的样子。“经常会发生，”他说，“收到电话消息，写下来，然后就忘了，反正就是这样的事情。但是我们为公司从不会犯错而感到自豪。当然了，如果让我说的话，你永远搞不明白那些东方人，有些时候他们就是会有一大堆随从，一道命令可能被下达两次甚至三次。我觉得今天大概就是这样的情况了。”他相当熟练地把那辆大车掉过头，开走了。

范西塔特小姐看起来有些疑惑，但是很快打定主意，这里没有什么可担心的，然后心满意足地开始期待一个安逸的下午。

午饭之后，还留在学校的几个女孩在写信，或者是在校园里闲逛。一直有人在打网球，游泳池里也总是有人。范西塔特小姐带着钢笔和自己的记事簿来到杉树的树荫下。电话铃在四点半响起的时候，查德威克小姐接起了它。

“芳草地学校吗？”听起来是一个相当有教养的年轻英国男性，“哦，请问布尔斯特罗德小姐在吗？”

“布尔斯特罗德小姐今天不在。我是查德威克小姐。”

“哦，是有关于你们的一个学生。我这里是克拉里奇酒店，易卜拉辛亲王的套间。”

“哦，是吗？你是指谢斯塔的情况？”

“是的。亲王对没有收到任何消息感到相当恼火。”

“消息？要给他什么消息？”

“是这样，如果谢斯塔不能来，或者不来了的话，应该告诉他一声。”

“不来了？！你是说她还没有到？”

“不，没有，她当然没有到。这么说，她已经离开芳草地了？”

“是的。上午有辆车来接走了她——哦，我记得应该是十一点半左右，她上车离开了。”

“这就奇怪了，因为她并没有到这儿来……我想我最好是打给为亲王提供车的车行问一下。”

“哦，天哪，”查德威克小姐说，“我真希望不要有什么意外发生。”

“哦，我们先不要往最坏的方面想，”年轻人乐观地说，“你知道，如果发生了什么意外，你应该已经听说了。或者说，我们应该已经知道了。如果我是你，就不会太担心这个。”

但是查德威克小姐确实很担心。

“这件事在我看来很奇怪。”她说。

“我想——”那个年轻男人有些犹豫。

“怎么？”查德威克小姐说。

“是这样，我很不想对亲王提及这样的事情，但是你我之间私下说说，是不是——呃——嗯，是不是存在一个男朋友什么的，有吗？”

“当然没有。”查德威克小姐严肃地说。

“没有，当然没有。我也不认为会是这样，但是呢，女孩们的事情谁也说不好，不是吗？你如果听说我曾经遇到过的一些事情，一定会感到非常惊讶的。”

“我可以向你保证，”查德威克小姐郑重地说，“任何这类事情都是非常不可能的。”

但是真的不可能吗？对女孩们，真的能这么肯定吗？

她放下听筒，相当不情愿地去找范西塔特小姐。虽然没有理由认为范西塔特小姐就能比她更好地处理这样的情况，但是她感到有必要找个人讨论一下。范西塔特小姐立即想到了。

“第二辆车？”

两人对望着。

“你觉得，”查德威克小姐缓慢地说，“我们有必要向警察报告这事吗？”

“不能报警。”埃莉诺·范西塔特的声音相当震惊。

“你知道，她确实说过，”查德威克小姐说，“有人可能想要绑架她。”

“绑架她？胡说！”范西塔特小姐尖声叫起来。

“你不觉得——”查德威克小姐坚持想说下去。

“布尔斯特罗德小姐让我决定一切。”埃莉诺·范西塔特说，“我绝不会批准这样的事情。我不想这儿再和警察搭上什么关系。”

查德威克小姐面无表情地看着她。她觉得范西塔特小姐既短视又愚蠢。她回到大楼，拨通了韦尔萨姆公爵夫人居所的电话。不幸的是大家都已经外出了。

第十四章 查德威克小姐彻夜难眠

1

查德威克小姐无法安眠。她在床上翻来覆去数着羊，还试着用其他一些经过时间验证的法子让自己安睡。一切都是徒劳。

一直到八点谢斯塔都没有回来，而且也没有任何她的消息，查德威克小姐这才自己作出决定，给凯尔西警督打了电话。在发现他也没有把这件事情看得太过严重时，她才放心了一点儿。他向她保证，这件事可以交给他了，查证一起可能的车祸是很容易的事情。之后，他会和伦敦那边取得联系。该处理的事情都会处理好，可能这女孩只是在逃学。他建议查德威克小姐在学校尽量不要提起此事，就让大家都以为谢斯塔留在克拉里奇酒店她叔叔那边过夜好了。

“对你或者是布尔斯特罗德小姐来说，最不想看到的事情就是再有什么事情见报。”凯尔西说，“这女孩被人绑架是最不可能的情况。所以，不用担心，查德威克小姐。交给我们就好了。”

但是查德威克小姐真的很担心。

她躺在床上无法入眠，思绪从可能的绑架又回到了谋杀。

发生在芳草地的谋杀。太可怕了！令人难以置信！芳草地，查德威克小姐深爱着芳草地。她爱着它，可能比布尔斯特罗德小姐更甚，虽然可能是以某种不太相同的方式。这是一次充满风险的、勇敢的创业经历。在忠诚地跟随布尔斯特罗德小姐走过这段危险历程时，她不止一次地担惊受怕。如果整个事业破产该怎么办？她们的资本并不是太多，如果不能成功怎么办？如果出资方撤手怎么办？查德威克小姐有一颗忧虑的头脑，总是能列出无数个“如果”。布尔斯特罗德小姐享受冒险，享受期间所有的危险，但是查德威克小姐做不到。有时候，在忐忑不安的痛苦之下，她也恳求用更为传统的方式来经营芳草地。这会更安全——她争辩着。但是布尔斯特罗德小姐对安全毫无兴趣，对于一所学校应该是什么样，她有自己的愿景，而且无所畏惧地追寻它。她的大胆决定也总是被证明是正确的。但是，天哪，直到成功已经是既成事实，查德威克小姐才终于放下心来。当芳草地终于被公认，被广泛地认同是一所杰出的英国学校时，她对芳草地的爱才完全地释放了出来。怀疑、恐惧、焦虑，都离开了她，安宁和繁盛终于出现。她就像一只打着呼噜的虎斑猫，沐浴在芳草地的繁荣中。

当布尔斯特罗德小姐第一次谈起退休的话题时，她是相当不高兴的。现在退休——在一切都走上正轨的时候？这是疯了吗！布尔斯特罗德小姐说起要去旅行，这个世界所有应该去看看的东西。查德威克小姐对此毫无兴趣。没有任何东西，没有任何地方能有芳草地这么好！在她看来，似乎没有任何东西能够动摇芳草地的伟大前景，但是现在——谋杀！

多么丑陋凶恶的字眼——就像一场狂乱的风暴从外面的世界硬闯了进来。谋杀——这个词在查德威克小姐的脑子里只能和携带匕首的堕落少年，或者是毒杀妻子的邪恶医生联系在一起。但是在芳草地——一所学校，而且不是任何其他的学校，发生了谋杀，令人难以置信。

说真的，斯普林杰小姐——可怜的斯普林杰小姐，这当然不是她的错。但是，很不合逻辑，查德威克小姐总觉得这应该是她的错。她不知道芳草地的传统，是个粗鲁的女人。在某种程度上，一定是她自己引来了这起谋杀。查德威克小姐翻过身，把枕头摆过来，说道："我不能继续想下去了。也许我最好是起来吃点儿阿司匹林。我要试试数到五十……"

在数到五十之前，她的思绪又回到了刚才的老路上。还是担心。这一切——还有可能的绑架——会不会都被报纸登出来？那些家长会不会看到之后就冲到学校把他们的女儿接走？

哦，天哪，她必须冷静下来赶紧睡觉。现在几点了？她打开灯去看表，大概一点差一刻。差不多就是可怜的斯普林杰小姐……不，她不能再想这些事情了。还有啊，斯普林杰小姐居然会没有叫醒任何人就这样一个人过去，这也太蠢了。

"天哪，"查德威克小姐说，"我必须得吃点儿阿司匹林了。"

她从床上爬起，朝脸盘架走去，就着水喝下两片阿司匹林。在回来的时候，她拉开窗帘一角朝外看了一下。这样做只是想要让自己安心一点，并没有别的什么原因。她需要的感觉当然是，在半夜的时候体育馆再也不会出现灯光。

但是那里有。

查德威克小姐立即行动起来。她匆匆穿上一双结实的鞋，披上厚大衣，拿起手电筒，冲出房间，走下楼梯。她之前还在责怪斯普林杰小姐没有叫上帮手就跑去察看情况，但是完全没有意识到，自己也是一样的做法。她一心只想去体育馆，看看到底是谁在里面。她倒是想到要顺手拿件武器——也许不是非常好的选择，但至少是一件武器。然后她走出侧门，沿灌木丛中的小路快步前进。她有些喘不过气，但是意志坚定。一直到最后走到了门口，她才放慢脚步，轻柔地走着。门微微打开着，她再推开一点，朝里面看去……

2

大约在查德威克小姐从床上起身去找阿司匹林的时候，穿着黑色晚装，看上去非常迷人的安·夏普兰正在一间叫野鸟之巢的餐厅，坐在桌前吃着一道名叫至尊鸡肉的菜，一边朝对面的年轻人笑着。亲爱的丹尼斯，她自己想着，总是这么一成不变。如果要我嫁给他，这正好是我无法忍受的一点。他就像是一只宠物，总是一个样子。不过她开口说出来的是："这真是太有趣了，丹尼斯。真是个了不起的变化。"

"新工作怎么样？"丹尼斯说。

"嗯，实际上，我相当喜欢。"

"在我看来倒不是你会喜欢的那种工作。"

安笑了起来。"我都很难说出我到底喜欢什么样的工作。我喜欢变化，丹尼斯。"

"我一直不明白你为什么要放弃在默文·托德亨特爵士那儿的工作。"

"怎么说呢，主要是因为默文·托德亨特爵士本人。他对我的关注已经开始让他妻子感到不高兴了。我的原则是永远不要惹恼别人的妻子。你知道的，她们可以让你吃上大苦头。"

"爱吃醋的母老虎。"丹尼斯说。

"哦，不，不完全是这样。"安说，"我其实是站在妻子们这一边的。不管怎么说，我喜欢托德亨特夫人远胜于老默文。你为什么会对我现在的工作感到意外？"

“哦，一所学校。我早就应该说了，你完全不是那种可以适应学院生活的人。”

“我当然会讨厌在学校教书。我肯定不会喜欢被关着，和一大群女人待在一起。但是在芳草地这样的学校做秘书的工作，倒是相当有趣的。要知道，这真的是个很独特的地方。布尔斯特罗德小姐是独一无二的，我可以这么说，她确实是个人物。她那双铁灰色的眼睛可以看穿你，看到你最深处的秘密。她让你时刻警惕，我绝不想在她让我记下的任何一封信里犯下一点点错误。哦，没错，她确实是个人物。”

“我希望你会厌烦所有这些工作。”丹尼斯说，“你知道的，安，现在差不多是时候停止这种到处晃荡，干干这个，做做那个的生活——该安顿下来了。”

“你真是个好人，丹尼斯。”安不置可否地说。

“我们可以过得很开心，你知道的。”丹尼斯说。

“我敢说会是这样，”安说，“但是我还没有准备好。不管怎么说，你知道的，还有我妈妈的问题。”

“是的，我正……正要跟你谈谈这个。”

“关于我的妈妈？你打算说点什么？”

“嗯，安，你知道我认为你非常了不起。好不容易找到一份感兴趣的工作，然后又会不顾一切地放弃掉，只为了回家照顾她。”

“是的，如果她发作得很严重，我不得不一次又一次地这样做。”

“我知道。正如我所说的，我觉得这一点非常了不起。但是不管怎样，现在有地方，你知道，非常好的地方，像你母亲那样的人可以得到很好的照顾。并不是疯人院什么的。”

“但是费用高昂。”安说。

“不，并不一定的。有些甚至还包括在医保计划——”

安的声音里渐渐有了一点不满。“是啊，我敢说会有那么一天的。但是我现在已经找到一位挺好的老太太和我母亲住在一起，她适应得挺不错。绝大多数时间里妈妈还是清醒的。当她——不清醒的时候，我会回去帮忙。”

“她是——她不是——她会不会——”

“你是说暴力吗，丹尼斯？你的想象力倒是非常吓人。不，我亲爱的妈妈从来不会变得暴力。她只是会糊里糊涂的。她会忘记自己在哪儿，忘记自己是谁，只想走得远远的。有时候可能会跳上一列火车，或者一辆公共汽车，就这么到了什么地方——嗯，你看，都是很麻烦的。有时候吧，一个人确实应付不来。但她是很开心的，甚至在头脑不清的时候，也是开心的，有时候还会拿这些事情开玩笑。我还记得她说：‘安啊，我亲爱的，这真是非常让人尴尬。我知道我是打算去西藏的，结果就坐在多弗的那家酒店，完全不知道自己怎么到的那儿。然后我就想，为什么我要去西藏呢？于是就说，我最好还是回家吧。然后我又想不起来我是多久之前离开家的。亲爱的，当你记不住事情的时候，真的挺让人难为情的。’你知道，妈妈说起这些的时候真的非常好笑。我是说，她自己也能看到这事情滑稽的一面。”

“我还没有真正见过她。”丹尼斯说。

“我一般不主动让人见到她，”安说，“我觉得这是你可以为自己人做到的一件事情，保护他们——嗯，不要让好奇和怜悯打扰他们。”

“这不是好奇，安。”

“不，我不会认为你是因为好奇。但是这一定会是怜悯，我也不需要这个。”

“我明白你的意思。”

“但是如果你以为我一次又一次地辞去工作，回家待上不知道会是多长时间，会不情愿，我可以告诉你，我并不介意。”安说，“我从来也不想太深地卷入什么事情，甚至从我结束秘书的训练课程找到的第一份工作起就是如此。我觉得重要的是真的把工作做好，如果你做得好，就有资格挑选职位了。你可以看到不同的地方，经历不同的生活。眼下我就在体验学校的生活，而且是身处其中观察英国最好的学校。我想我会待下去，希望是一年半左右。”

“你从来没有真的被什么事情羁绊过吗，安？”

“没有过，”安若有所思地说，“我不觉得我有过。我想我这种人，是天生的观察者，更像是电台的评论员。”

“你是这么超然，”丹尼斯闷闷不乐地说，“你不会真的在乎什么东西，或者是什么人。”

“我希望总有一天我会的。”安略带鼓励地说。

“我或多或少能明白你现在的想法和感受。”

“我倒是很怀疑。”安说。

“反正，我不觉得你能坚持一年。你很快会厌烦这些女人的。”丹尼斯说。

“那儿有个非常好看的园丁。”安说。看到丹尼斯的表情时，她大笑起来。“高兴点儿，我只是故意想让你嫉妒。”

“那个女老师被杀，是怎么回事儿？”

“哦，那个啊。”安的脸变得严肃起来，像是在想着什么。

“那件事很奇怪，丹尼斯，是真的非常奇怪。被杀的是体育老师。你知道那种人的，‘我就是个普通体育老师’。我觉得在已经被发掘的事情后面，还有更多内情。”

“好吧，你可千万别卷入任何不愉快的事件。”

“说起来容易。我还从没有过机会展示我作为侦探的才能。我想我可能会相当在行。”

“别瞎说了，安。”

“亲爱的，我又不是要跟踪什么危险的罪犯。我只是想——嗯，做一点符合逻辑的推理。为什么，是什么人，以及，什么目的。诸如此类的东西。我还听到了一点信息，相当有趣。”

“安！”

“别显得那么痛苦的样子。只是这条信息似乎和任何事情都不搭，”安若有所思地说，“在某种程度上，所有事情都能说的通，然后，忽然间，不再显得合理了。”她又兴高采烈地补充说，“可能还会有第二起谋杀呢，这就会让局面更明朗一点了。”

也就是在这个时候，查德威克小姐推开了体育馆的大门。

第十五章　谋杀再度现身

“跟我来，”凯尔西警督说着，面色严肃地走进房间，“又发生了。”

“又发生了什么？”亚当飞快地抬起头。

“另一起谋杀。”凯尔西警督说。他首先走出了房间，亚当紧跟着他。凯尔西被叫去接电话的时候，两人正在亚当的房间里喝着啤酒，讨论事件的各种可能性。

“这次是谁？”亚当跟在凯尔西警督后面走下楼梯时问道。

“另一名女老师——范西塔特小姐。”

“在哪儿？”

“在体育馆。”

“又在体育馆。”亚当说，“这体育馆到底是怎么回事儿？”

“这次最好是由你全面检查一下，”凯尔西警督说，“也许你的搜查技能会比我们更好。体育馆一定是有什么问题的，否则怎么人人都要在那儿被杀。”

他和亚当钻进他的车里。“我想医生会在我们之前到。他要走的路没有那么远。”

走进灯火辉煌的体育馆时，凯尔西想，这就像是——像是一场噩梦在重演。就在那儿，再次摆着一具尸体，医生还是跪在一旁。医生再一次抬起膝盖站了起来。

“大概半小时之前被杀，”他说，“最多四十分钟。”

“谁发现的？”凯尔西说。

他的一个手下说话了：“查德威克小姐。”

“那个上了年纪的，是吗？”

“是的。她看到有光，便过来，然后发现她死在这儿。她小跑回大楼，差不多已经崩溃了。最后是舍监打了电话报警，那个约翰逊小姐。”

“知道了。”凯尔西说，“她是怎么死的？又是枪击？”

医生摇摇头。“不。这一次是后脑被重击。可能是手杖或者沙袋之类的东西。”

门边的地板上放着一根钢头的高尔夫球杆，这也是现场唯一显得不太适宜的物品。

“那个东西怎么样？”凯尔西指着它说，“她会不会是被那个打死的？”

医生摇摇头。“不可能。她身上没有痕迹。不，绝对是一根很重的橡胶短棍或者是沙袋，这一类的东西。”

“某种——职业罪犯的手法？”

“可能是的。不管是谁干的，这一次凶手刻意不想发出一点点声音，从她后面接近，对着后脑猛地来了一下。她向前倒下，可能根本不知道发生了什么。”

“她当时在做什么？”

“她可能正跪着，”医生说，“跪在这个衣柜前。”

警督走到衣柜前看着它。“这应该就是那女孩的名字了，我想。”他说，“谢斯塔——让我想想，这是——是那个埃及女孩，对吗？谢斯塔公主殿下。”他转过身对着亚当，“看起来事情都是相关的，不是吗？等等——这不就是他们今晚报告说失踪的那个女孩吗？”

“没错，长官。”警长说，“有辆车到这儿接走了她，都以为是她那个住在伦敦克拉里奇酒店的叔叔派来的。她上车之后车就开走了。”

“没有新的报告？”

“还没有，长官。已经放出消息了，苏格兰场也在着手调查。”

“倒是个简单巧妙的绑架人的办法。”亚当说，“没有挣扎，没有喊叫。你需要知道的就是这个女孩等着一辆车来接她，你需要做的就是扮成一个上流社会的专职司机，在另一辆车出现之前到这儿。女孩上车的时候什么也不会多想，你开车就走，她完全不会怀疑发生了什么。”

“还没有发现被丢弃的车？”凯尔西问道。

“还没有这方面的消息。”警长说，“如我所说，苏格兰场已经在查了。”他接着说，“政治处也加入了。”

“可能是政治阴谋。”警督说，“依我看，他们绝不可能把她带出国。”

“他们绑架她到底有什么用呢？”医生问道。

“天知道。”凯尔西阴郁地说，“她跟我说过，很担心自己会被绑架，我必须惭愧地承认，我觉得她只是在装腔作势。”

“你告诉我这事儿的时候，我也这么觉得。”亚当说。

“问题是，我们知道的情况并不足够。”凯尔西说，“还有太多疑点。”他朝四周看看，“好了，看起来我在这儿也做不了什么了。你们按程序处理吧——照片、指纹什么的。我最好还是去大楼看看。”

到学校主楼时，等待他们的是约翰逊小姐。她受了惊吓，但是把自己控制得很好。

“太可怕了，警督。”她说道，“我们有两名老师被杀了。可怜的查德威克小姐情况很糟糕。”

“我希望能尽快见到她。”

“医生给她用了些药，她现在已经平静多了。不如我带你去见她吧？”

“好的，稍等一下。首先想请你尽可能说说你最后一次见到范西塔特小姐的情况。”

“我今天完全没有见到过她。”约翰逊小姐说，“我一整天都不在，一直将近十一点才回来，然后直接去了我的房间，上床睡觉了。”

“你没有偶然看看窗外体育馆那个方向吗？”

“不，没有。我根本没有想过这样做。我整天都和姐姐在一起，我们有一段时间没见了，我满脑子都还是家里的事情。我洗完澡，躺在床上看书，后来就关灯睡觉了。之后知道的就是查德威克小姐冲进来，面色白得像一张纸，浑身抖个不停。”

“范西塔特小姐今天是不是不在学校？”

“不，她在。她负责学校的工作，布尔斯特罗德小姐离开了。”

“还有谁在学校？我是说老师里面。”

约翰逊小姐想了一会儿。“范西塔特小姐，查德威克小姐，还有那个法国老师，布兰奇小姐，罗恩小姐。”

“我知道了。好了，我想现在你可以带我去见查德威克小姐了。”

查德威克小姐坐在她房间里的一把椅子上。虽然这个晚上相当暖和，电炉还是被打开了，一条毯子裹在她的膝盖上。她把自己那张阴森的脸转向凯尔西警督。

“她死了——她确实是死了吧？是不是没有可能——再醒过来？”

凯尔西慢慢地摇摇头。

“太可怕了。”查德威克小姐说，“布尔斯特罗德小姐又不在。”她的眼泪忽然就流了出来，“这会毁了这所学校的，”她说，“这会毁了芳草地的。我受不了——我实在是受不了了。”

凯尔西坐在她身边。“我知道，”他同情地说，“我知道。这对你是一个可怕的打击，但是我希望你勇敢起来，查德威克小姐，告诉我你知道的一切。我们越快查清是谁干的，麻烦和媒体曝光就越少。”

“是的，是的。我明白这一点。你看，我——我很早就上床了，因为我觉得偶尔睡个长觉也是很不错的。但是我睡不着，我很担心。”

“担心学校的事情？”

“是的，还有谢斯塔的失踪。然后我开始想起斯普林杰小姐的事情，还有她的谋杀案会不会——会不会影响到家长们，他们会不会下个学期不再让女孩们来学校了。我是真的为布尔斯特罗德小姐感到难过。我是说，她一手打造了这个地方，这是一项多么伟大的成就。”

“我明白。现在请继续讲下去——你很担心，你睡不着觉？”

“是的，我试过数羊，还有别的办法。然后我就起身，吃了一些阿司匹林，当我吃完药的时候，顺手就把窗帘拉开了一些。其实我也不知道为什么，我想可能是因为之前想到过斯普林杰小姐。之后，我看到……我看到那儿有灯光。”

“是什么样的灯光？”

“嗯，像是那种跳动的光线。我是说——我觉得应该是手电筒的光。就像是我和约翰逊小姐之前看到过的灯光。”

“像是一样的，对吗？”

“是的。对，我想是这样。可能稍微弱了一点，不过我也说不好。”

“好的，然后呢？”

“然后，”查德威克小姐继续说着，声音忽然变得低沉了些，“我决心这次一定要去看看到底谁在那儿，在干些什么。所以我起身穿上外套和鞋子，冲出了大楼。”

“你没有想到要叫上别的人吗？”

“没有。不，我没有叫上别人。你看，我非常着急想要赶过去，我很怕那个人——不管是谁——会跑掉。”

“好的，继续，查德威克小姐。”

“所以，我尽快行动，一直朝门口跑去，快到的时候，我踮起了脚尖，这样——这样我应该可以看到里面的情况，又不会让人听到我的到来。我到了那儿，门并没有关——只是虚掩着，我又非常小心地推开了一点儿。我看了看四周——她就在那儿，面朝下倒在那儿，死了……”

她开始浑身发抖。

“好了，好了，查德威克小姐，可以了。顺便问一下，那里有一根高尔夫球杆，是你带过去的吗？或者是范西塔特小姐？”

“高尔夫球杆？”查德威克含糊地说，“我想不起来了——哦，对了，我想是我在大厅拿的，我带着是想以防万一——嗯，说不定我会用上。可能是我看到埃莉诺的时候把它弄掉了。之后我不知道怎么回到了主楼，去找了约翰逊小姐——哦！我受不了了，这就是芳草地的末日了吧——”

查德威克小姐的声音歇斯底里地提高了，约翰逊小姐赶紧上前。

“发生两起谋杀，对任何人来说都是太大的刺激。”约翰逊小姐说，“特别是对任何处于她这个年纪的人。你不需要再问她什么了吧，还需要吗？”

凯尔西警督摇摇头。

走下楼梯的时候，凯尔西警督注意到凹墙里和几个水桶摆在一起的一堆老式沙袋。可能还是战时的东西，但是一种令人不安的想法忽然出现在他的脑子里，打死范西塔特小姐的人并不一定是带着短棍的职业罪犯。有可能就是大楼里的某个人，某个不希望冒险再次开枪闹出大响动的人。而且很有可能就是这个人，扔掉了上一次谋杀中作为凶器的手枪，选择了这种看上去无害，实际上致命，而且可以在事后原封不动放回去的武器。

第十六章　体育馆的谜题

1

“我满头是血，但是绝不屈服。”亚当自言自语地说。

他正看着布尔斯特罗德小姐。他自认为从未如此仰慕过一位女性。她坐在那儿，平静而不为所动，虽然毕生心血正在自己面前分崩离析。

电话不时响起，告知她又一名学生即将退学。

最后，布尔斯特罗德小姐作出了决定。跟警长打过招呼之后，她叫来安·夏普兰，口述了一份简短的声明。学校将关闭，直到这个学期结束，那些不方便把孩子接回家的家长，欢迎他们把女儿交给她照看，对她们的教育也将继续。

“你有家长的名字和地址清单吧？还有他们的电话号码？”

“是的，布尔斯特罗德小姐。”

“那么，先从电话开始吧，之后，确保每个人都收到书面通知。”

“是的，布尔斯特罗德小姐。”

走出去的时候，她在门边停了下来，她的脸通红，话从嘴里冲了出来。

“请原谅我，布尔斯特罗德小姐。这本不是我该管的事情——但是这么早就做出这样的决定，不是太可惜了吗？我是说，最初的恐慌之后，等大家有时间想一想了——他们当然都不会想要把女孩们接回去的。他们会想明白，更全面地看待这件事。”

布尔斯特罗德小姐关切地看着她。

“你觉得我是太轻易就承认被击败了？”

安的脸通红。

“我知道，你觉得这话太冒失了。但是——但是，这么说吧，是的，我就是这么想的。”

“你是个斗士，孩子，我很高兴看到这一点。但是你错了。我不是承认被击败，而是按照我对人性的理解行事。催促人们把孩子接回家，迫使他们做出这样的决定——他们反而不太愿意这样做。他们会想出理由让她们留下来。或者，最坏的情况，他们会决定让孩子们下学期再回到学校——如果还有下个学期的话。”她阴郁地加上了最后一句。

她看着凯尔西警督。

“现在都靠你了。”她说，“查清这两起谋杀，抓到行凶者——不管是谁——那么我们就会好起来的。”

凯尔西警督看起来不太高兴。他说：“我们正在尽全力。”

安·夏普兰离开了。

“能干的姑娘。”布尔斯特罗德小姐说，“而且忠诚。”

这只是一句插话，她马上回到了正题。

“难道你一点线索都没有，到底是什么人在体育馆杀死了我们两名老师？到这个时候，你应该已经有些想法了。现在，当务之急还是这起绑架。这事儿怪我自己，这女孩曾说过有人想要绑架她。上帝饶恕我，我当时以为她只是想要表明自己是个重要人物。现在我明白了，这后面一定有过什么事情。一定是有人提醒，或者警告过她——很难知道是哪一样。”她忽然停下，又接着说道，“你没有任何新的消息？”

“还没有。但是我认为你不需要太担心这件事。案件已经转交刑事侦查科，政治处也参与了。他们一定能在二十四小时之内找到她，最多三十六小时。在这种事情上，作为一个岛国也有它的优势。所有的港口，机场等等，都戒备起来了。每个区的警察都在调查。实际上，绑架一个人还是挺容易的——问题是怎么把被绑架的人藏起来。哦，我们会找到她的。”

“我希望你们能找到活着的她。”布尔斯特罗德小姐严肃地说，“我们面对的似乎是一个并不太在乎人命的人。”

“如果他们本意是要杀死她的话，就不会想方设法地来绑架了。”亚当说，“他们可以轻松地在这儿就动手。”

他感觉到最后一句话似乎有些不祥。布尔斯特罗德小姐看了他一眼。

“看起来是这样。”她冷冷地说。

电话铃响起，布尔斯特罗德小姐拿起话筒。

“请讲。”

她示意凯尔西警督。

“是找你的。”

亚当和布尔斯特罗德小姐看着他接这个电话。他嘟囔着什么，一边记下一两句话。最后他说：“我知道了。奥尔德顿·普莱尔斯，在沃尔夏。是的，我们会配合。是的，局长。那么我会继续这边的工作。”

他放下听筒，站在原地沉思了一小会儿，然后抬起了头。

“亲王殿下今天上午接到了要求赎金的信。用全新的花冠打字机打出来，邮戳是朴茨茅斯的。我敢说这只是个障眼法。”

“赎金送到哪儿？怎么交钱？”亚当问。

“奥尔德顿·普莱尔斯以北两英里处的十字路口，看起来就是块荒地。装赎金的信封需要在明天凌晨两点的时候放到汽车协会岗亭后的石头下面。”

“多少钱？”

“两万。”他摇摇头，“我觉得相当业余。”

“你打算怎么做？”布尔斯特罗德小姐问道。

凯尔西警督看着她，像是变成了另外一个人。官方立场需要他保持沉默，像是一件斗篷罩住了他。

“这不是我个人的责任，小姐。”他说，“我们有我们的办法。”

“我希望能够奏效。”布尔斯特罗德小姐说。

“应该会很容易。”亚当说。

“因为很业余？”布尔斯特罗德小姐说，借用了他们刚刚的一个说法，“我想……”

然后她严肃地说：“我的那些教职工呢？剩下的那些，我是说。我该信任他们吗？还是不应该？”

就在凯尔西警督犹豫着的时候，她继续说道：“你是在担心，如果你告诉我有谁没有被洗清嫌疑的话，我会在对他们的言行中显露出来。那你就错了，我不会的。”

“我知道您不会，”凯尔西说，“但是我也不敢冒任何风险。看起来，至少在表面上，您的任何一名职员似乎都不会是我们要找的那个人。这么说是因为我们目前还没能够彻底查证所有人。我们特别关注了这个学期新来的人——也就是布兰奇小姐，斯普林杰小姐，还有你的秘书，夏普兰小姐。夏普兰的经历全部对得上，她是一名退役将军的女儿，她以前做过的工作都符合她的描述，之前的雇主都愿为她作证。另外，她昨晚有不在场证明。范西塔特小姐被杀的时候，夏普兰小姐正和一名叫丹尼斯·拉思伯恩的先生在一间夜总会。两人都是那里的熟客，拉思伯恩的品行也是有口皆碑的。布兰奇小姐之前的经历也都得到了验证。她之前在英国北部的一所学校，还有两所德国学校教过书，对她的评价也是很高的，都说她是一名一流的老师。"

"以我们的标准还不是。"布尔斯特罗德小姐有些不以为然。

"她的法国背景也被查证了。至于斯普林杰小姐，倒是不能得出结论。她接受训练的地方与她所说的相符，但是在那之后的工作经历中存在一些空档期，这些缺口还没有办法完全得到证实。"

"但是呢，既然她已经被杀，"警督接着说道，"应该说她也是没有嫌疑的了。"

"这个我同意。"布尔斯特罗德小姐毫无情绪地说，"斯普林杰小姐和夏普兰小姐都不可能是嫌疑犯。那么从常识上来看，是不是就是说，虽然布兰奇小姐的背景无可指摘，但是仅仅因为她还活着，所以就还是一名嫌疑人？"

"她有可能犯下这两起谋杀。她在这儿，昨晚，就在大楼里。"凯尔西说，"她说她很早就上床睡着了，什么都没有听到，直到警报响起。没有任何证据说明情况不是这样，我们没有什么证据能表明她说了谎。但是查德威克小姐很肯定地说，她很狡猾。"

布尔斯特罗德小姐不耐烦地摆摆手，表明对这一断言的不以为然。

"查德威克小姐总是觉得法国女性是狡猾的，她对她们有些成见。"她看着亚当，"你是怎么看的？"

"我觉得她喜欢四处打探。"亚当慢慢地说，"可能只是天生的好奇心，也可能还有别的原因，我说不清楚。我看她倒是不像一个杀手，但是谁又能知道呢？”

“就是这样。”凯尔西说，“这儿有一个杀手，一个已经出手两次的、无情的杀手——但是很难相信会是这些人当中的一个。约翰逊小姐昨晚和她姐姐在‘海上的立姆斯顿’酒店，而且她在这儿工作已经有七年时间了。查德威克小姐从一开始就跟着你。这两个人，怎么说呢，在斯普林杰小姐的死亡中都没有嫌疑。里奇小姐为你工作超过一年了，昨晚住在奥尔顿·格兰奇饭店，距离这儿二十英里；布莱克小姐和朋友们在利特尔波特，罗恩小姐在这儿有一年时间，背景清白。至于那些雇工，老实说，我实在看不出中间的哪一个会是谋杀犯。他们也都是本地人……”

布尔斯特罗德小姐满意地点点头。

“我很赞同你的这些推理。这样就没有剩下多少人了，不是吗？所以——”她停顿了一下，换上指责的目光盯着亚当，“看起来——那只能是你了。”

亚当的嘴巴因为惊讶而张得大大的。

“你在场，”她思索着，“来去自由……总有好的理由出现在现场。背景还算清楚，但是也可能是个骗子，你知道的。”

亚当恢复了正常。

“说真的，布尔斯特罗德小姐。”他钦佩地说，“我要脱帽向你致敬，一切都被你料到了。”

2

“我的天哪！”萨特克利夫夫人在早餐桌上大叫起来，“亨利！”她刚刚打开她的报纸。

餐桌两头只有她和丈夫，来过周末的客人还没有出现。

将手中报纸翻到财经版的萨特克利夫先生，正被某些股票未能被预见的涨跌所吸引，没有回答妻子的呼喊。

“亨利！”

这声响亮的叫喊终于引起了他的注意。他抬起了惊慌失措的脸。

“怎么了，琼？”

“怎么了？又一起谋杀！还是在芳草地！珍妮弗的学校！”

“什么？给我，让我看看！”

虽然他妻子说他的那份报纸上也一定会有，萨特克利夫先生还是俯身越过桌子，从她手中抢过了那一版。

“埃莉诺·范西塔特小姐……体育馆……和那个体育老师斯普林杰小姐在同一地点……嗯……嗯……”

“我简直不敢相信！”萨特克利夫夫人几乎要哭出来了，“芳草地啊，这么好的一所学校，都是王室成员在那儿上学，还有……”

萨特克利夫先生把报纸卷起来扔到桌上。

“只有一件事可以做，”他说，“你马上去那儿把珍妮弗接出来。”

“你的意思是，接出来——退学？”

“我就是这个意思。”

“你不觉得这有点儿太夸张了吗？罗莎蒙德可是花了好大工夫才把她弄进去的。”

“你不会是唯一让女儿退学的家长！你那宝贝的芳草地马上就会有很多空缺了。”

“啊，亨利，你真的这么想？”

“是的，我就是这么想的。那里一定有些事情很有问题。今天就把珍妮弗接出来。”

“好吧——应该是了——我觉得你是对的。那我们把她怎么办呢？”

“送她去个附近的新式中学。他们那儿没有发生过谋杀。”

“哦，亨利，但是他们也有过谋杀啊。难道你不记得了？有所学校，有个男孩开枪打死了科学课老师，这事儿就登在上个星期的《世界新闻报》上。”

“我都不知道英国变成什么样了。”萨特克利夫先生说。

他厌恶地把餐巾扔到桌上，大步走出了房间。

3

亚当一个人在体育馆……他灵巧的手指正在翻检各个衣柜里的物品。虽然找到警察没有发现的东西似乎是不太可能，但是又有谁敢肯定呢？正如凯尔西曾说的，每个部门擅长的技能都有所不同。

这座造价不菲的现代化建筑中到底有什么，让它和突然而又暴力的死亡联系在一起呢？接头地点的说法已经被排除。没人会把会面的地点再次选择在曾经发生过一次谋杀的地方。现在又回到之前的想法，那就是这里有什么东西，某人一直在寻找。不太可能是一盒珠宝，这个想法可以排除。这里也没有什么秘密的地点可以藏东西，比如假抽屉，机关之类的。衣柜里面的东西简单得令人遗憾。女孩们有她们的秘密，但是这些都是属于学校生活的秘密。英雄偶像的照片，几包香烟，偶尔还有一本不适合学生读的简装书。他特别回到谢斯塔的衣柜，范西塔特小姐死的时候正躬身在这个衣柜的前面。范西塔特小姐想在这里找到什么呢？她找到没有？杀死她的人是不是从她手上拿走了东西，刚刚好溜出这里，而没有被查德威克小姐发现呢？

如果是这样，那就没有必要再找下去了。不管这里曾经有过什么，都已经不在了。

外面传来的脚步声把他的思绪拉了回来。当他起身，站在地板的中间点燃一支香烟时，茱莉亚·厄普约翰在门口出现，显得有些犹豫。

“需要帮忙吗，小姐？”亚当问道。

“我想知道，我是不是可以取走我的网球拍。”

“没什么不可以的。”亚当说，“警长让我留在这儿的。”他说了句谎话打圆场，“他有事要回一趟警察局，让我在他离开的这段时间看守一下这里。”

“看看他是不是会回来，是吗？”茱莉亚说。

“警长吗？”

“不。我是说那个杀人犯。他们总是这么干，不是吗？总是会回到犯罪现场。他们不得不回来！像是有一种强迫症。”

“你说得也许是对的。”亚当说，他抬头看了看架子上那一排排的网球拍，“你的在哪儿？”

“字母U的下面。”茱莉亚说，“就在最后面。上面都有我们的名字。”他把网球拍递过来的时候，她指着上面的橡皮膏解释说。

“看起来修理过几次了。”亚当说，“不过本来是一支很不错的球拍。”

“能把珍妮弗·萨特克利夫的也给我吗？”茱莉亚问道。

“新的啊。”亚当赞叹地说，一边把球拍递给她。

“全新的。”茱莉亚说，“她姨妈前几天才让人送过来的。”

“幸运的女孩。”

“她应该有支好球拍。她网球打得非常好，这学期的反手球真是无可挑剔。”她四周望望，“你不觉得他会回来吗？”

亚当愣了一小会儿才明白了她的意思。

“哦，你是说那个杀人犯？不，我不认为真的会有这个可能。有点儿冒险，不是吗？”

“你不认为杀人犯们会感觉他们必须回来一趟？”

“除非他们掉了什么东西在现场吧。”

“你是说某条线索？我倒是很想找到一条线索。警察找到没有？”

“他们也不会告诉我。”

“对啊，我觉得他们也不会……你对犯罪什么的有兴趣吗？”

她满怀期望地看着他，他回看了她一眼。她完全没有成年女性的样子，至少目前是这样。她应该是和谢斯塔差不多的年纪，但是眼神里除了颇有兴趣的好奇之外，没有其他深意。

“嗯，我觉得某种程度上——我们都有些兴趣吧。”

茱莉亚深感同意地点着头。

“是啊，我也这么觉得……我可以想到各种各样的破案方式，但是大多数都是胡思乱想。不过呢，相当有趣啊。”

“你不喜欢范西塔特小姐？”

“我从来没有细想过她。她还不错，有点像老布——布尔斯特罗德小姐——但是又不是真的非常像，更像是剧场里的替补演员。我倒不是说她死了是件有趣的事情，我对此还是很难过的。”

她拿着两只球拍走了出去。

亚当继续在体育馆里四处察看。

“这里究竟曾经有过什么东西呢？”他喃喃自语道。

4

“我的天哪，”珍妮弗说着，躲开了茱莉亚的正手抽球，“妈妈来了。”

两个女孩转身看着萨特克利夫夫人激动的身形，在里奇小姐的陪伴下，一边快速接近，一边打着手势。

“又要大闹一场，我猜。”珍妮弗无可奈何地说，“谋杀那事儿。你真是好运气，茱莉亚，妈妈安心地待在开往高加索的大巴上。”

“还有伊莎贝尔姨妈在。”

“姨妈可不会瞎担心。”

“你好啊，妈妈。”萨特克利夫夫人走到面前时，珍妮弗赶紧说。

“赶紧去把你的东西都收拾好，珍妮弗。我来带你回去。”

“回家？”

“是的。”

“但是——你不是说退学吧？不是说再也不来了吧？”

“是的，我就是这个意思。”

“但是你不能这样啊——真的。我的网球进步很快，有很大机会赢下单打比赛，如果和茱莉亚一起，说不定还能赢下双打，虽然我认为可能性没有那么大。”

“你今天就和我回家。”

“为什么啊？”

“不要提问。”

“我想是因为斯普林杰小姐和范西塔特小姐被杀的事情吧，但是并没有人在杀女学生啊。还有三个星期就是运动会了，我想跳远我也能赢，跨栏的机会也很大。”

“别跟我顶嘴，珍妮弗。你今天就跟我回家去。你父亲要求的。”

“但是，妈妈——”

珍妮弗跟在妈妈身旁朝大楼走去，一边还在不停地争辩着。

她忽然挣开母亲，朝网球场跑回来。

“再见了，茱莉亚。妈妈好像是被吓坏了，显然爸爸也是。太恶心了，不是吗？再见了，我会写信给你的。”

“我也会给你写信的，告诉你这里发生的一切。”

“我只希望他们下面不会把查德威克小姐也给杀了。我宁可是布兰奇小姐，你觉得呢？”

“是啊。她是我们当中最无所谓的人了，我觉得。你发现里奇小姐的脸色有多难看没有？”

“她还一句话都没说过。她对妈妈跑来把我带走一定是气坏了。”

“说不定她能拦下你妈妈呢。她是很坚决的人，不是吗？不像其他人那样。”

“她让我想起了某个人。”珍妮弗说。

“我不觉得她像任何人，她看起来总是有些不同。”

“哦，是啊。她是不太一样。我是说外貌上，我说的那个人有点胖。”

“我想象不出里奇小姐是个胖子的样子。”

“珍妮弗……”萨特克利夫夫人叫道。

“父母可真是一点儿耐心都没有。”珍妮弗气鼓鼓地说，“就知道闹啊闹啊闹，从来就不会停。我真的觉得你运气好——”

“我知道，你已经说过了。不过也只是眼下而已。我跟你说吧，我倒是希望我妈妈现在离我近点儿，而不是在什么去安纳托利亚的大巴车上。”

“珍妮弗……”

“来啦……”

茱莉亚慢慢朝体育馆的方向走去。她的步子越来越慢，越来越慢，最后干脆停下了。她站在原地，皱着眉头，沉思着。

午餐铃响起，但是她好像没有听到。她低头看着手上拿着的网球拍，沿着小路又走了一两步，然后转身，坚决地大步朝大楼走去。她从正门走进去——这是被禁止的，但是也得以避开了其他女孩。大厅空荡荡的。她跑上楼梯，回到自己的小房间，匆忙环视四周之后，她抬起自己的床垫，把网球拍平放在下面压住。接着，她很快地抚平头发，端庄地走下楼梯，步向餐厅。

第十七章　阿拉丁的宝库

1

当晚，女孩们比往常更安静地上床了。一个原因是，学生们的人数已经大大减少。至少有三十名学生回了家，其他人依照不同的性情也有不同的反应。有的兴奋，有的惶恐，不少人咯咯地傻笑，应该是完全出于紧张，当然，也有人仅仅镇定地思考着。

茱莉亚·厄普约翰跟着第一拨人安静地走上楼，回到自己的房间，然后关紧门。她站在那儿听着四周的耳语，傻笑，脚步以及互道晚安的声音。然后，终于寂静下来了——或者说，接近寂静了。微微的声响似乎在远处回荡，还有进出浴室的脚步声。

门上没有装锁，茱莉亚拉过一把椅子顶住门，椅子靠背的上端紧紧卡住把手。如果有人想要进来，她就能及时发现了。不过应该也不会有人来，女孩们被严格禁止进入其他人的房间，唯一会到女孩们房间的老师是约翰逊小姐——如果有人生病或者是身体不适的话。

茱莉亚回到床边，抬起床垫在下面摸索。她拿出网球拍，在原地站了一会儿。她已经决定现在就检查一番，不能再等了。等到熄灯时间之后，从她门缝下透出的光线可能会引起注意。现在是灯光都正常的时候，方便大家更衣，如果你愿意，在十点半之前都可以在床上看书。

她站定，低头看着网球拍。怎么会有什么东西藏在一支网球拍里面呢？

“但是里面一定有东西，”茱莉亚对自己说，“一定有东西。珍妮弗家的盗窃，那个带着愚蠢的新球拍故事的女人……”

也只有珍妮弗会相信这种事情了，茱莉亚不屑地想着。

不，这就是“新灯换旧灯”了，那么也就是说，和阿拉丁的故事里一样，这支网球拍一定有什么特殊之处。珍妮弗和茱莉亚从未对任何人提起过她们交换球拍的事情——或者说，至少她自己没有对人说起过。

所以说，这才是所有人在体育馆寻找的那支球拍。现在就要靠她找到原因了。她仔细检查球拍，看上去没有什么不寻常的地方。这是支质量很好的球拍，有些磨损，但是重新绷过线之后也完全好用。珍妮弗曾经抱怨过这支球拍的平衡。

在一支网球拍里，唯一可以藏东西的地方就是拍柄了。她想，完全可以把拍柄掏空，做成一个藏东西的地方。虽然听起来有些不着边际，但是也完全可能。如果拍柄被动过手脚，也完全可能影响到平衡。

拍柄上绕着一圈皮革，上面印着字母，但是几乎完全磨光了。这圈皮革当然只是粘上去的，如果把它取下来呢？茱莉亚坐在梳妆台前，用一支削笔刀开始剥，终于想办法把这圈皮革扯了下来。里面是一圈薄薄的木头，看起来不太对劲，内里有一个木塞把它填得满满的。茱莉亚把削笔刀插进去，刀尖啪的一声断掉了。指甲剪似乎更有效，她终于还是想办法把木塞撬了出来，露出里面红蓝掺杂的一块东西。茱莉亚戳了一下，忽然有了主意。是橡皮泥！但是很肯定的是，网球拍的拍柄里通常不会有橡皮泥吧？她牢牢握住指甲剪，开始挖出一块一块的橡皮泥。橡皮泥里面裹着什么东西，某种像是纽扣或者是卵石的东西。

她使劲挖着橡皮泥。

有东西滚到了桌子上——然后是另一块东西。不一会儿就有了一小堆。

茱莉亚向后靠坐，喘着气。

她盯着那些东西，牢牢地盯着……

像一团流动的火，红色，绿色，深蓝色，还有耀眼的白色……

就在那个时候，茱莉亚长大了。她不再是一个孩子，她成了一个女人。一个看着一大堆珠宝的女人……

各种各样的奇思妙想涌上她的大脑。阿拉丁的宝库……玛格丽特和她的珠宝盒……（她们上个星期刚刚被带去科芬园剧场听了《浮士德》）……致命的宝石……传说中被诅咒的希望之星蓝钻……罗曼史……她穿着黑色的丝绒晚礼服，脖子上围绕着闪耀的项链……

她端坐，凝视，幻想……她用手指托起宝石，让它们像一束火光般穿过指缝，像是发出奇迹和喜悦光辉的溪流。

然后有什么东西，可能是一点点响声，让她变回了自己。

她坐在那里想着，试图用自己的常识确定她应该怎么办。那一点点微弱的声音提醒了她。她把宝石归拢在一起，拿到洗脸架边，倒进自己的海绵袋，把她的海绵和指甲刷盖在上面。然后她回到网球拍边，把橡皮泥重新塞进去，盖好木头的拍柄盖，又试图把那圈皮革粘回去。这块皮革总是向上翘起，但是她想到了办法，用橡皮膏反面朝上绕成几圈窄条，然后把皮革按在上面。

弄好了。球拍看上去、摸上去都和以前一样，几乎感觉不到重量的变化。她看着球拍，然后不太在意地扔到一把椅子上。

她看看自己的床，铺得整整齐齐，似乎在等着她。但是她没有脱衣服上床，反而坐在那里仔细听着。外面难道是脚步声？

忽然，而且是出乎意料地，她感觉到了恐惧。两个人已经被杀，如果有人知道她发现了什么，她也会被杀死的。

房间里有一个相当重的橡木衣柜，她用力把它拖到门前，真心希望芳草地有把钥匙插在钥匙孔里的规矩[①]。她走到窗前，把上面的窗叶合上，再上好闩。窗外没有树也没有藤蔓，她很怀疑有人可以从窗户的方向闯进来，但是也不想冒任何风险。

她看着自己的小钟，现在是十点半。她深吸一口气，关掉了灯。不能让任何人发现有什么异常。她把窗帘拉开一点点，外面是一轮满月，她可以清晰地看到房门。然后她坐在床边，手里拿着她能找到的最硬的一只鞋。

“如果有人想进来，”茱莉亚对自己说，“我就尽全力敲打墙壁。玛丽·金就在隔壁，这应该能吵醒她。我还可以大叫——用我最大的声音。然后，如果很多人赶过来，我就说是我做了噩梦。在发生过这么多事情之后，任何人都可能发个噩梦的。”

她坐在那儿，时间慢慢过去。然后她听到了——沿着走道轻微的脚步声。她听到它停在自己的门外。一段长长的停顿之后，她看到门把手缓缓地转动起来。

她应该大叫起来吗？还没有到时候。

门被推开了——只是一条小缝，就被衣柜抵住了。这一定会让门外的那个人感到困惑。

又是一段停顿，然后有敲门声，非常轻柔短暂地敲在门上。

---

①将钥匙插在门内侧的钥匙孔内可以防止有人从外面开门。

茱莉亚屏住呼吸。又是一段停顿，然后又传来一声敲门声——还是轻柔短暂的。

“我睡着了，”茱莉亚对自己说，“我没听到任何声音。”

是谁在半夜过来敲她的门？如果是有权力敲门的人，会弄出些动静，摇晃把手，搞出些声音。但是这个人是不敢发出声响的……

茱莉亚坐在那里很长时间。敲门声没有再出现，门把手也没有再动过。但是茱莉亚还是紧张而警醒地坐着。

她就这样坐了很久，自己也不知道在忍不住睡着之前挺过了多长时间。学校的铃声最后还是叫醒了她，她才发现自己在床边蜷曲着过了一夜。

2

早餐之后，女孩们回到楼上整理床铺，然后再下楼去大堂祷告，最后去往不同的教室。

正是在最后一个环节，那女孩们四散朝不同的方向走去时，茱莉亚走进了一间教室，又从另一边的门走出来，跟着一群匆匆忙忙绕过大楼的学生，窜进一丛杜鹃花后，接着又是好几次战术性的躲闪，最终到了围墙边那棵枝叶繁盛得几乎垂到地上的酸橙树边。茱莉亚轻松地爬上树——她一辈子都在爬树。完全隐藏进茂盛的枝叶之后，她坐下，一次又一次地看着表。她相当肯定一时半会儿不会有人注意到她不在了。这儿已经乱套了，两名老师被杀，一半以上的学生被领回家。也就是说，所有的课程都需要重新安排，在午餐时间之前，没有人会发现茱莉亚 · 厄普约翰的缺席，而到那个时候——

茱莉亚再次看看自己的手表，轻松地从树上滑到墙头，跨过墙，稳稳地落到另一边。一百码之外就是一个公共汽车站，还有几分钟应该就会有一辆车到达。果然如此，茱莉亚招手示意，然后上了车，掏出一直藏在棉布上衣内侧的毡帽，盖在她略显蓬乱的头发上。她在火车站下了车，搭上了去伦敦的火车。

在她的房间，就在洗脸架上，她给布尔斯特罗德小姐留下了一张字条：

亲爱的布尔斯特罗德小姐，

我没有被绑架或者是逃学出走，请不要担心。我会尽快回来。

你的非常忠实的

茱莉亚·厄普约翰

3

白屋大厦二百二十八号，赫尔克里·波洛那位无微不至的贴身男仆乔治打开门，略为惊讶地看到一名脸上有些脏的学龄女孩。

“请问，我可以见赫尔克里·波洛先生吗？”

乔治花了比平常要多那么一点点的时间做出反应。他发现来访者是一位不速之客。

“波洛先生不见没有预约的客人。”他说。

“我可能没有时间等待预约。我真的必须现在就见到他。事情非常紧急，有关几起谋杀，一桩劫案还有其他类似的事情。”

“我会去问清楚，”乔治说，“看看波洛先生是否愿意见你。”

他让她在门厅等候，离开去询问自己的主人。

“先生，有位年轻的女士，非常迫切地想要见你。”

“当然了，”赫尔克里·波洛说，“但是事情的安排可不能这么随随便便。”

“我也是这么告诉她的。”

“是位什么样的年轻女士？”

“嗯，应该说还是一个小女孩吧，先生。”

“小女孩？年轻的女士？你到底是指什么呢，乔治？这两样可不是一回事儿。”

“恐怕你没有完全明白我的意思，先生。她是，我想说的是，一个小女孩——就是说，上学的年纪。但是虽然外套有些脏，而且撕破了，她应该是一位年轻的女士。”

“社交意义上的，我明白了。”

“她说希望见你，是因为几起谋杀还有一桩劫案。”

波洛的眉毛扬了扬。

“几起谋杀，还有一桩劫案。这倒是挺新鲜的。请这位小姑娘——年轻女士——进来吧。”

茱莉亚走进房间，只是略带了一点点不自信的样子。她说话有礼貌而且相当自然。

“你好，波洛先生。我叫茱莉亚·厄普约翰，我想你认识我妈妈的一位好朋友，萨默海斯夫人。去年夏天我们和她住在一起，她说了很多有关你的事情。”

“萨默海斯夫人……”波洛的思绪回到了那个沿着山坡修建的村庄，还有山顶的那间大屋。他又想起了那张带着雀斑的迷人的脸，断了弹簧的沙发，许多只狗，以及其他令人怀念还有让人不快的事情。[①]

“莫琳 · 萨默海斯，”他说，“啊，是的。”

“我叫她莫琳姨妈，不过她其实也不是我的姨妈。她跟我们说起你有多了不起，说你救了一个因为谋杀罪名入狱的人。所以当我想不出该怎么做，该去找谁的时候，我就想到了你。”

“我感到很荣幸。”波洛严肃地说。

他为她推过一把椅子。

“那么，现在说说看。”他说，“我的男仆乔治告诉我，你想就一桩劫案还有几起谋杀询问我的意见——有不止一起谋杀，是这样吗？”

“是的。”茱莉亚说，“斯普林杰小姐和范西塔特小姐，对了，还有一起绑架——但是我不觉得这和我有什么关系。”

“你让我感到迷惑了。”波洛说，“那么，这些激动人心的事情都是发生在什么地方呢？”

“在我的学校——芳草地。”

“芳草地。”波洛惊叹道，“啊！”他伸出手够到身边整齐叠放的报纸，拿出一份打开，看了看头版，点点头。

“我开始有些明白了。”他说，“茱莉亚，现在跟我说说，从头跟我说说所有的事情。”

茱莉亚告诉了他。这是个挺长的故事，而且相当复杂——不过她说得很清楚——偶尔也会中断一下，回头补充一些她之前忘记的内容。

故事讲到了昨晚她在宿舍检查网球拍的那个部分。

“你看，我想它就像是阿拉丁的故事——新灯换旧灯——那

①本处指《清洁女工之死》。

么这支网球拍一定是有什么蹊跷的。”

“那么有吗？”

“是的。”

没有任何矫饰，茱莉亚掀起自己的裙子，几乎把衬裤的裤管卷到了大腿上，露出一块像是用橡皮膏固定在大腿上部的、灰色的膏药似的东西。

她扯掉一条条的橡皮膏，嘴里发出痛苦的“哎唷”声，取下了那块像是膏药的东西——波洛现在才看清，这是封在一个灰色塑料海绵包一角的小包裹。茱莉亚打开它，毫无预警地把一堆闪耀着光芒的宝石倒在桌上。

“我的天哪，我的天哪！”波洛略带敬畏地压低声音赞叹道。

他捡起一些宝石，让它们从指缝间滑落。

“我的天哪，我的天哪！这些都是真的啊，都是真的。”

茱莉亚点点头。

“我想它们都是真的。否则不会有人为了它们去杀人，不是吗？但是我可以理解人们会为了这些东西杀人。”

很突然的，就像是昨晚那样，这个孩子的眼中流露出了一个女人的神色。

波洛热切地看着她，点点头。

“是的——你能理解——你可以感觉到那种魔力。它们对你而言不会仅仅是漂亮的彩色玩物——这真是太遗憾了。”

“它们是珠宝啊！”茱莉亚说，语调已经有些兴奋。

“你是说，你在那支网球拍里找到了它们？”

茱莉亚讲完了她的故事。

“那么，你已经讲完了所有的事情？”

“我想是这样。可能我在某些地方有点夸张了。我有时候会有些夸张。但是我的好朋友珍妮弗就完全不是这个样子。她可以把最令人激动的事情讲得很枯燥。”她又看了一眼那堆闪闪发光的东西，“波洛先生，这些东西到底属于谁呢？”

“这非常难说。但是它们肯定不属于你或者是我。我们现在需要决定下一步该怎么办。”

茱莉亚满怀期待地看着他。

“你是把一切都交给我来处理？很好。”

赫尔克里·波洛闭上眼。

他忽然睁开了眼，变得轻松起来。

“看起来在这种情况下，我不能再坐视不理了——虽然我宁可这样做。做事情必须有步骤有方法，而按照你告诉我的情况，似乎是既无步骤，也无方法。那是因为我们现在有太多头绪，但是它们都可以被归到一起，并且在一个地方会合：芳草地。不同的人，有不同的目标，代表不同的利益——都聚到了芳草地。所以，我也会去一趟芳草地。至于你——你妈妈在哪儿？”

“妈妈搭大巴去了安纳托利亚。”

“哦，你妈妈搭大巴去了安纳托利亚。可不就是这样嘛！我现在知道她为什么会是萨默海斯夫人的朋友了。告诉我，在萨默海斯夫人家玩得还开心吗？”

“哦，是的，非常有趣。她有很多很可爱的狗。”

“那些狗啊，是的，我也记得很清楚。”

“它们在所有的窗户跳进跳出，像是在演默剧。”

“你说得太对了！吃的呢？喜欢那里的食物吗？”

“怎么说呢，有时候会有些特别。”茱莉亚承认。

“特别，是的，确实很特别。”

“但是莫琳姨妈的煎蛋卷做得很好。”

“她做的煎蛋卷很好。”波洛的声音很高兴。他叹了一口气。

“那么赫尔克里·波洛的一生也算没有虚度。”他说，“是我教会了你的莫琳姨妈做煎蛋卷。”他拿起了电话听筒。

“我们现在要让你的好校长对你的安全放心，还要告诉她，我会和你一起去芳草地。”

“她知道我没事，我给她留了字条，告诉她我没有被绑架。”

“不管怎么说，能让她更安心总是好的。”

说话间电话已经接通，那头告知说，接电话的正是布尔斯特罗德小姐。

“哦，布尔斯特罗德小姐？我的名字是赫尔克里·波洛。你的学生茱莉亚·厄普约翰在我这儿。我想和她立即搭车去你那儿，还有一点需要通知办案的警察，有一包贵重物品已经被安全地保管在银行。”

他挂断电话，看着茱莉亚。

“想来一杯糖浆吗？”他提议。

“金黄糖浆？”茱莉亚有点犹豫。

“不，是果汁糖浆。黑加仑，树莓，黑醋栗——就是这些了，要一杯红醋栗？”

茱莉亚选了一杯红醋栗糖浆。

“但是这些珠宝还没有放到银行啊。”她指出这一点。

“很快就会送过去了。”波洛说，“但是对任何在芳草地听到电话，或者是偷听到，或者是被告知的人来说，让他们认为东西已经在银行，不在你的手中，这样会比较好。从银行那里拿到珠宝需要时间和筹划。我非常不希望有任何事情发生在你身上，我的孩子。我要承认，我对你的勇气和机智有极高的评价。”

茱莉亚看起来很高兴，又有些不好意思。

第十八章　会商

1

赫尔克里·波洛已经做好了准备，要反击一位女校长对穿着尖头漆皮鞋，留着大胡子，上了年纪的外国人可能会有的狭隘偏见。但是让他感到愉悦和惊喜的是，布尔斯特罗德小姐以一种国际化的沉着和他打了招呼，令他更感到满足的是，她还知道他的很多事情。

“你真是太好了，波洛先生。”她说，“这么快就打电话过来，缓和了我们的焦虑。更妙的是，我们的焦虑其实还没有怎么开始呢。你知道吗，茱莉亚，午餐时大家都没发现你已经不在了。”她说着转向女孩，“今天上午有太多女孩被接走了，餐桌上的空位太多了。我想，学校甚至可以少掉一半的人，也不会引起任何不安。这是挺不寻常的状况。”她说着，又转回面向波洛，“我需要向你保证，我们通常不会这样懈怠。接完你的电话，”她继续说道，“我去了茱莉亚的房间，看到了她留下的字条。”

“我不希望你以为我被人绑架了，布尔斯特罗德小姐。”茱莉亚说。

“我明白你的意思，但是我想说，茱莉亚，你还是应该告诉我你打算干些什么。”

“我觉得我最好还是不要这样。”茱莉亚说，然后很出人意料地加了一句法语，“坏人一直在瞪着我们。”

“看起来布兰奇小姐在纠正你们的发音上没有花太多精力。”布尔斯特罗德小姐愉快地说，“不过我不是在责怪你，茱莉亚。”她的目光又从茱莉亚转向波洛，“那么，如果你愿意的话，我想听听到底发生了什么事情。”

“如果你允许的话。”赫尔克里·波洛说。他走到房间的另一头，打开门向外张望了一下，然后用一个很夸张的姿势关上门，开心地返回原处。

“只有我们在。”他有些神秘地说，“那可以开始了。”

布尔斯特罗德小姐看着他，又看看门，然后又看看波洛。她的眉头扬起。波洛坚定地回应她的目光。布尔斯特罗德小姐非常缓慢地偏过头，接着就恢复了自己轻快的态度。她说：“那么好吧，茱莉亚，让我们听听全部经过。”

茱莉亚很快开始复述整件事情，从网球拍的交换，到神秘的女人，最后一直到她发现藏在网球拍里的东西。布尔斯特罗德小姐转向波洛，他微微地点点头。

“茱莉亚小姐对所有事情的描述都很正确。”他说，“我接管了她带给我的东西，它们已经被安全地存放在一家银行。因此我想，你不需要继续担心这方面会有任何不愉快的后续发展。”

“我明白了。”布尔斯特罗德小姐说，“是的，我明白了……”她沉默了一小会儿，然后接着说，“你觉得茱莉亚留在这儿是否明智呢？或者，让她去伦敦的姨妈家会不会更好？”

“哦，求你了，”茱莉亚说，“请务必让我留在这儿。”

“你是说你在这儿很开心？”布尔斯特罗德小姐说。

“我爱这里。”茱莉亚说，“而且，还有这么多令人激动的事情正在发生。”

“在芳草地这并不是一种常态。”布尔斯特罗德小姐干巴巴地说。

“我想现在茱莉亚在这儿并不会有危险。”赫尔克里·波洛说。他又再看了一次门口。

“我想我能理解。”布尔斯特罗德小姐说。

“尽管如此，”波洛说，“还是应当谨慎。你明白谨慎的意思吧，我希望？”他又说道，眼睛看着茱莉亚。

“波洛先生的意思是，”布尔斯特罗德小姐说，“他希望你不要对人谈起你的发现。不要和其他女孩说起这件事。你能管住自己的嘴巴吗？”

“是的。”茱莉亚说。

“这其实是个讲给朋友听的非常好的故事。”波洛说，“死寂的深夜，在网球拍里发现了些什么。但是也有非常重要的理由，这个故事不被说出去更好。”

“我明白。”茱莉亚说。

“我能信任你吗，茱莉亚？”布尔斯特罗德小姐说。

“你可以相信我。”茱莉亚说，“对天发誓。”

布尔斯特罗德小姐笑了。“我希望你母亲很快就会回家。”她说。

“妈妈？哦，我希望如此。”

“我听凯尔西警督说，”布尔斯特罗德小姐说，“已经在尽一切可能设法与你母亲取得联系。不幸的是，”她继续说道，“到安纳托利亚的大巴总是会有意料之外的延迟，不总是按照时刻表运行。”

“我可以告诉妈妈吧，可以吗？”茱莉亚说。

“当然了。好的，茱莉亚，那就这么决定了。你现在可以走了。”

茱莉亚离开，顺手关上了门。布尔斯特罗德小姐用力盯着波洛。

“我想，我对你意思的理解应该是正确的吧。”她说，“就在刚才，你大张旗鼓地关上那扇门，其实——你是有意让它微微打开的。”

波洛点点头。

“以便我们的谈话内容能被人偷听到？”

“是的——如果有任何人希望偷听的话。这也是对那位女孩安全的一个预防措施——她找到的东西已经被安全地存放在银行，并不在她的手中，这个消息必须传出去。”

布尔斯特罗德小姐看了他一会儿，然后严肃地抿起嘴唇。

“这一切必须有一个了结了。”她说。

2

“我的想法是，”警察局局长说，“把我们的思考和情报都汇总起来。我们非常高兴能得到你的帮助，波洛先生。”他又补充说，“凯尔西警督对你印象很深刻。”

“已经是很多年前的事情了，”凯尔西警督说，“那件案子是沃伦德总警督负责的，我当时只是个刚入行的警长，还在摸索中。”

“这位先生叫——方便起见，我们还是叫他亚当·古德曼先生好了。你不认识他，波洛先生，但是我相信你一定知道他的——他的——嗯——主管。是政治处的。”

“派克威上校？”赫尔克里·波洛若有所思地说。

“啊，是了，距离上次见到他已经有段时间了。他还是一如既往地昏昏欲睡吗？”他问亚当。

亚当笑起来。“看来你对他很了解啊，波洛先生。我反正没见过他完全清醒的样子，如果真有那么一天，我就会明白他对眼前发生的事情其实毫不关心。”

“你很不错，我的朋友，你看得很准。”

“那么，”警察局局长说，“让我们开始吧。我并不是要主导此事，或者把我的看法强加给诸位。我只是到这儿听听正在调查本案的人知道些什么，有什么想法。本案牵扯到方方面面，有一点可能需要我首先提醒一下。我这样说是因为——嗯——上面有很多部门都向我作出了一些说明。”他看看波洛，“让我们这样说吧，”他说，“有一名小女孩——女学生——带着一个相当有趣的故事去找到你，说她在一个被掏空的网球拍柄里找到一些东西。对她而言自然是非常激动的事情。一些……五颜六色的石头，人造宝石，很好的仿制品——这一类的东西。或者说，看起来和其他宝石一样吸引人，但那其实并不是那么值钱的石头。总之，就是会让一个孩子感到激动的东西，她甚至会对她找到的这些东西的价值有些夸大。这是很有可能的，难道你不这样认为吗？”他非常努力地看着赫尔克里·波洛。

“在我看来这是很有可能的。”赫尔克里·波洛说。

“很好，”警察局局长说，“既然把这些，嗯，彩色的石头带到这个国家的人是在完全不知情而且无辜的情形下这样做的，我们因此也无意在非法走私这方面提出任何疑问。”

“那么，这里就存在一个事关我们外交政策的问题了。”他继续说道，“就我的理解来说，当前的情况相当微妙。在涉及石油，矿藏这类关系重大的事情时，我们不得不与任何掌握权力的政府进行交涉。我们不希望期间爆发任何令人尴尬的问题，我们没办法让谋杀案件不出现在报章媒体上，当然，这类事情也从没有避开过新闻界的关注。但是，至今为止也没有任何珠宝一类的东西与案件扯上关系。就目前而言，从任何程度上来说，也不需要有这样的关联。”

“我同意。”波洛说，“凡事都需要考虑到国际关系上的复杂性。”

“没错。”警察局局长说，“我想我还是可以这样说，拉马特的已故统治者是被我国视为朋友的人，因此，上面也希望他对于任何他可能保存在我国的财产的意愿能够得到执行。至于这些财产的数额，我想目前是无人知晓的。如果，新的拉马特政府想要回那些他们认为应该归属于他们的财产，那么，假使我们对这类财物现存于我国毫不知情，将是一个更有利的局面。如果直截了当地拒绝，将显得不太得体。”

“在外交上，没人会直截了当地拒绝。”赫尔克里·波洛说，“相反，他们会说，这一问题将会得到最大程度的关注，但是目前尚无法确定地获知任何东西——哪怕是鸟蛋这样的小物件——可能是属于拉马特已故的统治者所有。它们可能还在拉马特，可能在已故阿里·优素福亲王的一位忠实朋友的看护之下，也可能被数名人士分头带出了那个国家，也有可能仍被藏匿在拉马特城中的某个地方。”他耸耸肩膀，“总之没人能确定。”

警察局局长舒了一口气。“谢谢你，”他说，“这正是我的意思。”他继续说道，“波洛先生，你在我国的高层人士中有朋友，他们对你非常信任。从非官方立场上，他们希望让某些物品保管在你的手里，如果你不反对的话。”

“我不反对。”波洛说，“这事就这么办。我们还有更严重的问题需要考虑，不是吗？”他环顾在座的人，“或者你们并不这么认为？无论如何，七十五万或者相当这样的数字又怎么能和人命相提并论呢？”

“你说得对，波洛先生。”警察局局长说。

“你总是对的。”凯尔西警督说，“我们要找的是谋杀犯，我们很高兴能听到你的看法，波洛先生。”他继续说着，“因为目前很大程度上这就是一个猜来猜去的状况，整件事情就像是一团乱麻。大家都和你一样什么都不知道，不过你的猜想可能会更好。”

“这个比方很好。”波洛说，“你需要做的就是拿起这团乱麻，找出我们要的那一根，属于谋杀犯的那一根。是这样吧？”

“就是这样。”

“那么，如果不会让你感到太厌烦的话，请麻烦你完整复述一下目前为止已知的所有情况。”

他静坐听着。

他听完凯尔西警督的讲述，听了亚当·古德曼的说法，接着是局长的简单总结。然后他身体靠后，闭上眼，缓慢地点着头。

“两起谋杀。”他说，“在同一地点犯案，而且是在差不多相同的情形下。一桩绑架，被劫走的女孩可能是整件事情的关键所在。我们还是先来确定一下为什么她会被绑架吧。”

“我可以告诉你她自己说过的话。”凯尔西说。

他开始讲述，波洛倾听着。

“这讲不通啊。”他抱怨道。

“我当时也是这么想。事实上，我在那个时候觉得她只不过想要让自己显得很重要……”

“但是事实是，她确实被绑架了。为什么呢？”

“已经收到了赎金的要求。”凯尔西慢慢地说，“但是——”他停了下来。

“但是在你看来，这些都是假的？提出这些要求只是想要让绑架看起来像是真的？”

“正是这样。交付赎金的约定都没有被兑现。”

“那么，谢斯塔是因为其他原因而被绑架的。会是什么原因呢？”

“是为了逼她说出——呃——那些值钱的东西藏在哪儿？”亚当有所犹疑地提出。

波洛摇摇头。

“她不知道这些东西藏在哪儿。”他指出，“至少这一点是清楚的。不，一定还有别的什么……”

他的声音慢慢变低，沉默着，皱着眉，就这样过了一会儿。然后他坐直身，问出了一个问题。

“她的膝盖，”他说，“你有没有注意过她的膝盖？”

亚当诧异地盯着他看。

“没有。”他说，“为什么要注意她的膝盖？”

“有很多原因会让一个男人去注意一个女孩的膝盖，”波洛严肃地说，“遗憾的是，你没有注意到。”

“她的膝盖有什么奇怪之处？一道伤疤？类似这样的东西？我不知道，她们大多数时间都穿着长袜，裙子也是刚好在膝盖以下的位置。”

“游泳池呢？有吗？”波洛满怀希望地提出。

“从未见过她去游泳。”亚当说，“我想泳池对她可能太冷了，她是习惯了温暖气候的。你到底想要说什么呢？伤疤？还是什么类似的东西？”

"不，不，完全不是这样。啊，实在可惜。"

他转向警察局局长。

"如果你允许的话，我想和我的老朋友，日内瓦当地的警察局局长取得联系。我想他也许能帮上我们的忙。"

"关于她在那里上学的时候发生过的某件事情？"

"有可能是这样。那么你是同意了？很好。这只是我的一点小想法。"他停了下又继续说道，"顺便问一下，报纸上完全没有提到过这桩绑架吧？"

"易卜拉辛亲王坚持不得见报。"

"但是我确实在一篇八卦专栏里注意到有一点点提及。说是某位年轻的外国女士非常突然地离开了学校。萌芽中的罗曼史——专栏作者这样暗示——如果可能的话，应该及时扼杀掉。"

"这是我的主意。"亚当说，"似乎是个不错的故事。"

"值得钦佩。那么现在，我们再从绑架谈到更严重一些的东西。谋杀。在芳草地的两起谋杀。"

第十九章 继续会商

1

“发生在芳草地的两起谋杀。”波洛若有所思地重复着。

“我们已经把事实都告知了你。”凯尔西说，“如果你有什么想法——”

“为什么是在体育馆？”波洛说，“你是想问这个问题，对吗？”他对亚当说。“那么，现在我们有了答案。因为体育馆里有一支藏着珍贵宝石的网球拍。有人知道这支球拍，是谁呢？可能是斯普林杰小姐本人。她这个人，如你们所说，对体育馆的态度有些奇怪，不喜欢有人去那儿——特别是那些不应该去那儿的人，如果准确一点说的话。她似乎对这类人的动机疑虑重重，特别是布兰奇小姐。”

“布兰奇小姐。”凯尔西若有所思地说。

赫尔克里·波洛再次转向亚当说话。

“你自己不是也认为布兰奇小姐对体育馆的态度有些奇怪吗？”

“她解释过。”亚当说，“她解释得太过了。如果不是花费了太大力气想要撇清关系，我也不会对她为什么会出现在那儿感到怀疑。”

波洛点点头。

“正是这样。这一点确实让人生疑。但我们所知道的只是，斯普林杰小姐在凌晨一点这个她完全没有理由出现在体育馆的时间被杀死在那儿。”

他转向凯尔西。

“在到芳草地之前，斯普林杰小姐在哪儿？”

“我们不知道。”警督说，“她离开上一个工作地点，”他提到了一所有名的学校，“是在去年的夏天。之后去了哪儿我们就一无所知了。”他又平静地补充说，“在她死之前并没有理由会问到这个问题，她没有近亲，显然也没有任何亲密的朋友。”

“那么，她可能去过拉马特。”波洛若有所思地说。

“我可以肯定在拉马特陷入麻烦之际，正有一批老师在那里。”亚当说。

“那么就让我们假设，她当时就在那儿，而且在某种情况下知道了网球拍的内情。再让我们假设，在等待一段时间，熟悉了芳草地的日常生活之后，她在一个晚上去了体育馆，拿到网球拍，想要从藏匿之处取出珠宝，正在这时——”他停顿了一下，“就在这时，有人闯了进来。是不是某个在监视着她的人？在那个晚上跟踪了她？不管是谁，这人有一支手枪，而且对她开了枪，但是并没有时间把珠宝取出，或者是把球拍带走，因为已经有听到枪声的人朝体育馆走来。”

他停下了。

“你认为情况就是这样？”警察局局长问道。

“我不知道。”波洛说，“这是一种可能。另一种可能是，带着枪的那人先到了这儿，被斯普林杰小姐的出现吓了一跳。这是一个斯普林杰小姐已经有所怀疑的人，她是一个——如你们告诉我的——那种喜欢打探秘密的女人。”

“那么另一个女人呢？”亚当问道。

波洛看着他，然后慢慢地把视线转到另外两个人身上。

“你不知道，”他说，“我也不知道。有可能是外面来的某个人——”

他的语气一半是在提出问题。

凯尔西摇摇头。

“我觉得不是。我们在周边非常仔细地筛查过，当然，尤其是对那些陌生人。有一位柯林斯基夫人住在附近——亚当是知道她的——但是她没有与任何一起谋杀扯上关系。”

“那么又回到了芳草地。现在只有一个办法可以让我们抵达真相——排除法。”

凯尔西叹了一口气。

“是的。”他说，“应该也只能这样了。对第一起谋杀而言，可追查的方面还是很多的，几乎任何人都可能杀害斯普林杰小姐，只有约翰逊小姐和查德威克小姐是例外——还有那个耳朵疼的孩子。但是第二起谋杀让范围缩小了很多。里奇小姐，布莱克小姐和夏普兰小姐都可以被排除。里奇小姐当时住在奥尔顿·格兰奇饭店，距离学校有二十英里，布莱克小姐在利特尔波特，夏普兰小姐在伦敦的一间夜总会，叫作野鸟之巢，和丹尼斯·拉思伯恩先生在一起。”

“布尔斯特罗德小姐也不在学校，我听说是这样？”

亚当咧开嘴笑了。警督和警察局局长看起来有些震惊。

“布尔斯特罗德小姐，”警督严肃地说，“当时住在韦尔萨姆公爵夫人家。”

“那么这也就排除了布尔斯特罗德小姐。”波洛认真地说，

“那么剩下的就是——是谁呢？”

“两名在学校过夜的本地帮工，吉本斯太太和一个叫多丽丝·霍格的女孩。这两人我都没有办法严肃地加以怀疑。这样就还剩下罗恩小姐和布兰奇小姐。”

“当然，还有学生们。”

凯尔西看起来有些吃惊。

“你不会是怀疑她们吧？”

“老实说，没有。但是表述必须精确。”

凯尔西对精确性并不是很在意，他继续说着。

“罗恩小姐在此工作已经超过一年时间，她有良好的记录，我们没有找到对她不利的证据。”

“那么，我们就到了布兰奇小姐这儿。此处也就是这段旅途的终点了。”

一阵沉默。

“没有证据。”凯尔西说，“她的各种证书看起来都是真的。”

“它们必须像是真的。”波洛说。

“她是窥探过。”亚当说，“但是窥探并不是谋杀的证据。”

“等一等。”凯尔西说，“还有一件关于钥匙的事情。我们第一次和她面谈的时候——我会再查证一下——她提到有把体育馆的钥匙从门上掉了下来，她捡起来之后忘了放回去，带着钥匙走了出去，结果被斯普林杰小姐斥责了一顿。”

“不管是谁，想要在夜里去那儿找网球拍都必须有钥匙才能进门。”波洛说，“因此，就必须拿到钥匙的压模。”

“当然了。”亚当说，“如果是这种情况，她就绝对不会对你提到那把钥匙的意外事件。”

“这也不是一定的。”凯尔西说，“斯普林杰也许说起过钥匙事件。如果是这样，她可能觉得还是用一种漫不经心的方式主动提到这件事情比较好。”

“需要记住这一点。”波洛说。

“这也没让我们对事情有更多了解。”凯尔西说。

他阴郁地看着波洛。

“似乎是这样，”波洛说，“前提是，如果我获得的信息都是正确的，一个可能性是，茱莉亚·厄普约翰的母亲，就我所知，这个学期的第一天在这儿认出了某个人，某个让她似乎很吃惊会见到的人。从已知的情况来看，这个人似乎与外国间谍活动有关系。如果厄普约翰太太肯定地指证布兰奇小姐就是被她认出的那个人，那么我想我们就能以某种程度的确定性作为调查的基础了。”

“说起来容易，”凯尔西说，“我们一直设法与厄普约翰太太取得联系，整个事情实在是头疼！那孩子说大巴车的时候，我以为她指的是正规的长途客车旅行，按时间表运行的，一个团预订在一起。但完全不是那么回事儿。看起来她是搭本地班车去任何她刚好想到要去的地方。她没有通过库克旅游或者其他正规的旅行社办理，完全是自由活动，到处闲逛。对于这样的一个女人，你能怎么办？她可能在任何地方，安纳托利亚这样的目的地实在太多了。”

“这让事情难办多了，确实。”波洛说。

“有很多长途客车旅行路线都办得不错。”警督用一种受到了伤害的语气说，“让你的生活方便很多——在哪儿停留，参观些什么，所有费用包含其中，你完全知道花销了多少。”

“但是很显然，这样的旅行对厄普约翰太太没有吸引力。”

“与此同时，还有我们的事情。”凯尔西说，“完全卡住了。

那个法国女人可以在任何她愿意的时间一走了之，我们没有任何理由留住她。”

波洛摇摇头。

“她不会这样做。”

“你没办法肯定。”

“我可以肯定。如果你犯下了谋杀，你不会想要做任何出格的事情，这只会让人注意到你。布兰奇小姐会安静地待在这儿，直到这个学期结束。”

“我希望你是对的。”

“我肯定我是对的。还要记住这一点，厄普约翰太太见到的那个人，并不知道厄普约翰太太看到了她。等到事件揭晓的时候，将是彻底的意外惊喜。”

凯尔西叹了一口气。

“如果是这样的话，我们应该继续——”

“还有其他事情。谈话，比方说。”

“谈话？”

“这是非常有价值的，谈话。如果一个人有什么需要隐瞒的东西，这个人会说漏嘴，迟早的事情。”

“暴露自己？”警察局局长的声音里似乎有所怀疑。

“倒也不是那么简单。人总是对自己想要隐瞒的事情有所戒备，但是经常会对其他的事情说得太多。谈话还有别的用途。有些清白的人其实知道一些情况，但是并不明白他们所知晓信息的重要性。这倒又提醒了我——”

他站起身。

“请务必原谅，我得走了，去问问布尔斯特罗德小姐，学校有没有人会画画。”

“画画？”

“画画。”

“行吧。”波洛走开后，亚当说道，“先是女孩的膝盖，现在是绘画！我倒是想知道接下来是什么。”

2

布尔斯特罗德小姐回答了波洛的问题，没有表现出任何惊讶。

“劳里小姐是我们的访问美术老师。”她轻快地说，“但是她今天不在学校，你需要她给你画点儿什么？”她以友善的态度补充道，像是在和一个孩子说话。

“脸。”波洛说。

“里奇小姐擅长人物素描，能很巧妙地表达出相似性。”

“这正是我所需要的！”

他带着赞许地注意到，布尔斯特罗德小姐完全没有问过他提出这一要求的原因。她径直离开房间，很快便带着里奇小姐回来了。

在一番介绍之后，波洛说：“你会画人物素描？用铅笔很快地画？”

艾琳·里奇点点头。

“我常常画，纯属消遣。”

“很好。那么，就请为我画一幅已故的斯普林杰小姐的素描像吧。”

“这个很难，我认识她的时间相当短。我可以试试看。”她闭上眼睛，然后开始很快地画起来。

“行啊。”波洛边说边从她手中接过画，“现在，如果可以的话，再画布尔斯特罗德小姐，罗恩小姐，布兰奇小姐，还有——对了——那个园丁亚当。”

艾琳·里奇有些疑惑地看看他，然后开始工作。他看着画出的成果，赞许地点着头。

“你真不错——非常不错。只是那么寥寥几笔——但是神态都在其中了。现在，我想请你做点儿更难的事情。给，比方说布尔斯特罗德小姐，画上一种不同的发型。改变一下她眉毛的形状。”

艾琳盯着他，好像是觉得他已经疯了。

“不，”波洛说，“我没有发疯。我是在做一个实验，仅此而已。请按我说的做吧。”

过了一会儿，她说：“拿去吧。”

“太棒了。现在也按这个方式给布兰奇小姐和罗恩小姐画像。”

等她完成之后，他把三幅素描并排放在一起。

“现在我给你看点儿东西，”他说，“布尔斯特罗德小姐，虽然你做了些变化，但是这依然是不会被错认的布尔斯特罗德小姐。但是看看另外两个，因为她们的形象都比较消极，而且她们没有布尔斯特罗德小姐那样的个性，看起来就几乎是不同的人了，不是吗？”

“我明白你的意思。”艾琳·里奇说。

她看着他仔细地把三幅素描叠好收起来。

“你准备拿这些画做什么呢？”她问道。

“自然是有用处的。”波洛说。

第二十章　谈话

1

“嗯，我不知道该说什么，”萨特克利夫夫人说，“真的，我不知道该说些什么——”她用一种很确定的厌恶神情看着赫尔克里·波洛。

“当然了，”她说，“亨利不在家。”

这一宣告的含义有些晦涩，但是赫尔克里·波洛认为自己知道她在琢磨些什么。在她看来，亨利是可以应对这类事情的。亨利有很多国际交流的经验，他经常飞赴中东、加纳、南美、日内瓦，还有（虽然不是经常）巴黎。

“整件事情，”萨特克利夫夫人说，“真是太令人痛心了。我真的非常高兴珍妮弗能平安回家和我在一起。不过，我也必须说，”她有一点烦躁地补充道，“珍妮弗实在是讨厌。先是为了去芳草地上学大闹一通，非常确定地说她肯定不会喜欢那儿，说什么那是一所势利的学校，不是她想要去的地方。现在呢，又因为我把她接了回来成天生闷气。真是太糟糕了。”

“无可否认，它确实是一所非常好的学校。”赫尔克里·波洛说，“不少人说它是英国最好的学校。”

“曾经是，我敢这么说。”萨特克利夫夫人说。

“将来还会是。”赫尔克里·波洛说，

“你这么认为？”萨特克利夫夫人怀疑地看着他。他富有同情的态度逐渐穿透了她的防御。没有什么比让她放开谈谈与子女相处时候所遇到的困境，以及回绝和沮丧更能缓解一位母亲在生活中承受的负担。忠诚常常意味着沉默的忍耐，但是对着赫尔克里·波洛这样一个外国人，萨特克利夫夫人感到这种忠诚不再适用。这并不像是在和另一个女孩的母亲交谈。

“芳草地，”赫尔克里·波洛说，“只是正在经历一个不幸的阶段。”

这是他在眼下想到能说得最好的一句话。他能感觉到这句话并不够分量，萨特克利夫夫人也立即抓住了这一点展开攻势。

“这可不是不幸而已啊！”她说，“两起谋杀！还有一个女孩被绑架。你可不能把自己的女儿送到一所老师总是被人谋杀的学校里去。”

这似乎是一个很有道理的看法。

“如果这些谋杀案，”波洛说，“被证明是一人所为，而且这个人也被抓获，那么事情就不太一样了，不是吗？”

“呃，我想是这样吧，是的。”萨特克利夫夫人有些疑惑地说，“我的意思是——你的意思是——哦，我明白了，你是说，就像是开膛手杰克或者其他的什么人——是谁来着？和德文郡有点关系的？克林姆？尼尔·克林姆[①]，专杀一类不幸女人的。我想这个杀人犯就是专门杀女老师的！如果你能把他安安稳稳抓到牢里，绞死，我希望如此，因为一个人只能犯下一次谋杀罪，不是吗？就像狗只被允许咬一次人——我这是在说什么呢？哦，

①指托马斯·尼尔·克林姆医生，苏格兰裔加拿大籍连环杀人犯，在加拿大、美国和英国屡次作案，毒杀自己的病人和多名妓女。

对，如果他被抓到，嗯，那么我敢说事情是会不一样的。像这样的人当然不会很多，会有很多吗？”

“我们当然不希望如此。”赫尔克里·波洛说道。

“但是还有一桩绑架。”萨特克利夫夫人指出，“你也不会想把你的女儿送到一所她会被绑架的学校去吧，会吗？”

“当然不会，夫人。我看出你把这整件事情都想得非常清楚了。你说的这一切都很正确。”

萨特克利夫夫人看起来有那么一点点高兴。有段时间没有人跟她说过这样的话了。亨利基本上只会说些诸如“为什么非要把她送到芳草地上学？”之类的话，珍妮弗则一直摆出闷闷不乐的样子，拒绝和她交谈。

“我是想过这些的，”她说，“想过很多。”

“那么我就不应该让你为绑架的事情忧心了，夫人。私下告诉你，如果你能够保密的话，关于谢斯塔公主的事情——这其实并不是真正的绑架，现在大家怀疑是一段恋情——”

“你是说那个坏女孩只是私奔和某人结婚去了？”

“我不能说太多。”赫尔克里·波洛说，“你能理解的，人们不希望有任何丑闻。这是你我之间私下说说，我想你不会说出去的。”

“当然不会。”萨特克利夫夫人正色道。她低头看着波洛随身带着的警察局局长写的介绍信。“我还是不太明白你是谁，呃——波——洛先生。你是不是就是书里写的那种——私家侦探？”

“我是一个顾问。”波洛自傲地说。

这种哈利街的派头大大激起了萨特克利夫夫人的兴趣。

“那你想要和珍妮弗说些什么？”她问道。

“只是想了解她对一些事情的印象。”波洛说，“她观察入微，不是吗？”

“恐怕我不会这么说，”萨特克利夫夫人说，“我完全不认为她是那种处处留神的孩子。我是说，她一直是那种只看表象的人。”

“这比编造出从未发生过的事情要好多了。”波洛说。

“哦，珍妮弗绝不会做出这样的事情。”萨特克利夫夫人很肯定地说。她站起身走向窗户，然后叫道：“珍妮弗。”

“我希望，”她转回身的时候对着波洛说，“希望你能设法让她明白，她的父亲和我只是尽我们全力为了她好。”

珍妮弗带着一张闷闷不乐的脸走进房间，用深深怀疑的目光看着赫尔克里·波洛。

“你好吗？”波洛说，“我是茱莉亚·厄普约翰的老朋友。是她到伦敦找到了我。”

“茱莉亚去过伦敦？”珍妮弗有些意外地说，“为什么？”

“去征求我的意见。”赫尔克里·波洛说。

珍妮弗难以置信地看着他。

“我很有幸告诉了她我的看法。”波洛说，“她现在已经回到芳草地了。”他又说。

“所以说，她的伊莎贝尔姨妈并没有把她带走。”珍妮弗说着，愤恨地瞪了她母亲一眼。

波洛看着萨特克利夫夫人，由于某种原因，可能是因为波洛造访的时候她正在清点要送去洗的衣服，也许是某种未及说明的必要事件，她站起身离开了房间。

“这样太难受了。”珍妮弗说，“发生了那么多事情，我却只能置身事外，完全是大惊小怪！我跟妈妈说过，这蠢透了。不管怎么说，并没有学生被杀害啊。”

“你对这两起谋杀有任何自己的看法吗？”波洛问道。

珍妮弗摇摇头。“有人发疯了？”她这么说道，又若有所思地继续，“我想布尔斯特罗德小姐需要招些新的老师了。”

“似乎是很有可能，是的。”波洛说。他继续道，“我对一件事很感兴趣，珍妮弗小姐，曾有个女人到学校，用一支新球拍换走了你的旧球拍。你还记得吗？”

“我想我是记得的。”珍妮弗说，“直到今天我也没有发现到底是谁送过来的。反正不是吉娜姨妈。”

“这个女人长什么样子？”波洛说。

“送网球拍的那个？”珍妮弗半闭眼睛思考着，“嗯，我不知道。她穿着那种挺艳俗的外套，披着小斗篷，我记得。蓝色的，还戴着顶松软的帽子。”

“是吗？”波洛说，“不过我是指她的长相，而不是说她的服饰。”

“化了很重的妆，我想。”珍妮弗不太确定地说，“我是说，对乡下地方来说，太过了一点儿。还有，头发是金色的，我想她应该是个美国人。”

“你以前见过她吗？”波洛问道。

“哦，没有。”珍妮弗说，“我不认为她住在附近，而且她说她是过来参加一个午餐会还是鸡尾酒会什么的。”

波洛若有所思地看着她。他觉得很有趣的一点是，珍妮弗会全盘接受别人告诉她的所有事情。他温和地说：“但是她有没有可能并没有说实话？”

“哦，”珍妮弗说，“对啊，我觉得不是实话。”

“你很肯定你之前没有见过她？比方说，她有没有可能是某个女学生化装假扮的？又或者是某位老师？”

“化装？”珍妮弗看起来有些迷惑。

波洛把艾琳·里奇为他画的布兰奇小姐的素描摆在她面前。“不会是这个女人吧，是吗？”

珍妮弗怀疑地看着素描。

“有一点点像她——但是我想应该不是她。”

波洛若有所思地点着头。

没有迹象表明珍妮弗认出了这幅素描其实画的是布兰奇小姐。

“你看。”珍妮弗说，“其实我真的没有太仔细地看她。她是个美国人，而且是个陌生人，又在跟我说着球拍的事情——”

话说到这儿就很清楚了，除了新球拍，珍妮弗的眼睛里不会再有别的东西了。

“我明白了，”波洛又继续说，“你在芳草地有没有见过任何你在拉马特曾经看到过的人？”

“拉马特？”珍妮弗想着，“哦，没有。至少我觉得没有。”

波洛立即抓住了她那有一点点犹疑的表情。“但是你并不肯定，珍妮弗小姐？”

“怎么说呢，”珍妮弗挠了挠前额，表情有些担忧的样子，“我是说，你总会看到有些人，长得像是其他人，但你又想不起他们到底像谁。有时候你又会看到你曾经见过的人，但是你也想不起来他们是什么人。他们会对你说：‘难道你不记得我了？’然后就很尴尬，因为你真的不记得了。我的意思是，你好像认出了他们的脸，但就是想不起他们的名字，或者是曾在什么地方见过他们。”

“确实是如此。”波洛说，“是的，确实是如此。经常会有这样的经历。”他停了一下，然后继续说，试图温和地诱导她，“比方说谢斯塔公主吧，你见到的时候可能认出她来了，因为你在拉马特肯定是见过她的。”

“哦，她那个时候在拉马特？”

“非常有可能。”波洛说，“毕竟她是当地王室的亲属。你可能在那里见到过她吧？”

“我不记得我见过。”珍妮弗皱着眉头说，“反正她也不会露着脸到处走动吧，不是吗？我是说，她们总是戴着面纱一类的东西。虽然在巴黎和开罗的时候都会取下来，我想是这样。当然了，还有在伦敦的时候。”她又补上了一句。

“总之，你没有感觉到你在芳草地看到过曾经见过的人？”

“不，我肯定没有过。当然啊，大多数人看上去都挺像的，而且你可能在任何地方见过他们。但是只有那人长着像是里奇小姐那样奇怪的脸时，你才会注意到。”

“你觉得你以前在某个地方见到过里奇小姐？”

“真的没有过。应该是某个像是她的人，但是比她要胖很多。”

“某个胖很多的人。”波洛若有所思地说。

“你想象不出里奇小姐胖胖的样子。”珍妮弗边说边咯咯地笑，“她瘦得吓人，骨头突出。反正里奇小姐也不可能在拉马特，因为上个学期她生病离开了学校。”

“其他女孩们呢？”波洛说，“你以前见过她们吗？”

“只有我以前就认识的。”珍妮弗说，“我确实认识其中的一两个。你知道的，毕竟我在这间学校只待了三个星期，见过面的人都不到一半，就算明天看到她们，当中的大多数我都不会认出来。”

“你应该多注意一些事情。”波洛严肃地说。

“谁也不能注意到所有的事情吧。”珍妮弗表示不满，她继续说道，“如果芳草地继续办下去，我想回去上学。你能帮忙劝劝妈妈吗？不过说真的，”她说，“我想爸爸才是那块绊脚石。待在乡下真是太糟糕了，我完全没有机会提高我的网球技术。”

“我向你保证我会尽力而为的。”波洛说。

第二十一章　搜集线索

1

“我想和你谈谈，艾琳。”布尔斯特罗德小姐说。

艾琳·里奇跟着布尔斯特罗德小姐到了后者的起居室。芳草地出奇的安静，学校里还有大概二十五名学生，她们的家长要么有困难做不到，要么觉得太麻烦不愿来接走孩子。最初的恐慌已经如布尔斯特罗德小姐希望的那样，被她的策略控制住了。大家都有这样的感觉，到下个学期所有事情都会被理清。他们都觉得，布尔斯特罗德小姐这样做比关闭学校要明智多了。

没有一名教职员工离开学校。约翰逊小姐因为空闲时间太多而发愁，一天之内要做的事情太少，让她觉得很不适应。查德威克小姐看上去老了很多，状态很差，在一种昏昏欲睡的痛苦中走来走去。从所有的表象来看，她受到的打击都比布尔斯特罗德小姐严重多了。确实如此，布尔斯特罗德小姐毫无困难地维持着一贯的形象，泰然自若，没有任何紧张或者是崩溃的迹象。两名年轻一点的老师对这段额外的闲暇时光并无任何不满。她们在游泳池泡着，给朋友和亲戚们写长信，四处索取游轮旅游资料以做研究，仔细比较。安·夏普兰手头的时间充裕，对此也没有怨怼。她把这些时间中的大部分花在花园里，以一种预想不到的高效率投身于园艺。她更喜欢由亚当而不是老布里格斯来指导她的劳作，这可能也不是什么不自然的现象。

“是的，布尔斯特罗德小姐。”艾琳·里奇说。

“我一直想和你谈谈。”布尔斯特罗德小姐说，“这所学校是否可以继续走下去我不太知道。人们将会如何反应总是相当难以预估，因为各人的感受总是不同。但是结果会以这种方式产生，那就是，谁的感受最强烈，最终就能转变剩下的所有人。所以，芳草地要么就此结束——”

“不，”艾琳·里奇打断了这话，“不会结束的。”她几乎是踩起了脚，头发立即飘落下来，“一定不能让它结束。”她说，“这将是一种罪恶——是犯罪。”

“你很激动。”布尔斯特罗德小姐说。

“我的感受很强烈。有太多事情真不值得花费精力，但是芳草地绝对值得。从来到这儿的那一刻我就知道，它绝对值得我投入其中。”

“你是个斗士，”布尔斯特罗德小姐说，“我喜欢斗士，而且我可以向你保证，我不会就这样温驯地降服。甚至可以说，我会享受这样的战斗。你知道，当一切都太简单，太顺利，人们会变得——我还想不出那个能准确描述我意思的词——自满？厌倦？应该是这样两种情绪的混合。但是我现在没有感到厌倦，也没有自满，我会竭尽我的全力，倾尽我的所有，来继续战斗。现在我想跟你说的是这个：如果芳草地继续走下去，你是否愿意以合伙人的身份参与管理？”

“我？”艾琳·里奇盯着她说，“我吗？”

“是的，亲爱的，”布尔斯特罗德小姐说，“就是你。”

“我不能。”艾琳·里奇说，“我的学识不足，我还太年轻。

为什么是我？我根本没有这样的经验，没有你所需要的那些见识。”

“我需要什么样的东西，你得交给我来决定。”布尔斯特罗德小姐说，“你要注意，虽然我提议了，但这并不是一个非常好的职业机会。你在其他地方可能会拿到更好的待遇。但是我想要告诉你这一点，而且你应该相信我，在范西塔特小姐不幸的死亡之前，我已经决定你才是那个我希望继承这个学校的人。”

“你那个时候就这样想了？”艾琳·里奇盯着她说，“但是我想——我们都觉得——范西塔特小姐才是……”

“我和范西塔特小姐之间并没有任何约定。”布尔斯特罗德小姐说，“我曾经考虑过她，我承认。过去两年我一直在考虑她。但是总是有一点什么东西让我拿不定主意，因此也从没有和她确定地谈过这件事情。我敢说，所有人都认定她会是我的接班人。她自己可能也是这样以为的。直到最近我也一直这么觉得。然后我才决定，她不是我想要的那个人。”

“但是她在所有方面都是那么合适。”艾琳·里奇说，“她会完全按照你的方式继续经营，完全依照你的想法。”

“是的。”布尔斯特罗德小姐说，“这也正是不太对头的地方。人不能总是沉迷于过往。保留一些传统是好的，但是绝不能太多。学校是为了当下的孩子们而建，不是为了五十年之前的孩子，甚至不是为了那些三十年前的孩子。有一些学校把传统看得比什么都重要，但是芳草地不是这样的学校。这不是一所有着悠久传承的学校。如果要我说的话，它是一个创新，一个女人的创新——我这个女人的创新。我尝试了一些创意，尽我所能把它们变为现实，也需要经常在没有得到预想中的结果时进行调整。它从来不是一所常规的学校，但是也从不因为是一所不太常规的学校而自傲。这是一所尝试充分利用两个世界的学校：过去的，还有未来的，但是真正的重点还是在当下。这是它将继续走下去的方式，也是它应有的生存之道。由一个有想法的人——对当下有想法的人——来管理。保留过往的可取之处，同时放眼未来。你现在的年纪刚好和我创建学校的时候差不多，但你还有我已经没有的东西。你可以在《圣经》里面找到这样的一句话：你们的老年人要做异梦，少年人要见异象。我们不需要做梦，我们需要远见。我相信你是有远见的人，这也是为什么我觉得你才是那个合适的人，而不是埃莉诺·范西塔特。"

"这本应该是很好的事情。"艾琳·里奇说，"真的很好，我应该会非常喜欢的事情。"

布尔斯特罗德小姐对她的反应略微有一点惊讶，不过她没有表现出来。相反，她很快地表示赞同。

"是的。"她说，"这本应该是非常好的。但是现在却不是那么好？嗯，我想我的理解是这样。"

"不，不，我完全不是这个意思。"艾琳·里奇说，"完全不是这样。我——我不能说得非常详细，但是如果你——如果你在一周或者两周之前问我，跟我说这些的话，我会立即说我不能接受，我会说这是相当不可能的事情。但是唯一的原因——现在它会成为可能的唯一原因是——嗯，因为它已经事关战斗，事关承担起一切。请允许我——允许我再想想，布尔斯特罗德小姐。我现在不知道该说什么。"

"当然了。"布尔斯特罗德小姐说。她还是感到惊讶，感到永远不会真的了解一个人。

2

“里奇又披着头发到处走了。”安·夏普兰边从花丛里直起身边说道，“如果她没办法把头发束好，我想不出她为什么不干脆剪掉呢。她的头型很好，剪掉头发会更好看。”

“你应该告诉她。”亚当说。

“我们还没有那么熟。”安·夏普兰回道，她接着又说，“你觉得这个地方还能维持下去吗？”

“这是个很有疑虑的问题。”亚当说，“而且我算什么人，怎么说得准？”

“我想你能和其他人一样作出判断。”安·夏普兰说，“你知道，有可能，老布——女孩们都这样称呼她——已经达到了她的目的，起码已经把家长们哄得服服帖帖。这个学期开始多久了？还只有一个月？感觉像是过了一年。如果学期马上结束我会非常高兴的。”

“如果学校还继续开，你会回来吗？”

“不了。”安确定地说，“肯定不会了。我已经过够了，这段校园经历足够我在余生回味了。反正我也从来不是能和一群女人打成一片的人。还有，说真的，我不喜欢谋杀。这是那种，在报纸上读起来挺有趣的事情，或者是放在一本好书里，可以看着入睡的东西。但是真实体验的话，就没有那么好了。我想，”安若有所思地接着说道，“等这个学期结束我离开的时候，就和丹尼斯结婚，安顿下来。”

“丹尼斯？”亚当说，“是你跟我提过的那个人，对吗？我记得他的工作性质是要常去缅甸、马来西亚、新加坡和日本这些地方的。这应该不算是安定下来吧，如果你嫁给了他的话。”

安忽然笑了起来。“不，不算，我想这不算。物理、地理意义上不能算是。”

“我觉得你能找到比丹尼斯更好的人。”亚当说。

“你这是在说自己吗？”安说。

“当然不是。”亚当说，“你是个有野心的女孩，你不会想要嫁给一个做着卑微工作的园丁。”

“我倒是想过要嫁到刑事侦查科呢。”安说。

“我可不是刑事侦查科的人。”亚当说。

“不，不，当然不是。”安说，“让我们保持隐秘的谈话方式。你不是刑事侦查科的人，谢斯塔没有被绑架，花园里的一切都是那么可爱。总之就是，”她环顾四周，又接着说，“一切如常。”等了一小会儿，她又开口道，“谢斯塔在日内瓦出现，或者是其他的什么说法，我是一点儿也不明白。她怎么到了那儿？是你们所有人都异常疏忽，才让她被带出了这个国家吧。”

“我什么也不能说。”亚当说。

“我觉得你是什么都不知道。”安说。

“我应该承认，”亚当说，“我们必须感谢赫尔克里·波洛先生提出了一个极好的主意。”

“什么？那个把茱莉亚送回学校，还来拜访布尔斯特罗德小姐的滑稽小个子？”

“是的。他称呼自己是——”亚当说，“一个顾问侦探。”

“我觉得他差不多是一个过气人物。”安说。

“我完全不明白他想做些什么。”亚当说，“他甚至去见过我的母亲——或者是他的某个朋友去过。”

“你的母亲？”安说，“为什么？”

“我完全不知道。他似乎对母亲们有种病态的兴趣。他也去看过珍妮弗的母亲。”

“他去见过里奇小姐的母亲吗？还有查德威克小姐的？”

“我听说里奇小姐没有母亲了，”亚当说，“不然，毫无疑问，他会去看看她的。”

“查德威克小姐有个母亲在切尔滕纳姆，她跟我说过。”安说，“但是她大概有八十多岁了，我想。可怜的查德威克小姐，她自己看上去都像是八十了。现在她正走过来要和我们说话。”

亚当抬头看看。“是的。”他说，“过去一个星期她老了很多。”

“因为她是真的爱这所学校。”安说，“这是她的全部生命。她无法接受看着它走下坡路。”

相比学期开始的那天，查德威克小姐确实看上去老了十岁。她的脚步已经没有了那种轻快的感觉，也不再愉快而忙碌地跑来跑去。她正朝他们走过来，步伐甚至有些拖沓。

“请你到布尔斯特罗德小姐那儿去一趟，”她对亚当说，“她有些关于花园的安排要交代。”

“我得先清理一下。”亚当说。他放下工具，朝花房走过去。

安和查德威克小姐一起朝大楼走过去。

“似乎太安静了，不是吗？”安说，看向四周，“像是一间空荡荡的剧院。”她想了想又接着说，“人们按照很有技巧的安排在售票处稀疏地排列着，让自己看上去像是观众。”

“真是可怕。”查德威克小姐说，“可怕！想想芳草地走到这样的境地真是太可怕了。我想不明白，晚上睡不着觉。一切都毁了，这么些年的心血，这么多年建立起来这些美好的东西，都毁了。”

“都会再好起来的。”安带着鼓励地说，“人们都很善忘，你知道的。”

“也不会忘记所有的事情。”查德威克小姐阴沉地说。

安没有再答话。在心里，她倒是相当同意查德威克小姐的说法。

3

布兰奇小姐上完法国文学课从教室走出来。

她看了一眼手表。是的，还有足够的时间做她想要做的事情。留在这儿的学生如此之少，这些天来时间总是很充裕。

她走上楼回到自己的房间，然后戴上帽子。她不是那种不戴帽子就出门的人。她在镜子前满意地打量着自己的外表。没有会被注意到的特征！是了，这样也有它的好处！她对自己笑笑。这使她能轻易地使用姐姐的证明文件，甚至连护照的照片都没有被怀疑过。安吉勒去世了，如果浪费这些绝佳的证件不用的话，也太可惜了。安吉勒是真的享受教书。在布兰奇小姐看来，这个工作却有着难以言表的苦闷，但是薪水很不错，远比她自己过去能挣到的多。而且，事情顺利得令人难以置信。未来将会非常不同。哦，是的，非常不一样。单调沉闷的布兰奇小姐就要转型了。她已经在自己的脑海里看到了所有的一切——在维埃拉，她衣着时髦，装束得体。在这个世界，一个人所需要的就只是钱而已。哦，是的，所有事情都会变得称心如意起来，因此跑来这个可恨的英国学校完全是值得的。

她拿起手袋，步出她的房间，沿着走廊走着。她的目光落到了跪在地板上忙着干活的女人身上。新来的杂工，当然了，是个警察。他们真是头脑简单——居然会觉得没人能看出来。

她嘴角带着轻蔑的微笑，走出学校大楼，沿着车道到了前门。公共汽车站几乎就在对面，她站在那儿等着，车应该一会儿就到了。

安静的乡间路上人很少，一辆车停在附近，有人躬身在打开的引擎盖下。一辆自行车靠在篱笆墙上，还有一个男人也在等车。

毫无疑问，这三个人当中会有一个跟着她，做得应该很巧妙，不显眼。她对这一事实相当清楚，并不会让她不安。她倒是欢迎她的“影子”跟去她要去的地方，看到她要做的事情。

公共汽车到了。她上了车。十五分钟之后，她在城里的广场下了车，没有费心回头看有没有人跟上。她穿过马路，走到一家挺大的百货公司陈列着新款睡袍的橱窗前。糟糕的玩意儿，都是乡下人的品位，她想着，撇了撇嘴。不过她还是站定看了一会儿，就像是被吸引住了似的。

之后，她走了进去，随便买了一两件小东西，然后上了二楼，走进了女宾休息室。里面有一张写字台，几把便椅，还有一个电话间。她走进电话间，投进硬币，拨了自己要的号码，等着看是不是那个声音来回话。

她满意地点点头，按下 A 键，开始说话。

“这里是梅森 · 布兰奇。你听明白了吗，那个梅森 · 布兰奇。我必须提醒你一笔欠款的问题，你需要明晚之前付清。明天晚上。按这个数目存入国民信贷银行伦敦莱德伯里街分行，梅森 · 布兰奇的账户。”

她说出了一个数字。

“如果没有付款的话，那我有必要向有关部门报告我在十二日晚间所看到的事情。我所指的是——请注意了——斯普林杰小姐。你有二十四小时多一点的时间。”

她挂上电话回到了休息室。有个女人刚从外面走进来，可能是商店的顾客，当然也可能不是。如果是后者，现在想要偷听点儿什么已经太晚了。

布兰奇小姐在隔壁的洗手间梳理了一下，然后到商店试了几条裤子，但是都没有买。她又走出商店回到街上，带着微笑。她逛了一间书店，然后赶上一辆公共汽车回到了芳草地。

沿着车道走上去的时候，她还是自顾自微笑着。这一切都被她安排得很好。她要求的那个数目并不是太大——不是那种短时间筹不到的金额。而且，这样的程度也方便日后的安排，因为以后自然还会有更多的要求……

是的，这将会是一个非常不错的、小小的收入来源。她的良心并没有愧意，从任何方面来看，她都不觉得有义务把自己所知道、所看到的报告给警察。那个斯普林杰本就是个可恶的女人，粗鲁、没教养，喜欢到处打探和她毫无关系的事情。嗯，是的，她完全是活该。

布兰奇小姐在游泳池边逗留了一会儿。她看着艾琳·里奇跳水，还有安·夏普兰，爬上去再跳下来——也非常不错。旁边还有女孩们的笑声和叫声。

学校的铃声响起来，布兰奇小姐走向大楼去上她的初级班课程。学生们心不在焉，像是很累，不过布兰奇小姐几乎没注意到。她马上就可以永远脱离教学生涯了。

她回到自己的房间，为参加晚餐整理了一下妆容。她隐隐约约地感觉到——但是并没有真正意识到——房间和平时不同，她的花园外套被扔在墙角的椅子上，并没有和往常一样挂好。

她向前躬身，仔细观察镜子里她的脸，扑上粉，涂点唇膏——

动作太快，她根本没有任何提防。没有一点声音，完全是职业的手法，椅子上的外套像是自己卷了起来掉在地上，布兰奇小姐的身后立即出现了一只拿着沙袋的手。她刚要张开嘴尖叫，沙袋就沉闷地击打在了她的后脑上。

第二十二章 安纳托利亚的插曲

厄普约翰太太坐在一段俯瞰深谷的公路旁。她正在用零碎的法语加上手势和一个魁梧健壮的土耳其女人说话，后者试图在这样艰难的沟通环境下尽可能告诉对方自己上一次流产经历的细节。她说自己曾有九个孩子，八个是男孩，五次流产。她似乎对流产和正常分娩感到同样高兴。

“你呢？”她和蔼可亲地戳了戳厄普约翰太太的肋骨，“多少孩子？——男孩？——女孩？——几个？”她举起手，准备用手指来点算一下。

“一个女孩。”厄普约翰太太说。

“那么男孩呢？”

眼看就要被这个土耳其女人轻视，厄普约翰太太被民族大义击中，决定说一个谎。她举起右手伸出五根手指。

“五个。”她说。

“五个男孩？很好啊！”

土耳其女人带着赞许和敬意点点头。她还说，如果她那个会说流利法语的表妹在这儿，她们俩就能更加深入地了解了。接着，她又开始继续讲她最后一次流产的故事。

其他旅客四散在附近，吃着随身带着的篮子里拿出来的奇奇怪怪的东西。大巴车看上去相当破旧，停在一块突出的岩石边上，司机和另一个人正在车篷里忙碌着。厄普约翰太太已经完全不知道自己出门多长时间了。洪水封住了两条路，不得不绕道。有一次他们被困了七个小时，直到要跨过的那道河的河水退去为止。安卡拉就在前方，并不是遥不可及的，这就是她所知的一切。她听着新朋友热情而又不顺畅的话语，试图判断何时应该钦佩地点头，何时又要同情地摇摇头。

一个声音打断了她的思绪，那是一个和当下的环境完全不协调的声音。

"我想，你是厄普约翰太太吧？"这个声音说。

厄普约翰太太抬起头，不远处停着一辆刚刚到来的车，站在她对面的那个男人无疑是从这辆车上下来的。他长着一张不会被错认的英国人的脸，声音也明显是英国人的声音，穿着一套无可指摘的灰色法兰绒套装。

"天哪，"厄普约翰太太说，"利文斯通博士[①]？"

"看起来非常像吧。"这个陌生人愉快地说，"我叫阿特金森，是从安卡拉领事馆来的。我们设法和你取得联系已经有两三天时间了，但是到处的道路都被切断了。"

"你们想要和我取得联系？为什么？"厄普约翰太太忽然站起身，一个快乐旅行者的形象消失得干干净净，她现在是一个百分之百的母亲，从头到脚。"茱莉亚？"她尖声说，"是茱莉亚出了什么事吗？"

"不，不。"阿特金森先生向她保证，"茱莉亚安然无恙，完全不是这个原因。芳草地出了些麻烦，我们希望尽快把你送回家。我会开车带你回安卡拉，一个小时之内你就能搭上飞机了。"

①指戴维·利文斯通（David Livingstone，1813 – 1873），英国探险家、传教士，维多利亚瀑布和马拉维湖的发现者，非洲探险的最伟大人物之一。

厄普约翰太太张开嘴想说什么，接着又合上了。然后她站直身子说道：“你得把我的包从车顶上取下来，深色的那个。”她转过身，和她的土耳其同伴握了握手说：“很抱歉，我现在必须回家了。”她用最为友好的态度和班车上的其他同行者挥手作别，喊出一句来自她小小的土耳其语储备中用于告别的话，然后准备跟着阿特金森先生立即离开，没有再问任何问题。他的想法和其他很多人一样——厄普约翰太太是一个非常理智的女人。

第二十三章 摊牌

1

在一间稍小一点的教室里，布尔斯特罗德小姐看着被召集到此的人们。她的职员们都在这里：查德威克小姐，约翰逊小姐，里奇小姐，还有两位年轻点儿的老师。安·夏普兰手拿记事簿和铅笔坐在一旁，准备为布尔斯特罗德小姐做记录。布尔斯特罗德小姐的身边坐着凯尔西警督，在他的另一边是赫尔克里·波洛。亚当·古德曼独自坐在一个位于教员和被他称为“行政管理团队”之间的无人地带。布尔斯特罗德小姐起身，用她一贯干练果断的声音开始说话。

“我感觉有必要向你们所有人作出通报，”她说，“作为本校员工，你们对学校的命运都很关心，你们理应知道当下的调查有何进展。凯尔西警督已经告知我多项事宜。赫尔克里·波洛先生有着国际关系，通过瑞士获得了极有价值的协助，稍后他本人会对此作出说明。我必须遗憾地说，我们的调查还没有结束，但是一些小问题已经得到了澄清，我想，让诸位了解目前的事态发展应该会使大家感到安心一些。”布尔斯特罗德小姐望向凯尔西警督，他随即站了起来。

“从官方立场而言，”他说，“我不能透露我所知的全部情况。

我只能向大家作出这样程度的保证，那就是，我们正在取得进展，对于是谁犯下了在本校的这三起谋杀，我们已经开始有了头绪。除此之外，我不能说更多了。我的朋友赫尔克里·波洛先生并不受到官方保密要求的约束，他可以完全自由地告知你们他的一些想法，会向你们披露由他本人亲自查证的一些信息。我很肯定你们都是忠于芳草地以及布尔斯特罗德小姐的，我想你们会对波洛先生即将谈及的、并不涉及公众利益的一些情况保守秘密。外界有关这些事件的传言和揣测越少越好，因此我在此要求诸位对于今天在这里听到的情况保密。大家都明白了吗？”

“当然了。”查德威克小姐率先回答，非常肯定地说，“我们当然都是忠于芳草地的，我希望如此。”

“自然是这样。”约翰逊小姐说。

“哦，是的。”两位年轻的老师说。

“我同意。”艾琳·里奇说。

“那么，请波洛先生开始吧？”

赫尔克里·波洛站起身，对他的听众们微微一笑，很小心地捻着自己的八字胡。两位年轻的老师忽然有发笑的冲动，抿着嘴忍住，不再看对方。

“对诸位而言，这是一段艰难而又焦虑不安的日子。”他说，“我想要首先告知各位的是，我对此是能够体会的。很自然，布尔斯特罗德小姐本人是最辛苦的，但是相信你们也都不好受。你们先是失去了三名同事，其中一位已经在此工作了相当长时间——我所说的是范西塔特小姐。当然，斯普林杰小姐和布兰奇小姐虽然是新人，但是我毫不怀疑，她们的死也令你们相当震惊，是非常令人不安的事件。你们自己一定也深感忧虑，似乎是有人将芳草地的女教师们当成了复仇的目标。我在此可以向你们保证，凯尔西警督也可以作出这样的保证，事情并不是如此。芳草地只是因为一系列不幸的事件而成为不受欢迎的多方势力所关注的中心。在这里一直存在——可以这样说——鸽群中的一只猫。这里发生了三起谋杀，还有一桩绑架。我先来说说绑架，毕竟在整个事件中，最困难之处在于排除无关事件的干扰，这些事件本身可能也是罪行，但是它们让最为重要的线索——也就是寻获你们之中存在的一个残忍而有毅力的杀人犯的线索——变得晦涩难解。”

他从口袋中掏出一张照片。

“首先，我希望你们传阅这张照片。”

凯尔西接过照片，递给布尔斯特罗德小姐，她又依次交给身边的教职员工们。照片最后交还给波洛，他看着她们的脸，看起来都是不为所动的样子。

“我请问你们所有人，认出了照片中的这个女孩吗？”

所有人都摇着头。

“你们应当认得出才对，”波洛说，“因为这是我从日内瓦方面得到的，一张谢斯塔公主的照片。”

“但是这根本就不是谢斯塔啊。”查德威克小姐惊叫道。

“正是如此。”波洛说，“整个事件的种种线索都从拉马特开始。如你们所知，当地在三个月之前爆发了一场事实上是政变的革命。当地的统治者阿里·优素福亲王设法出逃，由他的私人飞行员驾机带他飞出了拉马特。然而，飞机在拉马特以北的山脉中坠毁，残骸直到晚些时候才被发现。一件极有价值的物品——据称总是被阿里亲王随身携带的物品——就此失去了踪影。残骸中没有什么发现，有传言说，东西已经被带入了我们这个国家。多组人马都急于将这件非常值钱的物品据为己有。他们所能依赖的线索之一就是阿里·优素福亲王尚存人间的亲属，即他最大的表妹，当时在瑞士一间学校读书的女孩。很有可能的是，如果这样贵重物品已经被安全地带出了拉马特，应该会被交给谢斯塔公主，或者是她的亲属和监护人。一些人被派去密切监视她的叔叔，易卜拉辛亲王，还有人则跟着公主本人。她在这个学期转往本校，也就是芳草地来读书，这已经是众所周知的事情。因此，如果有人接受派遣到此地谋求一个职位，以便近距离观察任何试图接近公主的人，检查她的信件和任何电话留言，也就是顺理成章的事情了。但是一个更简单，更有效的办法被提了出来，那就是绑架谢斯塔，让一个自己人扮成谢斯塔公主来到这间学校。由于易卜拉辛亲王在埃及，直到这个夏末之前都不会到访英国，这个计划本可以成功执行。布尔斯特罗德小姐本人并未见过这个女孩，所有接受她入学的安排都是通过在伦敦的大使馆进行的。

“这个计划其实再简单不过。真正的谢斯塔在伦敦大使馆派遣代表的陪同下离开瑞士，或者说本应如此。实际上，伦敦大使馆被告知，瑞士学校的一名代表将会伴随女孩前往伦敦。真正的谢斯塔被带到瑞士境内一处非常安逸的小屋，并一直待在那儿。一个完全不同的女孩抵达伦敦，与大使馆的代表会面，之后被带到这所学校。当然，这个替身比真正的谢斯塔要年长很多。但是东方的女孩看起来总是比她们的年纪更成熟一些，这一点也不太会引人注意。一个擅长扮演学龄女孩的年轻法国女演员被选中了。

“我的确问过，”赫尔克里·波洛用一种深思熟虑的声音说道，“是否有任何人注意过谢斯塔的膝盖。对于年龄而言，膝盖是一个非常好的指示。二十三或者二十四岁女性的膝盖，绝对不会被错认成十四或者十五岁女孩的膝盖。可惜，没有人注意过她的膝盖。

“但是这一计划完全没有像期望中那样成功。没有人试图与谢斯塔取得联系，她也没有接到重要的信件或者是电话。随着时间的流逝，又有了新的焦虑。易卜拉辛亲王可能提前来到英国。他不是一个习惯预先宣布计划的人。据我所知，他有这样的习惯，在某一个晚上说道：‘明天我要去伦敦。’然后就立即动身。

“那么，这个假的谢斯塔清楚，某个认识真正谢斯塔的人会在任何时间出现。这一点在谋杀发生之后尤其如此，因此她开始为自己的绑架做铺垫，和凯尔西警督谈及此事。当然，真正的绑架完全不是这样发生的。在得知她的叔叔会在第二天上午来接她的时候，她打了一个简短的电话。在真正来接她的车出现之前半小时，一辆挂着假外交牌照的豪华车抵达，于是谢斯塔正式‘被绑架’了。当然了，实际上在这辆车开到第一个大市镇的时候，她就立即恢复了自己的本来身份。他们发出了一份极为业余的勒赎信，只是为了保持这个故事的连贯性。”

赫尔克里·波洛停顿了一下，然后接着说：“如你们所看到的，这只是一个障眼法而已，简单的误导。人们的注意力集中于本地的这桩绑架案，没有任何人想到，真正的绑架发生在三周之前的瑞士。”

其实波洛真正想说，但是出于礼貌而不好开口的是：除了他以外，没有任何人想到这一层。

“现在我们来谈谈其他事情。”他说，“谈谈远比绑架要严重的事情——谋杀。

“当然了，可能是假谢斯塔杀害了斯普林杰小姐，但是不会是她谋杀了范西塔特小姐或者是布兰奇小姐，而且她并没有动机杀死任何一个人，她的任务中也没有这样的要求。她的角色很简单，那就是，如果有人送过来，就接收一个贵重的包裹；或者，另一种可能的情况下，得到有关这件东西的消息。

“现在让我们回到拉马特——这一切事情开始的地方。在拉马特流传很广的说法是，阿里·优素福亲王将这个贵重的包裹交给了他的私人飞行员鲍勃·罗林森，而鲍勃·罗林森设法安排将东西送往英国。事情发生的当天，罗林森去拉马特最大的酒店探望住在此地的姐姐，萨特克利夫夫人，以及她的女儿珍妮弗。萨特克利夫夫人和珍妮弗当时已经外出，但是鲍勃·罗林森还是去了她们的房间，并在里面停留了至少二十分钟。以当时的情况来说，这已经是一段相当长的时间。当然，他完全可能给他的姐姐写了一封长信，但情况并非如此。他所留下的只是一份可以在一两分钟内草草完成的简短便函。

“几个不同的团伙都作出了一个相当合理的推测，那就是罗林森待在她房间的这段时间里，把东西放在了姐姐的物品中，而她也就把它带回了英国。那么，现在到了我愿意称之为两条支线独立发展的阶段。一组人——也可能不止一组人——判断萨特克利夫夫人把东西带回了英国，结果就是，她在乡下的房子被洗劫，被彻底搜查了一番。而这也显示，搜查的人并不很明确地知道东西被藏在哪儿，只是认定，极有可能是在属于萨特克利夫夫人的某个地方。

“但是另外有人非常准确地知道东西在哪儿，我想现在把鲍勃·罗林森藏匿这些东西的位置告诉你们，已经是无伤大雅的了。他把东西藏在了一支网球拍的拍柄里——挖空了拍柄，然后又巧妙地拼接在一起，很难看出曾有人对它做过什么手脚。

“这支网球拍不属于他的姐姐，而属于姐姐的女儿，珍妮弗。一个准确地知道这个秘密的人，事先取得了钥匙的模型，复制了一把，在某个晚上来到了体育馆。在晚间的那个时候，所有人都应该已经上床睡觉了，但是当时的情况并不是这样。斯普林杰小姐从大楼看到了体育馆里的手电筒光线，于是过来察看。她是个健壮的年轻女性，毫不怀疑自己有能力应付任何可能发现的情况。我所说的这个人可能正在依次翻检网球拍，试图寻获要找的那一支。被斯普林杰小姐发现并认出之后，这人没有丝毫犹豫……搜查的人是一个杀人犯，开枪打死了斯普林杰小姐。然而，在这之后杀人者必须迅速行动。枪声已经被人听到，人们正在赶过来。杀人者必须立即逃出体育馆而不能被发现。球拍暂时也只能放在原处……

“几天之后，有人尝试了另一种方式。一个操着假美国口音的陌生女人在珍妮弗·萨特克利夫离开网球场的时候拦住了她，告诉她一个听起来合情合理的故事，那就是她的某个亲属给她带来了一支新的网球拍。珍妮弗毫无疑心地相信了这个说法，高兴地把自己的球拍和陌生人带给她的那支崭新的、昂贵的球拍进行了交换。但是这其中有一个情况，这个操美国口音的女人无从得知。那就是，在几天之前，珍妮弗·萨特克利夫和茱莉亚·厄普约翰交换过球拍。也就是说，这个陌生女人拿走的实际上是茱莉亚·厄普约翰的旧球拍，虽然贴在上面的标签是珍妮弗的名字。

“现在我们说到第二起悲剧了。出于某个不为人所知的原因——但是有可能与当天下午发生的、谢斯塔的绑架事件有关——范西塔特小姐在所有人上床睡下之后，带着手电筒来到了体育馆。某个跟踪她到此处的人，在她检查谢斯塔的衣柜时，用手杖或者是沙袋击倒了她。再一次，这起罪行几乎是立刻就被人发现了。查德威克小姐看到了体育馆的灯光，立即赶了过来。

“警察再次接管了体育馆，杀人者又一次不能继续搜寻和检查那里的网球拍。但是这个时候，茱莉亚·厄普约翰这个聪明的孩子在考虑了所有情形之后，得出了一个合理的结论，那就是原来属于珍妮弗、现在归她所有的这支球拍，一定有某种重要性。她自行展开调查，发现自己的猜想果然不错，然后带着球拍里藏着的东西找到了我。

"现在，"赫尔克里·波洛说，"这些东西已经被妥善保管起来，不再与我们有任何关系。"他暂停了一下，然后继续说道，"那么，还剩下第三起悲剧需要考虑。"

"布兰奇小姐知道些什么或者怀疑过些什么，我们已经永远不会知道了。她可能在斯普林杰小姐被杀的那个晚上见到有人离开学校大楼。不管她知道或者怀疑过什么，她都发现了杀人者的身份。她没有对别人说起这个，而是计划索要一笔钱财来换取对方的沉默。

"没有什么事情比勒索可能已经犯下两起谋杀的人更危险了。"赫尔克里·波洛带着感情地说，"布兰奇小姐可能是采取了防范措施的，但是不管是什么样的方式，都不足以保护她。她与凶手有过一个约定，之后便被杀害了。"

他再次停下来。

"现在，"他环顾在座各位，说道，"你们已经对事件的全部情况有所了解了。"

大家都盯着他。人们的脸起初还流露出兴趣，惊讶和激动，现在看起来都已经被冻结一般，只有一片相同的冷静，似乎像是害怕到不敢表现出任何情绪。赫尔克里·波洛对他们点点头。

"是的，"他说，"我知道你们的感受。这一切都发生在我们身边，难道不是吗？你们看，这也是为什么我和凯尔西警督以及亚当·古德曼先生一直在进行调查。如你们所知，我们必须弄清，鸽群中的猫是否还在！你们明白我的意思吗？我们要搞清楚，这儿是否还有人是乔装改扮，扮演着虚假的身份？”

座下的听众中泛起一道涟漪，短暂、几乎算得上鬼祟的侧目打量，好像是想要看清楚其他人，但是又不敢这样做。

“我很高兴地向你们保证，”波洛说，“目前在座的诸位都符合各自声称的身份。比方说，查德威克小姐，正是查德威克小姐本人——这一点不容置疑，她自芳草地创校起就在此处。约翰逊小姐也是如此，她毫无疑问就是约翰逊小姐。里奇小姐是里奇小姐，夏普兰小姐是夏普兰小姐，罗恩小姐和布莱克小姐正是罗恩小姐和布莱克小姐。甚至可以这样说，”波洛转过头说道，“在这里以园丁身份出现的亚当·古德曼，即使并不完全是亚当·古德曼，至少也确实是他的身份证明文件上所指的那个人。那么，我们发现了什么？我们要找的不是伪装成别人的某个人，而是一个以他，或者是她的真实身份出现，却是一个杀人凶手的人。”

房间现在非常安静，空气中几乎有了一种压抑的感觉。

波洛继续说下去。

“首先，我们要找到三个月之前在拉马特的那个人。东西藏在网球拍里面，这样的信息只有一个办法可以获取。那个人必须亲眼见到鲍勃·罗林森把东西放在那里。事情就是这么简单。那么，在座的所有人，有谁三个月之前是在拉马特的呢？查德威克小姐在这儿，约翰逊小姐在这儿。”他的眼睛转向两个年轻的女老师，“罗恩小姐和布莱克小姐也在这儿。”

他的手指向一个人。

“但是里奇小姐——里奇小姐上个学期不在这儿，不是吗？”

“我——不在。我当时生着病。”她有些匆忙地说，“我离开了一个学期。”

“这是我们之前所不知道的情况。”赫尔克里·波洛说，“直到几天之前有人无意间提起。在之前被警察询问的时候，你仅仅是说，你在芳草地工作已经有一年半时间。这句话本身完全真实。但是你上个学期并不在，你完全可能是在拉马特——我想你就是在拉马特。请注意，这一点可以从你的护照记录上得到验证，你是知道的。”

有一小段沉默，然后艾琳·里奇抬起头。

“是的。”她平静地说，“我当时是在拉马特。为什么不可以？”

“你为什么会去拉马特呢，里奇小姐？”

“你已经知道了。我当时生病了，医生建议我休养一段时间——去国外休养。我写信给布尔斯特罗德小姐做过解释，说我需要请一个学期的假。她是完全知道的。”

“确实如此。”布尔斯特罗德小姐说，“信中还附上了一份医生的证明，说里奇小姐在下一个学期之前最好都不要恢复工作。”

“所以——你去了拉马特？”赫尔克里·波洛说。

“为什么我不能去拉马特？”艾琳·里奇说，声音有些发抖，“有对学校老师的旅费优惠。我需要休息，我需要阳光，我去了拉马特，在那儿待了两个月。为什么不可以？到底为什么不可以呢？”

“你从未提起过革命发生的时候你正好在拉马特。”

“为什么我要说这个？这和这里的人有什么关系？我没有杀过任何人，我可以告诉你。我没有杀过任何人。”

“你要知道，你被认出来了。”赫尔克里·波洛说，“不是很确定，但是大概被认出来了。珍妮弗这孩子非常迷糊。她说她觉得自己曾经在拉马特见到过你，但是又说不会是你，因为据她说，她见到的那个人胖胖的，不是瘦子。”他朝前俯身，眼神像是要钻进艾琳 · 里奇的面孔里。

“你有什么要说的吗，里奇小姐？”

她转过身体。“我知道你想暗示什么！”她叫了出来，“你想要暗示说，不是什么特工或者是这类的人犯下了这些谋杀，而是某个刚好到过那儿，某个恰巧看到珍宝被藏在网球拍里的人；是某个发现那孩子要到芳草地上学，有了一个机会可以得到被藏匿珍宝的人。但是我告诉你，这不是真的！”

“是的，我觉得实际发生的情况就是这样。”波洛说，“有人看到珠宝被藏起来，于是忘掉了所有的责任或者是利害关系，一心要把它们据为己有。”

“这不是真的，我可以告诉你。我什么都没有看到——”

“凯尔西警督。”波洛转过头。

凯尔西警督点点头——走到门边，打开门，厄普约翰太太走进了房间。

2

“你好，布尔斯特罗德小姐。”厄普约翰太太说着，看起来相当尴尬，“很抱歉，我看起来不太整洁，不过我昨天还在靠近安卡拉的某个地方，刚刚飞回来。匆匆忙忙的，我都没有时间整理一下或者是做任何事情。”

“这完全没有关系。”赫尔克里 · 波洛说，“我们想要问你一些事情。”

“厄普约翰太太，”凯尔西说，“当你送你女儿到学校的时候，你曾在布尔斯特罗德小姐的起居室中停留过，你看着窗户外面，面向前面车道的窗户，发出过一声惊呼，像是认出了这儿的一个什么人。事情是这样吗？”

厄普约翰太太看着他。“我在布尔斯特罗德小姐起居室的时候？让我想想——哦，是的，当然了。是的，我确实看到了某个人。”

“某个你很意外会看到的人？”

“嗯，我相当意外……你知道，那已经是很多年之前的事情了。”

“你的意思是，大战结束之前你在情报部门工作的那段时间？”

“是的。大概是十五年之前了。当然，她看起来也老了很多，但是我一眼就认出她来了。我还想，她怎么会出现在这儿呢？”

“厄普约翰太太，能否请你看看这个房间里的人，然后告诉我，那个人是不是在其中？”

“当然可以，”厄普约翰太太说，“我一进来就看到她了。就是她。”

她伸出手指指向一个人。凯尔西警督反应很快，亚当也是如此，不过两人都还不够快。安·夏普兰从椅子上弹起，手上握着一把小巧但是可怕的手枪，枪口直直地指向厄普约翰太太。布尔斯特罗德小姐比两个男人动作更迅速，已经冲向前，但是更敏捷的还是查德威克小姐，只是她试图保护的不是厄普约翰太太，而是站在安·夏普兰和厄普约翰太太之间的那个女人。

“不，你不会得逞的。”查德威克小姐叫道，在那把小手枪开火的同时，整个扑在了布尔斯特罗德小姐身上。

查德威克小姐一个踉跄，然后慢慢地瘫倒在地，约翰逊小姐跑向她。亚当和凯尔西已经控制住了安·夏普兰，她挣扎得像是只野猫，不过他们还是夺下了那支小手枪。

厄普约翰太太上气不接下气地说："他们当时就说她是个杀手，虽然她那时还很年轻，已经是他们最危险的特工之一。她的代号是安吉丽卡。"

"你这个说谎的婊子！"安·夏普兰脱口而出。

赫尔克里·波洛说："她没有说谎。你确实很危险。你总是过着危险的生活。一直到现在，你本人的身份都没有被怀疑过。你所有以自己的名字从事的工作都是真正正常的工作，而且也做得很出色——但是它们也都是为了特别的目的，那就是搜集情报。你曾为一家石油公司工作；还有一名考古学家，他的工作性质能让他出现在一些特定地点；那名女演员，她的保护人是一个著名的政客。从十七岁开始，你就当上特工了——只不过是为很多不同的主子效力。谁出得起钱你就为谁工作，而且收费非常高。你扮演着两个不同的角色，大多数任务都是用你自己的名字完成，但是有些工作你会使用另外的身份。这也就是你声称要回家照顾母亲的时候了。

"但是我强烈怀疑，夏普兰小姐，我在那个小村庄所见到的，由保姆照料着的老妇人，那个确实有精神疾病、头脑不是很清楚的老妇人，根本不是你的母亲。她只是你离开工作，避开朋友圈的借口。这个冬天，你用来陪伴你那个'情况不是很好'的'母亲'的三个月，正好是你去了拉马特的时间。不过你并不是以安·夏普兰的身份，而是安吉丽卡·德·托瑞多，一个西班牙，或者说有西班牙血统的舞者。你所居住的酒店房间正好在萨特克利夫夫人的房间旁边。不知道使用了什么办法，你看到鲍勃·罗林森把珠宝藏到了那支网球拍里。因为所有的英国人都被紧急疏散，你在当时没有机会拿到球拍，但是你看到了她们行李上的标签，要查到她们的信息相当简单。在这间学校找到秘书的工作也不难。我做过一些调查，你付给布尔斯特罗德小姐之前的秘书一笔钱，让她以‘身体不适’的理由让出这个位置。你有一个很有说服力的理由，说是接受委托，要从一间著名女校的内部挖掘题材写一系列文章。

“看起来一切都相当轻松，不是吗？就算一个孩子的网球拍不见了，又有什么大不了的？更简单的办法是，你可以在某个晚上去体育馆取出这些珠宝。但是你没有料到斯普林杰小姐的情况。她可能早已发现你在检查那些网球拍，也可能她只是刚好在那一晚醒着。她跟踪了你，你枪杀了她。之后，布兰奇小姐试图勒索你，你又杀了她。杀人对你而言都是顺理成章的事情，不是吗？”

他停了下来。凯尔西警督用一种单调的官腔向犯人宣读了警告。

她没有听，转向面对赫尔克里·波洛，低声不断地咒骂他，让房间里的人都目瞪口呆。

“哟！”亚当在凯尔西带走她的时候说道，“我还一直以为她是个好姑娘呢！”

约翰逊小姐一直跪在查德威克小姐身边。

“我想她伤得很重，”她说，“在医生来之前最好都不要移动她。”

第二十四章　波洛的解说

1

厄普约翰太太穿过芳草地学校的走廊，忘掉了自己刚刚置身其中的令人激动的一幕。眼下她只是一个在寻找自己孩子的母亲。她发现茱莉亚在一间偏僻的教室里，埋头在课桌上，舌头微微伸出，沉浸在写作文的痛苦中。

她抬起头瞪大了眼睛，然后飞奔着穿过教室来拥抱自己的母亲。

“妈妈！”

接着，她意识到自己已经不是个小孩子了，对情感上的奔放显得有些不好意思，于是松开手，用一种刻意显得轻松的语调——几乎是带着责备地说起话来。

“你回来得太快了吧，妈妈。”

“我是搭飞机回来的。”厄普约翰太太说，好像是在道歉，“从安卡拉飞回来的。”

“哦。”茱莉亚说，“好吧——我很高兴你回来了。”

“是的。”厄普约翰太太说，“我也很高兴。”

她们互相看着，有些不好意思。“你在干什么呢？”厄普约翰太太向前靠近了一点儿。

“我在写里奇小姐布置的一篇作文。”茱莉亚说，“她最会出些吓人的题目。”

“这次是什么？”厄普约翰太太说，边俯下身去看。

题目就写在这页纸的最上方，下面是茱莉亚歪歪扭扭的散乱字体写成的九行或者十行内容。“《麦克白与麦克白夫人对谋杀的态度之比较》。”厄普约翰太太念道。

“呃，”她有些疑惑地说，“你倒也不能说这个题目不切合时事。”

她开始读女儿文章的开头。“麦克白，”茱莉亚这样写道，“喜欢谋杀这样的想法，而且想过很多次，但是他需要一点推动力才会自己动手。一旦行动起来，他就开始喜欢上杀人了，不再有任何犹豫或者恐惧。麦克白夫人贪婪而且有野心。她觉得她不会在意手段，只要能达到目的。但是一旦真的这样做了，她又发现自己完全不喜欢这样的情况。”

“你的文字还不是非常优雅。”厄普约翰太太说，“我想你还需要润色一下，但你的文章是言之有物的。”

2

凯尔西警督带着些许抱怨的腔调说着。

“对你而言倒是非常方便，波洛。”他说，“你可以说我们不能说的，可以做我们不能做的；而我也必须承认，整件事情都安排得非常妥当。让她放松警惕，以为我们是在追查里奇，然后呢，厄普约翰太太忽然出现，让她瞬间失去了冷静。谢天谢地，她还留着枪杀斯普林杰的那把手枪。如果子弹能对上的话——”

“能对上的，我的朋友，能对上的。”波洛说。

“那我们就算是坐实她谋杀斯普林杰的罪行了。我想射伤查德威克小姐这桩案子她也是无从抵赖的。但是请注意，波洛，我还是不太明白她怎么会杀死范西塔特小姐。这从现实而言也不可能。她有铁一样的不在场证明——除非拉思伯恩这个年轻人和野鸟之巢的全体职员都参与了她的罪行。”

波洛摇摇头。“哦，不。”他说，“她的不在场证明完全没问题。她杀害了斯普林杰小姐和布兰奇小姐，但是范西塔特小姐——”他犹豫了一下，眼睛转向坐在一旁听他们说话的布尔斯特罗德小姐，“范西塔特小姐是被查德威克小姐杀害的。”

“查德威克小姐？”布尔斯特罗德小姐和凯尔西同时惊呼出来。

波洛点点头。“我对此很肯定。”

“但是——为什么？”

“我想是因为，”波洛说道，“是因为查德威克小姐太爱芳草地了……”他的眼睛直直地看着布尔斯特罗德小姐。

“我明白了……”布尔斯特罗德小姐说，“是的，是的，我明白了……我早就应该想到了。”她停了一下，“你的意思是，她——”

“我的意思是，”波洛说，“她和你一起创办了这所学校，她一直把芳草地视作你和她两人的共同成就。”

“从某种意义上说，是这样。”布尔斯特罗德小姐说。

“确实如此。”波洛说，“但是那仅仅是从财务的角度而言。当你开始说起退休的时候，她认为自己就是那个将会接管学校的人。”

“但是她年纪太大了。”布尔斯特罗德小姐表示反对。

“是的，”波洛说，“她年纪太大了，而且也不太适合做校长。

然而她自己并不这么认为。她觉得，当你退休的时候她接任芳草地校长是理所当然的事情。然后她发现，情况并不是这样。她发现你正在考虑的是别的人；她发现你青睐的是埃莉诺·范西塔特。她深爱着芳草地，她爱这所学校，但是她不喜欢埃莉诺·范西塔特。我想，到最后她已经憎恨她了。”

“她可能会这样做。”布尔斯特罗德小姐说，“是的，埃莉诺·范西塔特是——我该怎么说才好？——她总是相当自负，在所有方面都非常有优越感。如果你是会嫉妒的人，这确实是很难忍受的。你是这个意思，对吗？查德威克小姐是爱嫉妒的人。”

“是的。”波洛说，“她嫉妒芳草地，嫉妒埃莉诺·范西塔特。她无法忍受这间学校和范西塔特小姐合二为一的想法。之后可能是你态度上的某种东西让她觉得你在动摇？”

“我确实动摇过。”布尔斯特罗德小姐说，“但是我的动摇可能和查德威克小姐所想的并不一样。事实上，我想到是某个比范西塔特更年轻的人——我想过，然后我说，不，她还是太年轻了……查德威克小姐当时和我在一起，我记得。”

“而她想到的是，”波洛说，“你所指的是范西塔特小姐。你是在说范西塔特小姐太年轻了。她对此是完全同意的。她自认为她所拥有的经验和智慧是重要得多的东西。但是在所有事情之后，你还是回到了最初的抉择。你觉得埃莉诺·范西塔特才是正确的人选，在那个周末让她管理这间学校。我想当时的情况大致是这样。在那个星期天的晚上，查德威克小姐睡不着觉，她起床看到了体育馆的灯光。她走过去的经过就如她所说的那样，在实际情况中，只有一件事情与她的说法不同。她拿的不是一根高尔夫球杆，而是取走了大厅那一堆沙袋中的一只。她走出门的时候是准备好对付一个窃贼的——某个第二次闯进体育馆的人。她手上拿好沙袋，准备在袭击发生时保护自己。然后她发现了什么？她看到埃莉诺·范西塔特跪着在察看一个衣柜，她想，情况完全可能是这样——我很善于这样，”赫尔克里·波洛在此插入了一句，“善于把自己代入他人的头脑来思考问题。——她想，如果我是一个强盗，一个窃贼，我会从她身后接近，然后击倒她。这个念头一旦出现在她脑子里，她对于自己所做的事情就只是迷迷糊糊有些知觉了。她举起沙袋挥了下去，埃莉诺·范西塔特就此死亡，不会再碍她的事。她在之后有过恐慌，我想，对自己的所作所为深感不安。这事儿在之后一直困扰着她——毕竟查德威克小姐不是一个天生的杀手。她只是和其他一些人一样，被嫉妒所操纵，被执念所控制——被对于芳草地的爱这种执念所控制。现在既然埃莉诺·范西塔特已经死了，她相当肯定她将会接替你来管理芳草地。于是她没有坦白。她告诉警察的说法和实际发生的情况完全一致，除了一个至关重要的细节，那就是，挥出那致命一击的正是她。但是当被问到那根曾被警方认为是范西塔特小姐带到现场的高尔夫球杆时，对于所发生的一切的紧张不安使得查德威克小姐很快回答说，球杆是她带去的。她甚至不想让你们有一刻的怀疑，怀疑是她动过那个沙袋。”

“为什么安·夏普兰也会选择用沙袋来杀死布兰奇小姐呢？”布尔斯特罗德小姐问道。

“一个原因是，她不能冒险在学校大楼里开枪；另一个原因是，她是个非常聪明的女人，她希望让第三起谋杀和第二起谋杀产生关联，而后者她是有不在场证明的。”

“我还是不太明白埃莉诺·范西塔特独自一人在体育馆干什么。”布尔斯特罗德小姐说。

“我想我们可以猜测一下。对于谢斯塔的失踪，她可能比自己克制着所表现出来的要关心得多。她和查德威克小姐一样不安。从某个角度来说，对她而言情况可能更糟，毕竟她是在你的委托下代为管理——绑架正好发生在她应该负起责任的这段时间。在此之外，她尽可能作出不太在意的样子，因为她也不愿正视必须面对的、令人不快的事实。”

“所以，她其实是色厉内荏的。”布尔斯特罗德小姐沉思着说，“我有时候也这样怀疑过。”

“我想，她那时也无法安睡。我觉得她悄悄地来到体育馆是为了检查谢斯塔的衣柜，希望那儿可能有女孩失踪的某些线索。”

“你似乎对所有事情都有自己的解答，波洛先生。”

“那是他的特长。”凯尔西警督略带妒意地说。

“那么让艾琳·里奇给我的很多教职员工画素描又是为了什么呢？”

“我希望测试珍妮弗这个孩子辨认面孔的能力。我很快明白了，珍妮弗只关注自己的事情，对于这之外的人，最多只会大致瞥上一眼，对他们容貌的一点外部细节有些印象。她没有认出更换了发型的布兰奇小姐的素描，那么，更不可能会认出安·夏普兰了。珍妮弗几乎没有机会在很近的距离看到你的秘书。”

“你认为那个带着网球拍的女人就是安·夏普兰本人？”

“是的，从头到尾就只需要这么一个女人。你应该还记得那天，你按铃叫她，想给茱莉亚带个口信，但是最后，因为没有人来应答蜂鸣器，你不得不叫了一个女孩去找茱莉亚过来。安善于快速伪装，一顶漂亮的假发，重新画过的眉毛，华丽的衣服和帽子。她只需要从打字机前离开大约二十分钟。我从里奇小姐高明的素描里得知了，一个女人仅仅变化简单的外部特征就可以非常轻易地改变自己的容貌。”

“里奇小姐呢？我想知道——”布尔斯特罗德小姐看起来在想着什么。

波洛给了凯尔西警督一个眼色，警督马上说他该走了。

“里奇小姐呢？”布尔斯特罗德小姐又问了一次。

“找她过来。”波洛说，“这是最好的办法了。”

艾琳·里奇出现了。她面色苍白，略有些挑衅的神色。

“你是想知道，”她对布尔斯特罗德小姐说，“我在拉马特干什么？”

“我有一个想法。”布尔斯特罗德小姐说。

“正是如此。”波洛说，“现在的孩子们知道生活中所有的真相——但是他们看到的一切都是纯洁无辜的。”

他随后说，他也得先行告退，然后悄悄离开了。

“事情就是这样，对吗？”布尔斯特罗德小姐说。她的声音轻快，但完全是公事公办的感觉。“珍妮弗只说是胖而已，她并没有意识到，她看到的是一个怀孕中的女人。”

“是的。”艾琳·里奇说，“事情就是这样。我当时就要生孩子了。我不想放弃在这儿的工作。直到秋天之前我都掩饰得很好，但是在那之后，就开始可以看出来了。我拿到了医生的证明，说我不适合继续工作，然后请了病假。我去到国外一个偏远的地方，心想在那儿我不太可能遇到任何认识我的人。等我回到国内的时候，孩子已经生下来了——生下来的时候就死了。这个学期我回来工作，本希望永远不会有人知道……现在你应该明白了，不是吗？为什么我之前说，如果你早些时候提出让我参与学校的管理，我应该会不得不拒绝？只是到了现在，学校陷入了这样的灾难，我想，也许我应该还是可以接受的。”

她停顿一下，用一种讲述既成事实的声音说道："你是希望我现在就离开呢，还是等到这个学期结束？"

"你会待到这个学期结束，"布尔斯特罗德小姐说，"如果如我所希望的那样，还会有新的学期，你会再回来。"

"再回来？"艾琳·里奇说，"你是说你还要我？"

"我当然还要你。"布尔斯特罗德小姐说，"你并没有杀过任何人，不是吗？——没有为了珠宝发疯，谋划着不惜杀人也要得到它们吧？我来告诉你你干了些什么。你可能是压抑自己的本能太久了。有这么一个男人，你爱上了他，你怀上了一个孩子。我猜，你们是不能结婚的。"

"他从来就没有对婚姻的考虑。"艾琳·里奇说，"我知道这一点，完全不怪他。"

"那么，很好。"布尔斯特罗德小姐说，"你有过一段外遇和一个孩子。你想要留下那个孩子？"

"是的。"艾琳·里奇说，"是的，我想要留下那个孩子。"

"那么就这样吧。"布尔斯特罗德小姐说，"现在我来告诉你一些事情。虽然有这样的外遇事件，我还是相信，你的天职是教学。我认为你的职业对于你的意义，远远超过了作为普通家庭妇女与丈夫和孩子们共同度过一生。"

"是的，"艾琳·里奇说，"我很肯定，我一直都知道这一点，这才是我真正想要做的事情——这才是我人生真正的激情所在。"

"那么就别再犯傻了。"布尔斯特罗德小姐说，"我现在给了你一个非常好的机会，当然，前提是一切都顺利的话。我们将会用两年或者三年时间一起恢复芳草地的声誉。关于如何实现这个目标，你将会提出与我不同的想法，我会听听你的意见，甚至会采纳其中的一部分。你希望芳草地的状况有所不同，我想是这样吧？”

“在某些方面我确实这样希望，是的。”艾琳·里奇说，“我不会假装不是这样。我更希望我们能注重招收那些真正应该在这个学校就读的女孩。”

“哦，”布尔斯特罗德小姐说，“我明白了。你不喜欢这所学校里那些势利的因素，对吗？”

“是的。”艾琳说，“在我看来这会把事情都搞砸了。”

“你没有认识到的是，”布尔斯特罗德小姐说，“为了争取到你想要的那种女孩，就必须有这些势利的因素。这其实是事情非常小的一部分而已，你应该知道。几个外国王室，几个名人之类的，全国上下甚至是其他国家那些头脑简单的家长们都会想要自己的女儿上芳草地，拼了命要把他们的女儿送进芳草地。结果呢？一份长长的等待名单，我可以考察这些女孩，对她们进行面试，由我做出选择！选择权在我们的手上，看到了吗？我可以选择我的学生，我能够非常仔细地挑选，有些是因为品格，有些是因为头脑，有些完全是因为有学术能力。有些女孩被选中是因为我认为她们没有遇到机会，但完全是可造之材。你还年轻，艾琳，你还充满了理想——对你而言，教化，而且是道德的那个层面的教化才是最重要的。你的看法是正确的，真正重要的是那些学生，但是如果你想要成就什么，你要知道，你还必须是一个好的生意人。理想和其他所有东西一样，必须要推销得出去。为了让芳草地能够走下去，我们未来将必须做些相当圆滑的事情。我必须笼络一些人，之前的家长，不管是吓唬还是恳求，都得让她们把女儿送到这儿上学。那么其他人就会跟随而来了。你得让我施展我的手段，然后你才能按你的想法行事。芳草地将会走下去，它将会是一所好学校。”

"它将会是英国最好的学校。"艾琳·里奇充满激情地说。

"很好。"布尔斯特罗德小姐说,"那么艾琳,我要是你,就会去把头发好好剪一剪,做个造型。你似乎弄不好发髻。那么现在,"她变换了语调继续说,"我必须去看看查德威克小姐了。"

她走进房间,来到床边,查德威克小姐躺着一动不动,面色苍白。她的脸上没有一丝血色,像是生命力也随之枯竭了。一名手拿记事本的警察坐在一旁,约翰逊小姐坐在床的另一边。她看看布尔斯特罗德小姐,轻轻地摇了摇头。

"嗨,查德威克小姐。"布尔斯特罗德小姐说着,握住她那干瘦的手。查德威克小姐的眼睛睁开了。

"我想告诉你,"她说,"埃莉诺——是——是我干的。"

"是的,亲爱的,我知道。"布尔斯特罗德小姐说。

"妒忌。"查德威克小姐说,"我想——"

"我知道。"布尔斯特罗德小姐说。

泪水从查德威克小姐的双颊缓慢地滚下。"真是太可怕了……我本意不是如此——我不知道我怎么会干出这样的事情。"

"别再想它了。"布尔斯特罗德小姐说。

"但是我做不到——你永远不会——我永远不会原谅我自己——"

"听着,亲爱的。"她说,"你救了我的命,你要知道这一点。我的生命,还有那位善良的女人,厄普约翰太太的生命。这能说明一些事情,不是吗?"

"我只希望,"查德威克小姐说,"我可以为了你们两人牺牲掉自己的生命,希望这能弥补一切……"

布尔斯特罗德小姐以极大的怜悯注视着她。查德威克小姐深深地吸了一口气,微笑着,然后头轻轻倒向一边,死了。

“你确实奉献了你的生命，我亲爱的。”布尔斯特罗德小姐低声说，“现在，我希望你已经明白了这一点。”

第二十五章 遗产

1

"有位鲁滨孙先生来见你，先生。"

"哦。"赫尔克里·波洛伸出手拿起面前书桌上的一封信。他若有所思地低头看着它。

他说："请他进来吧，乔治。"

这封信只有短短几行：

亲爱的波洛，

一位鲁滨孙先生可能会在不久后造访。你对他的事迹可能已经有所了解，他在某些圈子里是相当显赫的人物。在我们的现代社会里，对这样的人有特定的需求……我相信，如果可以这样总结的话，在这个具体的事由上，他是站在天使们一边的。如果你有所怀疑的话，这只是一个建议。当然，我希望强调以下内容：我们对于他想要与你有什么样的沟通毫无概念……

哈哈！同样的，还要呵呵一声！

你永远的

伊夫莱姆·派克威

鲁滨孙先生走进房间时，波洛放下信站起身。他微微鞠躬，和对方握手，并示意客人坐下。

鲁滨孙先生坐定，掏出一块手帕擦拭他那张巨大而发黄的脸。他表示今天的天气很热。

“我希望，你不是在这样的热天走路到这里的吧？”

波洛看起来被这个想法吓坏了。出于与此想法的自然关联，他的手指伸向了自己的八字胡。这让他放了心，胡子并没有变得潮热湿软。

鲁滨孙先生看起来同样惊恐。

“不，不，不是这样。我坐自己的劳斯莱斯来的，但是路上有些堵……有时候得等上半小时。”

波洛同情地点着头。

然后是一小段沉默——是那种在进入第二部分之前，结束第一节谈话的沉默。

“我饶有兴趣地听说——当然，人们会听到很多事情，中间的大多数都是假的——你曾关注过与一间女子学校相关的事务。”

“哦，”波洛说，“那件事情！”

他向后靠在椅子上。

“芳草地。”鲁滨孙先生若有所思地说，“曾是一所在英国也算一流的学校。”

“它仍然是一所很好的学校。”

“仍然是？或者曾是？”

“我希望是前者。”

“我也如此希望。”鲁滨孙先生说，“只是恐怕已经摇摇欲坠了。总之，人们还是会尽力去做，争取一点财政支持来度过这段不可避免的低潮期。收一些经过仔细挑选的新学生。我在欧洲的一些圈子里也不是完全没有影响力的。”

“我也尝试了劝说某些方面的人士，看看能否像你说的那样，度过这个难关。幸运的是，人们的记性总是短暂的。”

“真希望如此。但是我们也应该承认，发生在那儿的一系列事件，可能让很多慈爱的母亲们异常紧张——可能某些父亲也是如此。体育老师，法语老师，还有另一名老师——都是被谋杀的。”

“正是如此。”

“我听说——”鲁滨孙先生说，“人总是会听到各种各样的事情——犯下这些谋杀的那位不幸的年轻女性自小就对女性教师有种恐惧——在学校的不快童年经历。精神病学家们又会就此大做文章了，至少他们会尝试减轻对罪行的判决，现今的术语是这样说。”

“这样的发展看起来是最好的选择了。”波洛说，“不过请你原谅我这样说，我希望它不会成真。”

“我完全同意你的看法。一个最为冷血的杀人犯。不过他们会尽力强调她的优秀品格，她为多位知名人士担任秘书的经验，她在战时的功绩——这一点倒是相当惊人的，我是这样认为——在反间谍方面的工作——”

他说出最后几个词的时候带有某种特别的含义——声音里似乎在提示一个问题。

“我相信她是非常出色的。”他说得更轻快了一些，“还这么年轻——但是已经相当优秀，堪当大用——对双方都是如此。这是她的本业——她本应坚守于此。但是我可以理解那种诱惑——孤注一掷，夺得大奖。”他又轻轻地加上了一句，“非常丰厚的大奖。”

波洛点点头。

鲁滨孙先生俯身向前。

“东西在哪儿呢，波洛先生？”

“我想你知道它们在哪儿。”

“嗯，坦白地说，我确实知道。银行总是那么有用的机构，难道不是吗？”

波洛笑了笑。

“我们就不用旁敲侧击了，难道需要这样吗，我亲爱的朋友？你打算怎么处置这些东西？”

“我一直在等待。”

“等待什么？”

“我们可以这么说吧——等待建议？”

“是的——我明白了。”

“你应该理解，它们并不属于我，我打算把东西交还给真正的主人。但是，如果我对形势的估计不错的话，这一点并没有那么简单。”

“政府的处境相当为难。”鲁滨孙先生说，“很容易受到伤害，如果可以这么说的话。一旦涉及石油和钢铁，还有铀以及钴等等这类的东西，外交关系就是一件极其微妙的事情了。女王陛下的政府及其下属机构之类如果可以声称对此事毫不知情，那真是一件极好的事情。”

“但是我也不能无限期地把这些重要的东西存放在我的银行里。”

“正是如此。这也是为什么我会来找你，我建议你把东西交给我处理。”

“哦，”波洛说，“为什么呢？”

“我可以给你一些非常好的理由。这些珠宝——万幸我们不是政府官员，可以对它们使用正确的名称——毫无争议，是已故的阿里·优素福亲王的私人财产。”

“据我所知确实如此。”

“亲王陛下将这些东西交托给卫队长鲍勃·罗林森，并有特定的指示。东西应该被运出拉马特，然后转交给我。”

“你能证明这点吗？”

“当然。”

鲁滨孙先生从衣带里抽出一个长信封，又从里面取出几页纸，把它们摊在波洛面前的书桌上。

波洛俯身仔细察看这些文件。

“看起来与你说的一样。”

“嗯，那么？”

“如果我问一个问题你不会介意吧？”

“完全不会。”

“你从中能得到什么呢，个人而言？”

鲁滨孙先生看起来有些意外。

“我亲爱的伙计。钱啊，这是当然的。很大的一笔钱。”

波洛若有所思地看着他。

“这是个非常古老的行当，”鲁滨孙先生说，“而且利润丰厚。我们这样的人有很多，有一个遍布全世界的网络。我们，我该怎么说呢，是幕后的安排者。为国王们，总统们，政客们——事实上，为所有那些如一位诗人所形容的那样，活在聚光灯下的人们——提供服务。我们之间紧密合作，而且记住这一点：我们信守承诺。我们的利润极高，但是我们诚实经营。我们的服务代价高昂——不过我们一定能做到。”

"我明白了。"波洛说，"就这样吧！我同意你的要求。"

"我可以向你保证，这个决定会让所有人满意。"鲁滨孙先生的目光在波洛右手边摆着的那封派克威上校的来信上稍稍停留了一下。

"但是再耽搁你一小会儿。我是个普通人，我也有好奇心。你打算怎么处理这些珠宝呢？"

鲁滨孙先生看着他，然后那张巨大而发黄的脸上咧开一个微笑。他身体前倾。

"我来告诉你。"

于是他告诉了波洛。

2

孩子们在街上跑来跑去，玩耍着，他们的尖叫声到处都能听到。鲁滨孙先生笨拙地从他的劳斯莱斯里面钻出来，和一个孩子撞个正着。

鲁滨孙先生把这个小孩推到一边，不过动作并不粗鲁，同时打量着房子上的门牌号。

十五号，就是这儿了。他推开院门，走上三级台阶来到门前。他注意到窗户上整洁的白色窗帘，还有打磨得锃亮的铜门环。这座毫不起眼的房子位于伦敦一个僻静街区的一条普通小街上，但是被照料得很好，有自尊的气度。

门打开了，一位大约二十五岁，长相如同精致的巧克力盒般甜美可爱的女孩带着微笑欢迎他到来。

"鲁滨孙先生吗？请进。"

她领着他走进一间小起居室，里面有一台电视，窗户上挂着詹姆士一世时期图案的提花窗帘，靠墙的是一台立式小钢琴。她穿着暗色的裙子，灰色的套衫。

“你要喝点儿茶吗？我已经在烧水了。”

“谢谢你，但是不必了。我从不喝茶，而且我只能待一小会儿。我只是过来把信中告诉你的那些东西带给你。”

“是阿里的？”

“是的。”

“已经没有——不会有——任何希望了吗？我是说——是不是真的——他已经死了？会不会是有什么误会呢？”

“恐怕这其中没有什么误会。”鲁滨孙先生温和地说。

“是啊——是啊，我想可能不会有。不管怎么说，我也从未有过奢望——当他回国的时候，我就没有真的想过我还能再次见到他。我不是说我认为他会被杀害，或者是什么革命的事情。我只是说——嗯，你知道的——他必须继续他的人生，做他必须做的事情——世人对他的期许，娶一个与他门当户对的女人——这一类的事情。”

鲁滨孙先生拿出一个小包裹，把它放在桌上。

“请打开吧。”

在撕开包装的时候，她的手指有些打滑，然后终于打开了最后一层包装纸……

她的呼吸骤然急促起来。

红色，蓝色，绿色，白色，都闪烁着火光。它们像是有生命一般，让这间昏暗的小房间变成了阿拉丁的宝库……

鲁滨孙先生观察着她。他见过太多女性看到珠宝的样子……

她最后上气不接下气地开口了。

“这些——这些不可能是——真的吧？”

“它们是真的。”

“那它们一定值——它们一定是值——”

她已经无法想象。

鲁滨孙先生点点头。

“如果你希望卖掉它们，你应该至少能够拿到五十万英镑。”

“不——不，这不可能。”

她忽然用手把宝石扫拢在一起，用颤抖的手指把它们重新包好。

“我很害怕。”她说，“它们让我感到恐惧。我该怎么处理它们呢？”

门忽然被推开，一个小男孩冲了进来。

“妈，我从比利那儿拿来一个漂亮的坦克。他——”

他停了下来，盯着鲁滨孙先生看。

这是一个深色皮肤，泛着橄榄光泽的男孩。

她的母亲说：“到厨房去，艾伦。你的下午茶已经准备好了，牛奶，点心，还有一些姜饼。”

“哦，好的。”他又吵吵嚷嚷地跑开了。

“你叫他艾伦？”鲁滨孙先生说。

她的脸红了。

“这是最接近阿里的名字了。我不能叫他阿里——对他，对这里的邻居来说都太难接受了。”

她继续说着，脸上又笼上了阴云。

“我该怎么办呢？”

“首先，你有结婚证明吗？我必须确定你是你声称的那个人。”

她看了他一小会儿，然后起身走到一个小桌前。她从抽屉里拿出一个信封，抽出一张纸，走回来递给了他。

“嗯……是了……埃德蒙斯通婚姻登记处……阿里·优素福，学生……艾丽丝·卡尔德，单身女性……是了，都没错。”

“哦，全部合法，毫无差错——至少表面看起来如此。从没有人真的搞清楚他到底是什么人。这样的外国穆斯林学生太多了，你知道的。我们也清楚这并不真的意味着什么。他是个穆斯林，可以有不止一个妻子，他也知道自己必须回去，必须这样做。我们讨论过这一点。但是我已经怀了艾伦，你看，于是他说，有张结婚证明对孩子将是好事——我们的婚姻在这个国家是合法的，艾伦也会是一个正式的婚生子。他也只能给我这些了。他是真的爱过我的，你知道。他真的爱过我。”

“是的。”鲁滨孙先生说，“我很肯定他是爱你的。”

他马上又变得轻快起来。

“现在，如果你把一切都交给我打理的话，我会亲自负责把这些宝石卖掉。我会给你一名律师的地址，非常好、非常可靠的法律事务代理人。他会给你建议，我猜应该是建议你把大部分钱放到一个信托基金里。会有其他的事情要处理，你儿子的教育，还有你全新的生活。你会需要一些社交方面的教育和指导。你将是一个非常富有的女人，于是那些敲诈勒索的，行骗为生的，形形色色的人等都会紧密关注你。除了纯粹的物质方面，你的生活将不再会是轻松的。有钱人的人生都不是轻松的，我可以告诉你这一点——我见识过太多的有钱人，不会再有这样的幻想。但是你有自己的性格，我想你能挺过来。还有你的孩子，他会是远比他的父亲要幸福得多的人。”

他停顿了一下。“你同意吗？”

“是的。都交给你了。”她把桌上的东西推向他，然后忽然说，“那个女学生——发现这些东西的女学生——我希望送给她其中的一件。你认为她会喜欢哪一件——什么颜色？”

鲁滨孙先生想了一下。“我想，就祖母绿吧——绿色代表神秘。你考虑得很周到。她会非常高兴的。”

他站起身。

“我会为我的服务收取费用，你应该知道的。”鲁滨孙先生说，“我的收费相当高，但是我绝不会欺骗你。”

她平静地看着他。

“不，我不认为你会骗我。我需要一个能办好这些事情的人，因为我做不到。”

“你似乎是一个非常理智的女人，如果允许我这样说的话。那么现在，我就要把这些东西拿走了。你确定不想要留下——比方说，仅仅一件？”

他好奇地观察着她，忽然出现的一点点兴奋，带着贪婪渴望的目光——然后那一点点神情彻底消失了。

“不了。”艾丽丝说，“我不想保留——哪怕一件。”她的脸红了，“啊，我敢说你会觉得这样很傻——一块红宝石或者是祖母绿都不留下——仅仅是作为一个纪念。但是你知道，他和我——他是一个穆斯林，但是时不时会让我读些《圣经》的段落，我们读过这样一个部分——关于一个女人的价值远高于宝石的段落。所以——我不想要任何珠宝。我不想要……”

“真是个很不寻常的女人。”沿着门前的小路走到等待的劳斯莱斯旁边时，鲁滨孙先生对自己说道。

他又对自己重复了一遍：“真是个很不寻常的女人……”

图书在版编目（CIP）数据

鸽群中的猫 /（英）阿加莎·克里斯蒂著；简华凌译 . -- 北京：新星出版社，2023.6
（阿加莎·克里斯蒂侦探小说全集：精装典藏版）
ISBN 978-7-5133-4914-7

Ⅰ . ①鸽… Ⅱ . ①阿… ②简… Ⅲ . ①侦探小说－英国－现代 Ⅳ . ① I561.45

中国国家版本馆 CIP 数据核字 (2023) 第 055062 号